U0501977

周元

进阶档案

身份：混元天天渊域元老、诸天之争五大天域天阳境总指挥

境界：大源婴境、化境中期（神魂）、圣琉璃之躯

气运：圣龙气运

功法：龙吸术·引气术、混沌神磨观想法·锻魂术、祖龙经第二重·镇世天龙气（八品源气）

源术：龙碑手、龙步、玄芒术、皇极印、元爆劲、大风雷、化虚术、九龙典、天阳神录·天阳火、玄蟒大金钟、太乙青木痕·太乙纹、怨龙变、四灵纹、阴阳雷纹鉴、炼狱大炎魔、七彩斩天葫（可召唤四道七彩斩天剑光）、银影（衍变级）

源兵：天元笔（第八纹觉醒中）

圣纹：破障圣纹、地圣纹、天诛圣纹、玄·圣纹

目前经历：三大天域联手击退圣族夺玄迹，各人实力大增。九脉现世，周元被推选为诸天总指挥。圣族布下结界妄想独吞九脉，诸天发起破阵之战，周元率众将死战到底，艰难夺下九脉，踏入大源婴。天天苏醒计划遭幕后黑手阻拦，苍渊带领弟子迎头抗击……

诸天之争
周元战果榜单

地点	行动	战果
低级祖气支脉地	斩杀金鼠王	获祖气奇宝，源气增长
观气台	一拳轰杀万祖域千虎	获中级祖气支脉占有权
某处山域	联手紫霄域冬叶、苏幼微	击退妖傀域黎铸，重伤万祖域王玄阳，得祖气奇宝
群山深处某地	一招震退御兽域童鹤	解救绿萝和左丘青鱼
古源天某处峡谷	先踢爆圣族圣灵天天阳境副队长韦陀，后大败大队长吉摩，逼退圣灵天	解救苍玄天众人，获高级祖气支脉，实力大幅提升
玄迹之地	斩杀吉摩，重创圣王天弥石	获玄迹大机缘，踏入天阳境后期
九脉之地	一招击杀圣祖天圣天骄霄印	破开结界重要节点
九脉之地	大战圣祖天第二圣天骄须雷	进入圣衍化界大阵核心处
九脉之地	斩杀圣祖天天阳境最强圣天骄迦图	占据九条祖气主脉，找到祖龙血肉，成就圣琉璃之躯，晋升大源婴境

元尊

17 一生死搏

天蚕土豆 著

长江出版社　知音动漫

目录
Contents

第一千一百三十六章
这是大鳄

当周元的声音落下时，场面一时间有些沉默。

混元天这边的人倒还好，他们已经提前知晓了这个消息，虽说当时同样感到格外震惊，就算是见识过周元实力的冬叶也难以置信。

之前围剿王玄阳时，冬叶见过周元出手，实力的确让人惊叹，但若说重伤圣灵天的吉摩，显然还不太够。

从得来的情报看，吉摩的实力绝对超越了王玄阳，甚至有可能与关青龙交锋一二。那种级别的对手，整个混元天内除了关青龙，就算是冬叶也一样不敌！

可如今，周元却将这种敌人重创，这说明什么？

冬叶看向周元的眼神有些复杂。她可谓一步步见识了周元修炼速度惊人的提升，数月前刚进入古源天时，冬叶还没有真正将周元放在眼中，如今却不得不承认，他的战斗力恐怕已经开始超越她了。

这个变态的家伙……

难怪幼微心仪于他，对其死心塌地。

当混元天这边的人眼神复杂时，万兽天的众人也从震惊中清醒过来。

姜金鳞审视着周元，眼中满是质疑："关青龙队长，你这是在跟我们开玩笑吗？他一个天阳境中期，你跟我说他重创了吉摩？你们混元天的人都是如此儿戏吗？"

艾清轻轻额首，委婉地道："若是关青龙队长对我们的提议不满意，我们继续商量便是。"

关青龙淡淡一笑，自顾自地道："周元队长会遇见圣灵天的吉摩，乃是因为他前去救援苍玄天的朋友。如今苍玄天大部分人马已归于天渊域麾下，他们那位楚青队长我也将他请来了。"

说着，营帐大门被推开，两道身影走了进来。

其中一道身影的光头闪亮，另一人则是娇躯纤细、容颜清冷的李卿婵。

楚青在位置上坐下来，一脸怠懒地道："周元师弟的确重创了吉摩，我只能跟你们说，谁若将他当作普通的天阳境中期，那么只有一个原因，他是一个超级蠢蛋。"

姜金鳞与艾清、金灵儿等人沉默下来，此前他们只是一时间难以相信，可这种事情作伪毫无意义，一戳就破，如今还有苍玄天的人证明，这只能说明，他们所有人都眼拙了。

姜金鳞目光紧紧地盯着周元，他原本以为混元天只有关青龙需要在意，如今来看，这个从一开始就被他忽视的天渊域周元，竟然是一个隐藏的大鳄。

而更为震惊的要数金灵儿、金峰姐弟。

"姐，你不是说他很普通吗？"金峰忍不住嘀咕道。

金灵儿咬了咬银牙，回道："谁知道这家伙竟是个扮猪吃虎的货！"

"如果他真能在天阳境中期就重创吉摩那种敌人，小祖倒还真没忽悠我们。"金峰感叹道。他看向周元的视线不禁有些佩服，连小祖都这么称赞他，周元自然担得起这份尊重。

金灵儿面色有点不自然，想起此前她在周元面前的微微得意，不由得脸颊发烫，美眸中涌动着羞恼之意，但最终她只是咬着红唇，恨恨地剜了周元一眼。

"此前我们撞见的吉摩只是率领着伏海殿的队伍。他的圣瞳有一道'替死之术'，一旦使用，圣瞳就会陷入封印状态，想要恢复极为困难，而没了圣瞳的吉摩，虽然也算强敌，但危险性降低不少。

"除了吉摩外，他们还有一位副队长韦陀，但也被我重创，不知道是死是活。

"但圣灵天其他队伍并未有所损伤，不能小觑。"周元没有在意尴尬的气氛，笑着开口说道。

"替死之术……"

随着他话音落下，在场众人又是一阵沉默。

能够将吉摩圣瞳的替死之术逼出来，说明周元对他造成了致命的威胁，让他不得不以封印圣瞳作为代价来对抗。

这是何等力量？

这一刻，自现身以来就极为傲慢的姜金鳞，看向周元的目光中不禁多了一丝忌惮凝重之意。

"如今对方是圣王天与圣灵天，整体实力极强，不过我们这边也有三方天域，真要斗起来并不弱于对方。

"我觉得现在就分配莲座不太妥当，此次争夺的关键点应该就是这些莲座，而莲座的数量现在并不能完全确定，谈分配为时过早。我建议以作战贡献为标准，谁的贡献大，谁就有资格占据莲座；谁的贡献小，那自然要退一步。"

周元平和的声音在营帐中响起，若是先前，恐怕没多少人会听从于他，可当他重创吉摩的战绩被曝出来后，就连姜金鳞这般傲慢的人都没有开口反驳。

说到底，说话的分量还是取决于自身实力。

关青龙想了想，最终点头道："这算是比较公平的方式。"

万兽天那边，姜金鳞与艾清对视一眼，后者嫣然一笑，那对狭长的凤目带着些许好奇看向周元，笑吟吟地颔首，雪白修长的脖颈显得格外优雅动人。

"那就按照周元队长所说的来吧，一切都以此次祖气石壁之争的贡献来分配。"她声音清脆，宛如凤鸣。

"对方阵营中以弥山与弥石最强，弥山到时候可以交给我和姜金鳞，而弥石就需要关青龙队长出手了。

"当然，圣族两大天域中这两人算是最顶尖强者，其他圣族强者也不可小觑。那吉摩虽然被封印了圣瞳，但实力依旧惊人，他的源气底蕴接近三十亿，放眼我们三大天域，除了关队长与姜队长能胜过，恐怕无人能制衡。既然周元队长此前重创了他，那么这个老对手或许就只能劳烦你了。"

艾清眸光转向金灵儿，道："不过为了确保安全，我们这边会派出金灵儿队长协助你。"

说到底，她还是不能完全放心，担心周元出岔子导致崩盘。

周元笑了笑，自无不可。

将一切流程都商讨完毕后，营帐内的气氛顿时变得松缓。

关青龙站起身来，声音沉稳地道："既然如此，那么三日之后，我们将会发动进攻，占据祖气石壁，击退两大圣族天域！"

姜金鳞也站起身道："合作愉快！希望能够见识到混元天诸位的风采，可不

要让我失望。"

他言语间仍有傲气。

关青龙懒得与他多计较，只是淡淡一笑。

"希望你真的能够制服那弥山吧。"

第一千一百三十七章
圣祖天域

　　当与万兽天达成合作的第二日，混元天大部队便正式开拔，迅速向着山脉深处推进，刚好在第三日抵达了目的地。

　　一片宽敞的高地上，混元天的大部队驻扎，只不过这一次未再设立营帐，众人皆静静盘坐，吞吐着天地间的源气。

　　所有人都明白，接下来必然会迎来一场极为激烈的大战。

　　这场大战之凶险，将远超此前任何一次。

　　以往，圣族对他们而言是神秘与危险的代名词，种种古籍所记载的圣族之强大，无疑给他们带来极大压力，但他们也明白，他们代表着各自天域来到此处，每一场争斗都是为了天域的未来。

　　他们每争夺到一份祖气，或许未来天域中就会出现一个天骄，若这些天骄中有人最终能够成长到法域境，整个天域的力量都会增长一分，若是圣者境，那增幅更是巨大。

　　所以这古源天之争，不仅是为了自身的机缘，也是为了所在的天域！

　　在高地的最前方，关青龙、周元等各域队长齐聚于此。此时他们望着远处，在那群山间迷雾笼罩，隐隐可见一座巨大的石壁静静矗立其中，仿佛亘古永存。

　　石壁若隐若现，但其中散发出来的祖气波动，浓郁得让周元这些第一次见到的人都呼吸粗重起来。

　　与这座祖气石壁比起来，之前遇见的高级祖气支脉都远远不及。

　　这不奇怪。这种玄迹，必须有极端浓厚的祖气汇聚，历经诸多岁月的沉淀，才有可能诞生，条件之艰难，比高级支脉更甚。

　　"当真是钟天地造化而生。"周元感叹道，眼神灼热。

"再好的造化，也得争赢了才有资格享用，若是失败了，就只能灰溜溜地狼狈逃走。"关青龙笑了笑，道。

周元轻轻点头，沉吟道："没想到一个圣王天就能够与我们混元天对抗……那圣祖天呢？"

从双方展露的实力看，在圣族排名第二的圣王天，不论顶尖战斗力还是整体实力都不逊色于混元天。而圣王天都如此，最为神秘强悍的圣祖天又是何等棘手？

此言一出，周元发现素来沉稳的关青龙，面色都变得沉凝起来。

"圣祖天的实力比你想象的还要更强。"

关青龙叹了一口气，又道："你可知道在以往历史中，古源天之争是何种结果吗？

"古源天之争约莫千年一次，迄今为止，有记载的已有近百次了，而这其中，由诸族五天人马夺得最为雄厚的主脉的次数，似乎只有五次。

"也就是说，其余九十多次都是由圣祖天夺得。

"这个胜率，可谓奇低。"

周元、秦莲、楚青等众多队长，面色此时变得有些难看。也就是说，在近百次的争斗中，诸族五天占得上风的次数只有屈指可数的五次？！

"而那五次是因为诸族五天中有超级天骄脱颖而出，这五位超级天骄还有两人最终登顶圣者之境！"

关青龙看着周元，继续道："苍渊大尊便是其一。"

周元闻言，面庞上浮现出一抹惊愕之色。这有些出乎他的意料，没想到他那位师尊年轻时如此辉煌，难怪能够踏入圣者境，位列诸族之巅。

"由此能够想象，想要跟圣祖天争斗，究竟需要何等的妖孽。"关青龙无奈一笑，即便素来沉稳自信的他，在面对神秘强大的圣祖天时都显得格外悲观。

其他人一片沉默。

冬叶、苏幼微、武瑶等人皆神情凝重。

"那我会不会就是这种级别的妖孽天骄？"在沉闷压抑的气氛中，周元突然认真地问道。

"扑哧！"

苏幼微掩唇轻笑，美眸流转，清美的容颜引得四周光线都黯然失色，她也认真地回答道："殿下天纵奇才，一定可以的。"

冬叶急忙一把将她拉到身后，有些气恼地盯着周元，道："你这傻气是会传染的吗？"

平日里极为聪明伶俐的苏幼微，怎么到了周元跟前就跟个傻瓜一样，这种话竟然都能说得出来！

周元没好气地看了她一眼，道："人家慧眼，岂是你这般凡夫俗子能比的！"

混元天其他队长暗笑，虽说只将周元的话当作笑话，但先前那种压抑的气氛消散了不少。

后面的武瑶看了周元一眼，别人不知晓这个家伙的恐怖，她却极为清楚，恐怕谁都想不到，眼前这个能够以天阳境中期实力就重创圣灵天吉摩的人，当年可是面对着气运被夺、八脉未开、难以修炼的绝望之境。

面对如此绝境，这个家伙依旧一步步爬了起来，还将曾经的恩恩怨怨撕得粉碎。

即便是她，此前若是没有武神大尊庇护，说不定已殒命于周元之手，而他也将圣龙气运再度真正聚于一身。

对于周元，武瑶虽然依旧将其视为宿敌，但她不得不承认，眼前这个看似平和的青年，不论品性还是天赋，都超越了她所遇见的任何同辈，即便是关青龙，也仅仅只是因为辈分高，方能暂时比周元强一头。

所以，别人或许不信周元先前的戏言，她却是相信的。

"轰！"

当他们这边说着话时，不远处的一座高地上忽有诸多源气波动爆发，隐隐间伴随着低沉的嘶啸声。

"万兽天的大部队抵达了。"关青龙看向那个方向，便见到以姜金鳞、艾清为首的万兽天队伍尽数出现在视野中。

万兽天的大部队显得格外震撼，其中有诸多源兽现出本体，可谓万兽奔腾，天空大地都在震动。

如今两大天域全部人马，再加上大半的苍玄天人马汇聚于此，这一幕显得格外壮观。

风雨欲来的气氛也渐渐凝聚。

"呵呵，人倒是不少……不知道此战之后，你们三个天域还能剩下多少人？"

当万兽天的人马出现时，天地间忽有一阵淡漠的笑声响起。

"轰轰！"

这声音刚刚落下，天地间便有着惊人的源气风暴肆虐，只见那浓厚的雾气此时被生生绞碎，然后周元、关青龙、姜金鳞等诸多目光便微微一缩地望着远处。

山巅上，无数道身影黑压压而立，宛如一团黑色乌云，带来无边杀气。

在宛如军队般的大军前面，有一黑袍青年负手而立，面带漠然笑意地注视着这边。

他仅仅只是站在那里，便有一股巨大的压迫力弥漫开来。

周元望着那黑袍青年，双目微眯。

此人，应该就是圣王天的总指挥弥山……

第一千一百三十八章
混战开启

山巅处，黑压压的大军带来惊人的压迫。

混元天与万兽天的顶尖强者，戒备警惕的目光皆投注在圣族大军最前方的那道黑衣青年身上。

那人负手而立，一头短发随风轻飘，其模样倒是帅气，只是双瞳中凝聚着一股森冷，投来的视线中充斥着居高临下的俯视与冷漠，犹如看待牲畜一般，毫无情感。

"混元天的关青龙，万兽天的姜金鳞……"

弥山的嘴角带着淡漠的笑意，他的视线扫过混元天与万兽天最前方的两道身影，漫不经心地道："你们下五天这一代的天阳境，似乎没出现什么妖孽级别的天骄啊。"

"你们圣王天又不是圣祖天，对付你们，足够了。"姜金鳞的金瞳中寒光闪烁，冷笑道。

弥山瞥向姜金鳞，道："听说用玄龙族的躯体炼制出来的血源丹品质极好，味道也极为不错，此次若是将你擒了，可得将你满身血肉尽数用上才是。"

姜金鳞露出森森白牙："我玄龙族也最喜欢将你圣族的圣瞳挖出来当作战利品，希望你那颗圣瞳能让我满意。"

双方都笑着，然而眼中的森冷杀意却引得天地间的温度都降低了。

"弥山，你的话还是这么多……"

此时，弥山身后有一道模样与他相同的人影走了上来，那人同样一身黑衫，当他们站在一起时，竟难以分辨。

"弥石，你太古板了。"弥山微微一笑，道，"我喜欢欣赏对手在动手前与动手后的神情变化，从充满自信到变得绝望，那是一个很精彩的过程。"

这道与其一模一样的身影，正是他的胞弟弥石。

"混元天跟万兽天合作了，还有苍玄天的人马，声势还真是不小啊！若是此次没有圣灵天赶来，还真是有点麻烦呢。"弥石目光扫视，旋即淡淡道。

"吉摩，你的圣瞳是被谁重创的？"弥石微微偏头。

一道熟悉的身影自后方走出，来到弥石身旁，正是此前与周元交手的吉摩，他阴沉的眼神盯向混元天所在之处，最后带着怨毒和仇恨锁定在周元身上："就是那个小子。"

"天阳境中期？"弥山与弥石一起看过去，不禁有些讶异。

他们无法相信，吉摩竟然栽在一个天阳境中期的小子手中。他们的反应令吉摩脸庞一抽，眼中有些羞怒，但最终忍耐了下来："不要小瞧了他，这小子应该是掌握了一种圣源术，威力非常可怕，就算是你们，不见得就能够承受。"

"圣源术吗……难怪能够重创你，能在天阳境中期掌握一道圣源术，的确算是很有能耐了。不过可惜，他终归只是天阳境中期，底蕴尚浅。"弥山漫不经心地笑道。

"这一次，这个人还是留给你吧。虽然你的圣瞳如今处于封印状态，战斗力有所减弱，但终归源气底蕴还在，我将圣石盾留给你，应该能抵御一次那小子的圣源术。以他的实力，断然不可能短时间发动两次圣源术。"弥石看向吉摩，道。

吉摩缓缓点头，眼神阴狠地盯着周元的身影："放心吧，我会让他付出代价的，我要擒住他，用他的血肉炼一炉血源丹出来！"

他其实并不忌惮周元，上一次被重创，归根究底还是他太大意了。他在源气底蕴上有着绝对优势，若是稳扎稳打，必然能够压制周元，所以根本没必要兵行险着与周元搏命。

他若是留着底牌，就算周元发动了七彩毫光，他也不至于付出如此惨重的代价，最起码，还能够伺机而退。

不过世界上没有后悔药，好在没有输得一败涂地，他的源气底蕴还在，此前的伤势已尽数恢复，除了缺少圣瞳之力，他依旧是圣灵天最强的人。

此次对上周元，只要防住了那道七彩毫光，那么周元必然任他揉捏！

弥山笑了笑，并没有太将周元放在心中，更多的注意力还是停留在关青龙和姜金鳞这两人身上。在场这么多强者中，只有这两人能够对他造成威胁。

"准备开战吧，只要将关青龙与姜金鳞斩杀，混元天与万兽天基本就不成气候了。"

弥山的身影缓缓升起，来到半空中。

弥石与吉摩来到他身旁，双臂抱胸，眼神冷漠地注视着三大天域的大部队。

在他们身后，圣族两大天域的部队眼露狰狞之色，看向对方的目光犹如看着待宰的羔羊。关青龙和姜金鳞也自双方部队之中升空而起，他们的眼神有些凝重，今日这场大战必然血气冲天。

严格说来，这场战斗所参与的天域数量已经达到了五个，是天源界的一半之多了……

"诸位，准备战斗吧。"

关青龙和姜金鳞低沉的声音响起在每一个人的耳边。

顿时天地间一道道强悍的源气波动爆发。

周元轻轻扭了扭脖子，然后看向身后的李卿婵等人，道："待会儿大战你们小心点。"

这种规模的大战，李卿婵他们这种天阳境初期会格外危险，随便闯进来一位天阳境后期都有可能造成大量伤亡。

"你也小心。"

李卿婵俏脸清冷，却没有任何畏惧之意。

"我苍玄天固然没有其他两大天域强，但并无畏死之人！"

在她身后，苍玄天的人马皆面露坚毅。

"周元师弟，你顾好你自己吧。那吉摩此次有备而来，恐怕你会首当其冲。"楚青深吸一口气，提醒道。

周元轻轻点头。

就在说话间，半空中，弥山、弥石与关青龙、姜金鳞同时抬起了手掌。

"杀！"

当那充满杀意的冰寒声音吐出时，天地间立即被杀气充斥。

"轰！"

那一瞬，无数道源气冲天而起，只见两股洪流带着漫天厮杀声呼啸而出，最后凶狠地撞击在一起。

大战，在这古老山林间爆发了。

第一千一百三十九章
顶尖迎战

"轰轰！"

当无数道源气碰撞爆发时，古老的山林遭遇了前所未有的重创与毁灭，只见连绵的林海被撕裂，大地上一道道深深的沟壑不断蔓延开来，若是从高空俯视，就会见到无数源气光柱在不断地碰撞。

那一幕，壮观而惨烈。

关青龙率先出手，不过他并未加入混战，而是身影出现在天空，面色凛冽，因为他感觉到弥石的源气从一开始就锁定了他。

关青龙前方的虚空波荡，一道身影闪现而出。

"关青龙，你就是下五天这一代天阳境中的最强者？"

弥石打量着他，旋即笑眯眯地道："的确挺强的，但可惜，如果只有这种程度，恐怕这一次古源天我圣族依旧会是最大的赢家。

"因为，当你们碰到圣祖天时，就会感受到什么叫作绝望。"

弥石心思恶毒，故意说此话，是想干扰关青龙的情绪，令他露出破绽。

好在关青龙性格沉稳，丝毫不为对方的言语所动，只是淡淡地道："圣祖天我们后面自然要去会会，但眼下，先将你斩杀祭旗便是。"

"轰！"

他声落的瞬间，三轮琉璃天阳自其身后浮现，强悍惊人的源气风暴陡然间肆虐，引得附近的虚空剧烈震荡，一股令人心悸的源气威压弥漫开来。

如此威压，引得下方战场中投来不少视线。

这般源气底蕴，竟达到了三十三亿的可怕程度。

面对关青龙如此惊人的源气底蕴，即便是弥石，面色都微微一变，他缓缓地道：

"混元天不愧是下五天之首。"

他身后有磅礴源气涌动，三轮天阳同样若隐若现，体内的源气此时毫无保留地爆发。

三十二亿！

虽说比起关青龙差了一亿，但弥石的气势强横无匹，并不算太逊色。

"我倒想试试，你这混元天最强的天阳境究竟有多少能耐，可别让我失望。"弥石咧嘴一笑，白牙宛如野兽般，给人一种森然的感觉。

下一瞬，他手掌一抬。

"轰轰！"

只见滚滚源气犹如在其身后化为万丈浪潮，以一种蛮横无比的姿态对着关青龙笼罩而下，连虚空都被震碎。

关青龙眼中倒映着万丈源气浪潮，手掌伸出，如刀般斜斩而下。

"青冥光。"

"嗡！"

一道青色光线斩出，看似纤细，可所过之处，那足以将一片山岳碾碎成粉末的万丈源气浪潮竟拦腰而断，最后"轰"的一声爆碎成漫天光点。

漫天源气光点中，忽有一道光影暴射而出，一柄长枪如龙，化为无数残影，每一道都凝聚着极为恐怖的源气波动，然后铺天盖地地笼罩向关青龙。

关青龙手掌一握，源气光芒凝聚而来，竟化为一柄青龙大刀。

"当！"

大刀舞动，只见漫天青光闪烁，每一道掠过时，虚空都被切割开来。

"当当当！"

虚空上，两道身影快若闪电般交锋，每一次碰撞都会引起巨声响彻，源气呼啸，宛如雷鸣阵阵。

大激战，正在爆发着。

……

"没想到你竟然会主动选择我作为对手……"

战场另外一处天空，弥山漫不经心地望着前方的姜金鳞，说道："你们这是打算用劣马换好马吗？"

姜金鳞的金色眼瞳散发着威压盯着弥山，冷笑道："马上就要成为死马的你，还关心这些做什么？"

弥山笑着摇摇头："真是一条嘴硬的大虫子。

"也罢，先将你斩了，再去协助弥石擒住关青龙，你们今日就没什么好蹦跶的了。"

他摇着头时，体内已有浩瀚的源气如风暴般涌出，强大的源气底蕴令得虚空震颤。

同样是三十三亿的源气底蕴，并不弱于关青龙！

姜金鳞感受着弥山强悍的源气底蕴，双目微眯了一下，然后目光不着痕迹地扫过战场某处，那里是艾清所在。

察觉到姜金鳞的目光，静静盘坐于一个隐匿处的艾清轻轻颔首，然后身后隐隐有一只灵凤光影显现出来。

姜金鳞收回视线盯着弥山，眼神闪烁着寒芒。他的脸庞上浮现出金色龙鳞，体内龙吟回荡，下一瞬，源气爆发，底蕴达到了三十二亿。

显然，这位万兽天的最强天阳境并非泛泛之辈。

两人目光碰撞，皆有森然杀意弥漫。

"轰！"

下一刻，两道光影暴射而出，裹挟着如风暴般的源气，以凶横无匹的姿态硬撼在一起。

……

此次的战场极为庞大，整个辽阔的山脉到处都在不断爆发着战斗。

大混战时，有不少目光注视着天空上的几处顶尖战场，那里的任何动静都会引动双方士气的变化……

准确地说，应该是三处。

关青龙与弥石。

姜金鳞与弥山。

第三处，自然便是圣灵天的吉摩……

而诸族联军这边迎战吉摩的，则是周元。

"周元，需要我怎么帮忙？"

金灵儿紧紧跟随在周元身后，火辣的身材性感得一塌糊涂，此时她的美眸正带着满满忌惮望着前方半空上那道抱胸而立的身影——吉摩。

吉摩已经将自身的源气底蕴展现出来，三十一亿！

绝对是这片战场中仅次于弥山、弥石和关青龙、姜金鳞四人的存在了。

金灵儿的源气底蕴只有二十七亿，这个实力算是顶尖战力，可在面对吉摩时，声势仍然显得弱了些。

周元盯着吉摩看了看，然后笑道："站在这里，帮我掠阵，就是最好的帮助了。如果闲得无聊，你可以去帮其他人。"

金灵儿柳眉一蹙，道："不行！你毕竟只是天阳境中期，他的源气底蕴太强了！"

虽说周元此前重创了吉摩，但金灵儿对那场战斗的实况并不完全了解，所以不能确认其真实性。若她此时离开，而周元被吉摩所杀，对他们将是极大的损失，也会对士气造成巨大影响。

"要不，我先上去消耗他一波？"

金灵儿咬了咬银牙，金色的长发飘散下来，垂落至翘臀处，缠绕在小蛮腰上的金尾也松开，轻轻一甩时，音爆之声响起。

周元没有理会她的话语，只是面色平静地一步踏出。

"轰！"

体内的源气呼啸而动，白金源气冲天而起。

二十四亿源气底蕴展露无遗。

此前经过高级祖气支脉的修炼，周元的源气底蕴已经抵达二十四亿！

"晋升！"

低语声响起。

"轰轰！"

下一瞬，他的源气底蕴疯狂暴涨，节节攀升，直接抵达了三十一亿的层次。

金灵儿睁大美眸，感受着自周元体内散发出来的压迫感，小嘴忍不住张开——这是什么变态啊，天阳境中期竟然就能将源气底蕴提升到这种程度？！

等踏入天阳境后期，他该是何等恐怖？！

"你……"

金灵儿一句话都说不出来，此时她终于明白为何小祖要说他们跟周元比起来

连根毛都不算了。

"你去帮其他人，这个吉摩交给我。放心吧，上一次我能重创封印他，这一次就能让他直接殒命在这里。"

周元冲着金灵儿笑了笑，不知道是不是错觉，她发现周元的笑容竟有一种平日里并不怎么显露的自信与霸气。

声音落下的时候，周元的身影已如鬼魅般消失了。

金灵儿立在原地，美目闪烁望着周元冲天而起的身影，摸了摸有点发烫的脸颊，嘀咕道："这个霸气的样子，真是本小姐的菜……

"不过，你可不要是装样啊，不然到时候救你都来不及。"

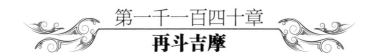

第一千一百四十章
再斗吉摩

吉摩立于虚空，他眼神阴冷地望着前方升空而起的周元，眼中的狠毒显露无遗，恨不得将对方碎尸万段。

他能够感觉到，现在的周元似乎比上一次遇见时更强了，显然是那条高级祖气支脉的缘故。

这个混蛋，将原本属于他的机缘夺走了！

"又见面了啊。"

面对吉摩狠毒的目光，周元却是一脸笑意，道："你上次找的那条高级祖气支脉真是不错，多谢了。"

他故意提起这些刺激吉摩，试图让对方暴怒而失去理智。

吉摩的额头上青筋跳动，他知晓这是周元的激怒手段，当即冷笑道："你不要得意，上次不过是我失手而已，这一次定要将你宰了，到时候用你一身血肉炼制一炉血源丹！"

"你办得到吗？"周元漫不经心地道，"若是你办得到，上一次就不会如丧家之犬般逃跑了。"

吉摩寒声道："上一次不过是我大意了，才给了你可乘之机！"

上一次碰面时，吉摩的源气底蕴远胜周元，若是他稳扎稳打，必然不会给周元与他搏命的机会。

周元笑了笑，正欲说话，忽然神色一动，只见他袍袖一挥，雪白毫毛如瀑布般席卷而出，直接在身后化为一面毫毛白盾，上面有白金色的源气涌动。

"当当！"

毫毛白盾刚刚出现，只见那里的虚空破碎开来，数道极为锋锐的光线暴射而出，

直指周元周身要害，最终却只斩断了无数毫毛。

"你还是这么阴险啊。"周元道。

显然，暗袭来自眼前的吉摩。

吉摩面色阴沉，原本他想暗算周元一把，没想到对方的感知竟然如此敏锐。

"既然如此，那就堂而皇之地将你击垮吧！

"你以为，你这暂时的三十一亿源气底蕴，就能够跟我硬碰吗？

"太天真了！"

吉摩一步踏出，单手结印，下一刻，他的脸上似有一道道光纹蔓延出来，犹如形成了某种神秘的图纹。

"轰！"

当那神秘图纹出现时，吉摩体内的源气猛然暴涨，转瞬间便由三十一亿提升到了三十四亿的程度！

恐怖的源气在他身后涌动，宛如海洋一般，引得虚空都在剧烈震颤。

三十四亿源气一爆发，那股席卷而出的威压让周元的神色微微一凝。这吉摩果真有些能耐，催动秘法后，源气底蕴竟能够暴涨到三十四亿的程度。

"唰！"

吉摩源气一爆发，身影便如闪电般暴射而出，在虚空上留下了道道残影。

周元身形暴退。

"现在想跑？晚了！"

周元刚动，吉摩便出现在了前方，一拳轰出，浩瀚源气肆虐，连虚空都被生生绞碎开来，隐有惊雷之声。

周元面色不变，并无畏惧，身后两轮天阳若隐若现，将自身源气催动到了极致。

"轰！"

源气席卷，周元同样一拳轰出，倾尽全力。

他想要试试，对方三十四亿的源气底蕴究竟有多强。

"轰隆！"

当两人的拳头硬撼在一起时，顿时有源气冲击波奔涌开来，虚空上有层层涟漪朝着远处扩散，惊雷不断。

"唰！"

两人这次硬碰，吉摩占据绝对上风，他的身躯仅仅只是一颤，而周元的身影却倒射而下，最后撞在一座山头上，整个山体都塌陷爆碎开来。

"我源气底蕴强你三个亿，你也敢跟我硬碰？不知死活的东西！"吉摩满脸讥嘲道。

"今日，你必死！"

吉摩手掌一握，一柄青铜长矛闪现而出，磅礴源气灌注，长矛嗡鸣震动，将虚空都切割撕裂。

"咻！"

他的身影宛如一抹电光般暴射而下，直指周元所在的山头，磅礴恐怖的攻势下所带来的压迫感，直接引得那座山体开始崩塌，可见他出手之狠辣。

远处的金灵儿望着这一幕，顿时俏脸微变，她忍不住跺跺脚，道："这家伙不会真是装的吧？"

可是这个时候，她想出手相救都来不及了，而且吉摩有着三十四亿的恐怖底蕴，以她现在这等实力，就算上去恐怕也支撑不了几回合。

眼下，只希望周元能多扛几下了。

就在金灵儿这般想着的时候，吉摩所化的光影已坠下，重重落向了山头烟尘中的某道身影。

"当！"

那一瞬，一道极为嘹亮的金铁之声响彻云霄。

"轰！"

一股肉眼可见的气浪滚滚肆虐开来，周围那些交战的天阳境强者皆被这股余波掀得人仰马翻。

"砰！"

那彻底崩塌的山体中，一道身影也在此时狼狈地倒飞出去，将不远处的一座山峰轰得碎裂开来。

不过，那道身影很快冲天而起，现出身时，引来诸多惊愕的目光。

因为那道被狼狈轰飞的身影，竟是先前占据上风的吉摩。

此时的吉摩，正面色阴晴不定地盯着那崩塌的山峰处。

只见那烟尘中，有一道身影缓步走出，然后立于一方岩石上，有声音传来：

"吉摩，你就真这么急着找死吗？"

无数道视线投射而去。

只见那里，一道浑身散发着恐怖波动的身影手持一柄斑驳黑笔，其身躯表面有一道道赤红滚烫的纹路蔓延出来，引得空气微微扭曲。

而最让无数人震惊的是，从周元体内散发出来的源气波动，同样达到了三十四亿的程度！

"怎么可能？"无数人忍不住惊呼出声。

一个源气底蕴三十四亿的天阳境中期，这在他们圣族内都极少存在！

远处的金灵儿忍不住吞了一口唾沫，她实在无法想象周元怎么能够将自身源气加持到这种程度，难道他的天阳境中期没有极限的吗？

正常来说，就算依靠秘法，也不能毫无限制地提升源气底蕴，因为还存在着境界限制。按照她所知晓的信息，天阳境中期的源气底蕴——就算是最顶尖的琉璃天阳——三十亿左右就已经是极限了，可眼下周元竟然能捣鼓出三十四亿的源气底蕴！

这家伙的天阳，难道不会因为突破上限而自爆吗？

对于无数道震惊的目光，周元并未理会，他感受着体内沸腾的源气。此次乃是来自地圣纹的最大化增幅，不过大地源气厚重无比，即便是他，也必须将大炎魔施展出来强化肉身，再依靠太乙青木痕不断修复伤势，如此这般才能够承受住地圣纹三个亿的源气增幅。

感受着肉身的微微刺痛，周元不禁咧咧嘴。地圣纹汲取而来的大地源气当真不好消受啊，即便他催动了大炎魔，仍觉得刺痛，难以想象若是常人这么玩，肉身恐怕此时早已崩碎了。

他抬起头，望着面色阴沉的吉摩，眼眸中有着冰冷杀意掠过。

既然连这般招数都用了……

你今日不死，还真是有点说不过去吧？

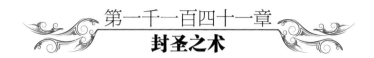

第一千一百四十一章
封圣之术

当周元与吉摩陷入激战时，这片战场高空上的另外两处战场同样极为引人注目。

首先是关青龙与弥石的战场，两人的交锋尤为吸引眼球。两人的风格皆是硬碰硬，以纯粹的源气力量来压制对手，可如今两人的源气底蕴相差不多，斗起来自然是惊天动地，每一次的碰撞都会掀起天大动静。

从目前局面来看，明显还是关青龙占据上风，论起源气底蕴，他终归要比弥石强上一些。

所以，这边的战斗让混元天等三大天域的人稍稍安心。

这边的局势虽然不错，姜金鳞那边却没有这样的好消息。

"轰！"

姜金鳞仰天长啸，只见他的身躯在此时开始膨胀，身上有越来越多的龙鳞涌现出来，双掌更是化为龙爪，尖锐的指甲如刀锋一般，微微震颤间，连虚空都被切割开来。

此时的他看上去像是半龙人一般，强悍得近乎恐怖的肉身，举手投足间都散发着极为可怕的力量。

而从姜金鳞体内弥漫出来的源气波动，已经达到了三十六亿的层次！

显然，他已施展了增幅秘法。

可即便如此，依旧没有占得几分优势。

姜金鳞的金色龙瞳冰寒地锁定着前方，只见弥山凌空而立，身躯上满是玄妙的光纹，犹如一幅神秘的图案，正是这些光纹的存在，令得弥山的源气底蕴暴涨到了三十八亿的地步！

在他的眉心处，竖纹微微蠕动，仿佛下面有着什么恐怖之物一般，更让弥山

充满危险的气息。

"好一副丑陋的姿态，不过你比起关青龙似乎要弱不少啊。"弥山望着半龙半人的姜金鳞，淡笑道。

"原本以为我的对手会是他，结果你却要凑上来自取其辱。"

"谁自取其辱还说不定呢！"

姜金鳞眼神凌厉，他看了一眼下方某处，旋即嘴巴鼓动起来，只听"噗"的一声，竟有一团金色龙血喷出。

龙血直接化为漫天金色血雨，将弥山所在的空间弥漫笼罩。

弥山见状，眉头微挑，周身源气涌动，将血雨尽数隔绝开来。

"怎么？被急得吐血了？"

然而姜金鳞并未理会他的嘲讽，嘴角掀起一抹冷笑："弥山，你以为我来对付你就真没什么准备吗？

"今日你这圣王天最强之人，我姜金鳞杀定了！

"金血龙域！"

伴随姜金鳞的低吼声，只见金色血雨所笼罩的空间竟渐渐散发出金光，远远看去宛如一座金色光罩，将姜金鳞与弥山都笼罩了进去。

弥山见状，眉头微皱，袍袖一挥，只见磅礴源气匹练横扫而出，源源不断地轰击在金色光罩上。

光罩却是出乎意料的坚固，仅仅荡起涟漪，并未被击破。

"这是你给自己找的棺材吗？"弥山淡笑道。

姜金鳞面无表情，只见他深吸一口气，伸出龙爪，爪心有金色血液汇聚而来，渐渐形成一道散发着古老韵味的光纹。他将龙爪朝着弥山，下一瞬间，只见他的肉身开始变得干枯，仿佛浑身的血肉力量都在向着掌心那道古老光纹汇聚而去。

"弥山，试试我为你准备的大礼吧。

"封圣之术！"

"嗡！"

当姜金鳞声音落下的那一刻，只见其掌心的光纹顿时化为一道光束暴射而出，直接洞穿虚空，出现在弥山前方，然后化为无尽光芒对着他席卷而下。

弥山的面色此时微微一变，他发现眼前的光芒中弥漫着无数微不可见的光纹，那些光纹散发着一种特殊的力量，自己周身的源气与其一接触，竟直接被封印，显然它对源气有着极大的克制性。

一旦让这些光纹钻入体内，必然会对自身源气造成压制，导致实力大跌。

"封印术吗？原来你打着这般主意！"

弥山冷笑，旋即眉心竖纹蠕动，缓缓张开，一只圣瞳显露而出，其内三颗星辰转动，散发着神秘韵味。

"圣瞳护体光！"

"咻！"

圣瞳中圣光喷发，无比玄妙，宛如一团庆云悬浮于弥山头顶，光芒一丝丝垂落下来，将他的身躯覆盖。当姜金鳞的封印光纹接触到圣光时，并没有取得之前那般摧枯拉朽般的效果，反而被渐渐阻挡下来，难以再深入。

"姜金鳞，你太天真了，我的圣瞳有护身圣光，你这古怪的封印之纹，力量还不足以将其穿透。"弥山笑道。

姜金鳞望着被阻拦的封印光纹的圣光，脸上并无挫败之色，嘴角反而掀起一抹诡异弧度："你高兴得会不会太早了一些？！"

弥山闻言，双目微眯，隐隐感觉到有些不对劲。

"咻！"

就在这一瞬，他突然听见天地间有一道清澈的凤鸣之声响彻，他猛地低头，便见到下方有一道由源气光芒所化的凤凰光影冲天而起，直接撞进这片金色龙域中。

弥山盯着那凤凰光影，眼瞳忽地一缩，只见那光影内同样有无数光纹，只是与姜金鳞的光纹略微有些不同，但显然都具备着相同的效果——封印之力。

弥山眼神微冷地望着下方某处，只见那里有一道倩影仰头望来。

灵凤族的艾清。

凤凰光影撞在弥山身躯外的圣光上，迅速与姜金鳞的封印之光接触。

一瞬间，两者立即出现巨大变化，只见一道龙影与凤影凝聚而出，两者缠绕，迅速旋转于圣光之外，一龙一凤形成一道光圈。

在龙凤光圈下，弥山的护体圣光竟开始迅速变得薄弱。

弥山的面色变得阴沉。

"弥山，这道封印术乃是我万兽天玄龙族、灵凤族中的圣者所创，此术需要

龙凤相合，方可将威力达到最强，而一旦龙凤光环成形，你本事再大也逃不掉。"

姜金鳞望着这一幕，脸庞上浮现出冷笑。

"弥山，要怪就怪你太蠢吧，竟敢轻易入我金血龙域之中。"

姜金鳞的龙爪猛地一握，只见龙凤光环将圣光彻底碾碎，最后"唰"的一声，直接缠绕上弥山的肉身。

一旦被光环束缚，弥山就会陷入封印之中。

战场中，不少目光都关注着这一幕，当他们见到姜金鳞即将得手时，顿时爆发出惊天动地的欢呼声。只要解决掉弥山，今日这场大战的局面必将出现翻天覆地的变化。

弥山盯着迅速缩小的龙凤光环，让人意外的是，他的脸庞上并没有出现惊慌的神色，嘴角反而轻轻勾起。

"姜金鳞，那句话还是还给你吧……

"你高兴得太早了一些。

"你算计我，我又何尝不是在算计你？你以为这封印术是什么秘密吗？这个情报我早就知晓了！"

弥山诡异地笑着，眉心间的圣瞳突然光芒大放，直接摄住正向着肉身内钻去的龙凤光环，后者顿时化为一道流光，被吸入圣瞳之中。

"什么？！"

姜金鳞见状，面色顿时剧变。

"你竟敢吸走龙凤光环？！"姜金鳞感到极为不可思议，那光环中蕴含着封印之力，就算弥山的圣瞳再强，也不敢将其吸进去啊！

"谁跟你说我吸进去了？"

弥山嘴角的诡异变得更为强烈："我只是帮你换了一个目标而已。"

姜金鳞的瞳孔骤缩，他似是明白了什么，急忙看向关青龙所在的方向，厉声道："小心！"

当他厉喝响起的那一瞬，正被关青龙压制的弥石，脸庞上却掀起一抹古怪之色，轻笑道："晚了。"

下一瞬，他眉心的圣瞳猛地张开。

"嗡！"

一道光华暴射而出，竟是被弥山吸走的龙凤光环。

龙凤光环一射出，便以惊人的速度冲向面前的关青龙。

这般突如其来的攻势让关青龙一惊，可这时候闪避已来不及，他只得眼神一狠，手中青龙长刀划起青光，裹挟着恐怖的源气波动，快若闪电般劈斩在弥石的胸膛之上。

"嗤啦！"

一道狰狞的血痕出现在弥石的身躯上，险些将他一分为二。

但弥石丝毫不在意，因为龙凤光环已射进了关青龙的体内。

之后，这片战场中无数道惊骇欲绝的目光便见到，关青龙周身涌动的强大源气开始以惊人的速度削弱下来……

第一千一百四十二章
青龙遭殃

辽阔的战场上，无数道惊骇的目光望着高空，所有人都能够感觉到关青龙迅速被削弱的源气波动。

这一幕无疑让三大天域的人马心头升起一股凉气，关青龙可谓这片战场的顶梁柱之一，如果此时他出现意外，那么整个战局无疑会因此崩坏。

在无数道惊骇的视线中，关青龙面色阴沉，他感觉到体内的源气被一股特殊的力量不断封印，导致力量迅速减弱。

"该死！"

这般时刻，连一向稳健的关青龙都忍不住怒骂一声。

"哈哈哈。"

前方，险些被关青龙一刀斩裂胸膛的弥石却大笑起来，他神情玩味地盯着关青龙，道："我与弥山的圣瞳有着奇妙的联通之能，可将面临的强大攻击吸走，然后再空间转移，从我的圣瞳处射出。

"这叫作什么？

"以其人之道还治其人之身！

"哈哈，看来今日这场争斗，还是我圣王天更胜一筹！"

弥石完全不理会胸膛上的狰狞刀痕，那一刀虽说给他造成了极重的伤势，但战斗力犹在，情况比起关青龙好上不少，所以他身影一动，化为一道光影直冲关青龙处，此时正是斩杀对方的最好机会。

关青龙见状，面色阴沉，他没有莽撞地与对方硬碰，而是开始急速退去。

他必须尽快想办法解开封印，不然今日恐怕要有危险了。

源气被封印，令关青龙的实力大幅度减弱，速度更是不及先前，仅仅一瞬，弥石便出现在他前方，一拳轰出，滚滚源气如龙，震碎虚空般直接轰在他的胸膛之上。

"哼！"

关青龙一声闷哼，嘴角浮现血迹，身影急坠而下，重重砸落在战场之中，扬起漫天烟尘。

弥石脸庞上浮现出残忍狰狞的笑容，再度追击而去。

此时，远处的姜金鳞反应过来，当即咆哮道："保护关青龙！"

他明白，弥石一旦斩杀关青龙，再来协助弥山，自己同样活不了。

"艾清，快去帮他解开封印！"

他急忙对着艾清所在的方向传音。

封印术乃是他与艾清合力而为，想要迅速解除，唯有他们两人才行。

下方某处，艾清素来优雅的绝美脸颊此时变得格外难看，她没想到，他们为弥山准备的大招，最终竟然会作用到关青龙身上，若是因此导致关青龙被杀，局面崩盘，他们两人就真是罪人了。

所以她一言不发，急忙全速朝着关青龙那边赶去。

"走哪儿去？"

然而，她先前协助姜金鳞的动静已经引来圣族其他强者的注意，如今见她现身，当即便有冷笑声响起，一名源气底蕴同样达到二十七亿的圣族强者暴射而来，惊人的攻势如风暴般笼罩向艾清。

艾清见状，不得不一咬银牙停下步伐，全力迎上。

当艾清被纠缠住时，关青龙那里则是危险万分，弥石对其杀意十足，直追而来。

好在附近三大天域的强者都知晓关青龙的重要性，当即便有十数人暴射而出，一道道源术被倾尽全力地施展出来，对着弥石轰击而去，试图将他拦住。

"滚开，一群烦人的苍蝇！"

面对围攻，弥石一声冷笑，体内源气尽数爆发，引得虚空震颤，同时也将一道道威力惊人的源术尽数轰碎而去，但他的速度并未因此减缓半分。

短短数息，他便出现在关青龙的上方。

"啧啧，堂堂混元天最强天阳境，最终却被队友坑死，当真是屈辱啊！"

弥石发出刺耳的大笑声，下手却是毫不犹豫，只见其双指并拢，下一瞬，指

尖有磅礴灵光咆哮而出："圣湮指！"

"嗡！"

一道光束直接洞穿虚空而下，所过之处的虚空纷纷崩裂，带着毁灭的气息。

这一幕看得三大天域诸多强者目眦欲裂。

就在光束落下的瞬间，忽有一道倩影出现在关青龙前方，一袭红裙，竟是武瑶！

"武瑶师妹，小心！"关青龙面色大变，急忙喝道。

武瑶没有理会他的喝声，凤目凝重地望着毁灭光束，眼瞳深处忽有玄妙气息涌动，身后似有一道龙影若隐若现，那是圣龙之气。若是看得仔细，就会发现龙气盘踞中仿佛有一股特殊的气息正在孕育。

武瑶深吸一口气，她清楚弥石的攻击是何等恐怖，但她知晓自己不能退，否则关青龙很有可能被斩杀，一旦到了那一步，对三大天域的士气将会是致命的打击。

她双手闪电般结印，娇躯轻颤，只见在其背后似有一道介于实质与虚幻之间的羽翼缓缓展开。

武瑶的脸颊隐隐变得苍白，但自她体内涌动的源气陡然间变得强盛起来。

她檀口微张，一团火焰被喷出。那团火焰呈深红色，极为玄妙，窜动时宛如一只灵禽在展翅，它似实似虚，明明能够看见，却难以感应，只是那种危险气息让人无法忽略。

"咻！"

深红火焰直涌而上，与落下的毁灭光束硬碰在一起。

"轰轰！"

虚空剧烈地震颤起来。

让人意外的是，武瑶那深红火焰竟然并未第一时间就溃散，反而坚持了片刻，不过并没有持续太久，伴随着两者力量的侵蚀、消耗，虽说那道毁灭光束在缩小，但深红火焰同样在急速变得黯淡。

"有意思，一个天阳境中期竟然能稍稍抵挡住我的圣湮指！"弥石见到这一幕不禁有些惊讶，一对眼瞳冷漠地注视着武瑶，摇摇头，"不过可惜，终归是螳臂当车！

"一起去死吧！"

当他音落的瞬间，光束陡然贯穿而下，彻底击碎了那团火焰，然后对着武瑶落下。

就在这一瞬，一道黑白色的阴阳光盘突然凭空出现，将那弱化许多的毁灭光束抵御下来。

两者剧烈颤抖着，最终随着黑白轮盘破碎，那道源自弥石的毁灭攻击也彻底被化解。

武瑶惊讶地转过头，望着出现在身旁的一道倩影，一袭紫裙，正是苏幼微。

此时苏幼微正在轻轻喘着气，显然先前那道阴阳轮盘倾尽了她的力量。

半空中，弥石面色有些阴沉，他没想到自己这一击竟然会被眼前两个如花似玉般的女孩联手挡下，虽说她们此时看上去有些不堪一击，但毕竟只是两个天阳境中期啊。

"真是好厉害的天赋，再给你们一些时间，恐怕会比这关青龙更麻烦。"

弥石眼神森冷："所以，你们也得死在这里！"

他身影一闪，如鬼魅般直扑两女，打算先将二人斩杀，再杀关青龙。

这些下五天的顶尖天骄，都得死在这里！

武瑶与苏幼微望着以惊人速度暴射而来的弥石，俏脸分外凝重，但并没有畏惧，因为她们知道，畏惧是毫无作用的。

眼下，唯有搏命！

两女眼神决然，然而就在此时，突然有黑色长发破空而来，直接缠住她们那纤细的腰肢，将整个人甩向后面，同时地上的关青龙也被拖得迅速倒退。

当他们退后时，一道人影却如闪电般迎了上去。

那黑色长发如针刺般飞舞，正是楚青。

"砰！"

浑身源气爆发的楚青，与弥石的身影仅仅只是轻轻一碰，整个人便轰然倒飞出去，身体在地面上疯狂地擦出长长的痕迹，满身鲜血，极为狼狈。

弥石面色漠然地看了楚青一眼，道："有勇气，竟然还没被撞死。"

旋即他的目光又看向四周，经过武瑶、苏幼微、楚青的出手拦截，此时周围不断有三大天域的强者悍不畏死地向他冲来。

弥石的嘴角浮现出狰狞残忍的笑容。

"也罢，我就来看看，你们为了救他，究竟需要填多少人命进来？"

他的掌心有恐怖的源气开始汇聚，就在要出手的那一瞬，他的神色忽地一变，猛地抬头看向远处。

那里突然传来极为惊人的源气波动。

不止是他，武瑶、苏幼微等人都惊愕地看向那边，旋即眼中涌现出惊喜。

因为那里的战场，正是周元所在！

第一千一百四十三章
斩杀吉摩

当姜金鳞发动封印圣术的那个时间。

周元与吉摩所在的战场同样正在进行一场激战。

"轰！"

恐怖的源气冲击波自虚空肆虐开来，巨大的涟漪如无形的浪潮向着远处扩散。

"砰！"

一道身影有些狼狈地从天而降，直接将一座山岳贯穿，在地面上轰出一个巨坑。

吉摩从巨坑中爬起来，此时的他浑身衣衫破碎，身上带着血迹，可谓狼狈至极。他的面色满是惊怒，目光死死地望着空中周元的身影，腮帮如蛤蟆般鼓动着。

"怎么可能……该死的，这家伙的实力怎如此强横，正面硬碰竟能将我死死压制！"

吉摩的心中可谓惊怒至极，他原本以为周元之前凭借的不过是那七彩毫光之术，才能够侥幸将自己重创，所以此次交手他更是选择稳扎稳打，想凭借自身的源气底蕴将对方压垮，可先前一番争斗下来，即便他施展出秘法，自身源气底蕴也被催涨至三十四亿的层次，却依旧奈何不得周元丝毫，反而是对方屡屡占得上风。

"明明只是三十四亿的源气底蕴……"

吉摩眼神惊疑不定，他盯着周元身躯上升腾的白金色源气，神秘而强横，论起品质，即便在八品源气中都绝对算得上顶尖。

还有一点，周元的肉身也极为强悍，那肉身之力足以搬山移海，有时候重拳袭来，让吉摩极不好受。

另外在战斗间时不时暗袭的神魂之力，它们凝结成魂炎，无孔不入地侵蚀而来，让吉摩不得不分心对付。

正是在这重重手段之下，硬是将吉摩打得焦头烂额，屡屡落入险境。

"这混蛋还真是个变态！"

吉摩愤怒不已。周元在天阳境中期就能够将源气爆涨到三十四亿的程度，这种级别的妖孽，别说他们圣灵天，就算是圣王天内都没人能达到，除非是圣祖天的圣天骄。但若他只有源气这么强就罢了，偏偏这家伙的肉身与神魂同样很强，简直就是毫无破绽，他这般根基，让吉摩内心深处升起一丝惧意。

这家伙如果踏入了天阳境后期，恐怕还真有资格跟圣祖天的圣天骄扳腕子。

就在吉摩心思转动的时候，他突然感觉到远处天空传来异动，目光一转，眼中便有狂喜浮现出来。他正好见到弥山将姜金鳞的封印术转向了关青龙。

一时局面瞬间大变。

天空上，原本想要追击吉摩的周元也察觉到这般变化，眉头微皱地望着那个方向。

见到关青龙中招，他当即有些无语，自语道："这姜金鳞还真是个坑货！"

"哈哈，周元，你不要得意，等到关青龙一死，今日你们必败无疑！"此时，吉摩大笑出声，他眼神阴狠地盯住周元。如今局面大变，只要将周元拖在这里，等到弥山、弥石腾出手，这周元必死！

周元眼神冷漠地望着吉摩，道："没事，快点将你解决掉就好。"

吉摩怒笑道："大言不惭！"

在他看来，虽说硬碰不过周元，但拖延时间并不难。

周元并未再理会他，手掌紧握天元笔，下一瞬，笔尖抖动，毫毛划过，一道道玄妙的痕迹自虚空中浮现。

"轰隆！"

隐约间，雷鸣在天地间炸响。黑白色的雷光凝现而出，如同一条黑白雷龙环绕在天元笔之外，散发出的恐怖波动引得天地震颤。

这道黑白雷龙自然便是阴阳雷纹鉴！

只不过如今周元再施展此术，比起以往无疑更为炉火纯青，那黑白雷龙蜿蜒而动，散发着一种灵性。

雷龙环绕着天元笔笔尖，最后缓缓落下，宛如文身般印在笔尖处。

顿时，笔尖有璀璨的黑白雷光跳跃。

虚空忽然被撕裂。

在下方，吉摩察觉到周元在酝酿杀招，当即眼神一凝，全神戒备。

周元倾尽全力地施展出阴阳雷纹鉴，旋即深吸一口气。

"破源！"

雪白毫毛笔尖瞬间化为深邃的黑色。

"万鲸！"

古老的鲸吟声响起，一道道古鲸虚影盘旋，然后钻入笔尖。

周元身躯上如岩浆般的纹路愈发赤红，浑身散发着高温，连虚空都被蒸发得扭曲起来。

天元笔也在疯狂地吞吐着周元体内的源气。

这直接导致天元笔不断震动，散发出来的恐怖波动让吉摩面色微变。

当天元笔的力量酝酿到极致时，周元眼神陡然一厉，下一瞬，虚空中仿佛有雷电爆闪。

"唰！"

他的身影宛如一抹黑白电光破空而下，裹挟着恐怖之气直指吉摩。

下方大地隔着远远的距离便被生生撕裂开一道道深不见底的痕迹。

"想要杀我，不要做梦了！"

吉摩被周元这倾尽全力的一击惊得头皮发麻，但他并未太过惧怕，一声暴喝，袍袖一挥，顿时一道流光暴射而出，在其上方化为一面盾牌。

盾牌宛如石铸，其上有斑驳痕迹，一道道古老的纹路若隐若现。石盾散发的光芒隐隐间犹如形成了一座苍白的巨石，给人一种无可摧毁之感，坚固无比。

此物正是弥石之前给予的圣石盾，防御力极为强悍。

周元望着那面石盾，双目微微一眯，那种防御力，即便他全力一击，恐怕都难以穿透。

石盾之下的吉摩似乎也知晓这一点，看向周元的眼中满是挑衅。

周元见状，唇角浮现一抹冷笑，旋即袍袖一挥。

一道银光暴射而出，最后直接砸在那石盾之上。

那是一颗银色光球，正是银影！

只见银影在接触到石盾的瞬间便迅速融化开来，银色液体以极快的速度将石

盾覆盖，最后石盾化为银盾……

就在此时，吉摩骇然发现他短暂地失去了对石盾的控制。

那银色液体宛如形成了囚牢，将石盾与外界隔绝。

而失去了操控的银盾，直接从天上坠落而下，摔在地上。

就在这一瞬，周元的身影出现在吉摩的上方，手中天元笔剧烈震颤，犹如正在压制着一股极为恐怖的力量。

吉摩的脸庞上浮现出惊骇欲绝之色，他怎么都没想到，周元竟然能够以如此古怪的手段克制圣石盾，那可是他最后的防身之物。

惊骇的吉摩疯狂倒退，然而已经来不及了……

他仅仅只能见到一道缠绕着黑白雷光的黝黑笔尖在眼瞳中一闪而过……

"嗤啦！"

虚空中隐隐有被灼烧的气息升起。

一道光影穿透吉摩的身躯，一掠而过。

"轰！"

吉摩身后的大地上，一条千丈深渊被生生撕裂开来，黝黑得令人心悸。

沿途的一座座山峰更是被夷为平地。

周元的身影出现在吉摩身后，天元笔斜指地面，笔尖鲜血滴落……

吉摩的身躯僵硬，脸上满是惊恐，他艰难地低下头，只见一个血洞出现在胸膛上，恐怖的力量在血洞处肆虐，断绝了体内所有生机。

"怎么……可能……"

他喃喃道，眼瞳急速扩大。

"我……怎么可能会输……"

在他身后，周元缓缓收起手中的天元笔，淡淡道："混元天天渊域周元，今日斩杀圣灵天伏海殿吉摩于此。"

吉摩的身躯轰然倒下，扬起阵阵烟尘。

这片战场中一道道惊骇欲绝的目光望向这里……

原本对着关青龙他们追杀而去的弥石，脚步陡然一顿，面色阴沉地看向这个方向。

谁都没想到，吉摩竟然被斩杀了……

第一千一百四十四章
迎战弥石

当吉摩的身躯缓缓倒地时，整个战场无数道惊骇的目光都望向此处。

特别是圣灵天的强者，皆面露惊骇之色，他们无法相信，圣灵天最强的天阳境竟会陨落于此！

此前的交锋中，虽说吉摩已在周元手中吃过亏，但终归没有到殒命这么严重的程度，很多人都觉得是吉摩轻敌，若再次较量，吉摩定然能够洗刷前耻！

可谁能想到，再次交锋的结果，竟然会以吉摩直接被斩杀而告终……

这对整个圣灵天的士气打击可不是一般的大。

圣王天的人马虽然情况好点，却也个个神色凝重而忌惮地盯着周元的身影。虽说吉摩的实力比起弥山和弥石要差一些，但也算是最顶尖的那一批，原本他们以为关青龙被封印，整个战局将会出现一面倒的趋势，但谁能想到，在这最关键的时候，周元却将吉摩斩杀了……

"真是个废物，竟然被一个下族贱种斩杀，圣灵天当真是越来越不堪了。"

"不过好在关青龙被封印了。"

"没错，如今弥石队长腾出手，那小子若是敢上前，弥石队长定会让他明白圣灵天与圣王天的差距。"

……

圣王天的强者忍不住窃窃私语，士气总体还算高昂，显然对弥山、弥石充满信心。

而三大天域的众人则在此时发出低低的欢呼声，先前关青龙被封印的瞬间，他们的心中可谓一片冰凉，此刻周元的战绩无疑又给他们注入了一些希望。

他们不期望周元能够打败弥石，只要将其拖延片刻，等到关青龙破开封印，

那么优势就会彻底回到他们这一边。

"这家伙……"

远处的金灵儿怔怔地望着周元的身影，然后忍不住抹了把冷汗，即便亲眼所见，她还是有点难以置信周元居然直接斩杀了吉摩，那可是圣灵天最强的天阳境啊，论起战斗力，整个万兽天恐怕只有姜金鳞比他稍强一些。

"太变态了……小祖真是说得一点都没错。"

高空的战场上。

弥山眼神阴沉，然后看向松了一口气的姜金鳞，淡淡道："你以为他斩杀了吉摩就能改变什么吗？

"他若是敢去阻拦弥石，我想他的下场会跟吉摩一样。"

姜金鳞面色漠然道："只要他能够坚持到关青龙解开封印就行。"

虽说他们与混元天合作，可也存在着竞争关系，若不是担心关青龙无法及时解开封印会导致大局崩盘，对于关青龙被封印，他甚至是喜闻乐见的。

对关青龙都是如此，周元自然更没什么特别的。

"还真是无情啊！你玄龙族说起来倒是与我圣族有些相似，只可惜，我圣族的源头与底蕴可不是你们这些长虫子能够相比的。"弥山笑了笑，笑容中带着轻蔑与讥讽。

姜金鳞的面色陡然变得森寒，道："我玄龙族之源头，乃天源界的创造者祖龙！"

"太给自己脸上贴金了！祖龙身化万物，你玄龙族只是其一而已，不要以为沾了一个龙字，就可胡乱攀亲认祖。"弥山嘲笑道。

姜金鳞的眼中怒火涌动，再也忍耐不住杀意，源气喷薄，浩瀚磅礴的攻势直接朝着弥山席卷而去。

两人一动，激战再度爆发。

……

战场的另外一处。

关青龙浑身源气黯淡地盘坐于地上，在他前方，有越来越多的三大天域强者赶来护卫，但即便数量众多，在面对前方独身一人的弥石时，依旧个个身躯紧绷，眼中弥漫着惊惧。

弥石并未理会他们，一脸淡漠。他知道，当周元斩杀了吉摩时，他的对手就已经变了。

"嗡！"

前方的虚空微微波荡，一道身影踏空而出。

手持天元笔的身影，笔尖还有血迹滴落，带来一股令人心悸的煞气。

望着这道及时赶来的身影，后方众人皆如释重负，眼中浮现出敬畏之色。

"楚青师兄，你没事吧？"周元现身，微微偏头望着后方满身鲜血的楚青，关心地问道。

楚青咧咧嘴，并不在意自己身上的伤势，笑道："现在还好，不过你若是再晚来一会儿，我恐怕就真得死在这里了。"

周元笑笑，又看向脸色有些苍白的苏幼微与武瑶，若非两女在关键时刻挺身而出，联手帮关青龙化解了一次必杀攻击，恐怕此时关青龙还真是危险了。

一旦关青龙被弥石斩杀，对他们这边整个士气的打击将是毁灭性的。到那个时候，恐怕就连周元都救不了场，毕竟在混元天众人心中，他们还是更信服关青龙。

"不错嘛，竟能够挡住这家伙的一击。"他笑道。

武瑶凤目冷冷地看了周元一眼，道："你是在嘲讽我？"

这家伙先前斩杀了吉摩，战绩显赫，她这边却连接下弥石的一击都需要苏幼微的协助，彼此差距一眼可见。可武瑶是何等骄傲之人，怎会愿意承认自己比不上周元，即便这是事实，她嘴上也绝对不会承认。

苏幼微则是盈盈一笑，道："跟殿下比，还差得远呢，不过我会努力追赶上殿下的！"

两女天差地别的反应让周元有些无奈，只能摆摆手，道："你们护送关青龙队长去艾清队长那边，这个弥石就交给我吧。"

"殿下小心一些，此人实力极强，而且拥有圣瞳，远比吉摩棘手。"苏幼微连忙提醒道。

周元轻轻点头。

苏幼微、武瑶、楚青等人见状，不敢继续停留在此处，扶着关青龙迅速退走。

弥石并没有去追击，而是眼神玩味地打量着面前的周元，道："真是没想到，吉摩竟然会栽在你的手中。"

周元的目光同样凝聚在弥石身上，他的面色微微沉凝，对方给他的感觉的确比吉摩更为危险，而且圣族之人最麻烦的还是他们眉心的圣瞳，蕴含着诸多神妙之术，让人防不胜防，此前关青龙会被封印，正是因为弥山的圣瞳之力。

"一场硬仗啊！"

周元深吐了一口气，看来要跟这弥石斗，可就什么手段都难以保留了。

"硬仗？"

弥石歪着头，笑容带着危险的气息，眉心的圣瞳流转起极为恐怖的光芒，道："周元，你莫非真以为斩杀了吉摩，就能够来挑战我了？

"我的圣瞳已至三星境界，跟吉摩可完全不一样……

"如果你自己这条小命还想留下的话，现在就如丧家之犬一般逃掉，或许是最好的选择。"

他笑的时候，眉心圣瞳之内的三颗星辰渐渐浮现，那股恐怖之力直接引得附近的虚空开始剧烈震荡。

然而，面对弥石充满威胁的言语，周元却是面无表情。他的袍袖之中有一颗银色圆球落了出来，然后化为银色液体，液体流动间，很快便在其身旁形成了一道与他一模一样的银色身影。

他手中的天元笔指向弥石。

"你那圣瞳的能力，是废话特别多吗？"

第一千一百四十五章
要开大招

"轰！"

当周元声音落下的那一瞬，弥石的脸庞上已有森冷之色浮现，磅礴浩瀚的源气如狼烟般冲天而起，搅动着风云。

他的身影化为一抹流光，直射周元而去。

"既然你急着找死，当然得成全你！"

三十六亿的源气底蕴爆发，带来的威压浩浩荡荡，所过之处大地崩裂，虚空震动。

涌来的强大威压引得周元眼神微凝，如今的他即便凭借晋升与地圣纹的相助，也只有三十四亿的源气强度，跟弥石比起来显然还有差距。

这家伙比吉摩危险太多！

他心念一动，身旁的银影疾射而出，银色的身躯上涌现出赤红的岩浆纹路。

"大炎魔！"

此时的银影拥有二十亿的源气底蕴，再凭借特殊的身躯与大炎魔加持，倒也初步具备了一些战斗力。

"砰！"

当银影与弥石接触时，后者只是一拳轰出，一股恐怖的源气洪流便轰击在其身上，那一瞬，银影的胸膛直接塌陷，身躯如炮弹般倒飞而出，在地面上撕裂出一道千丈长的深深裂痕。

"这般玩具就别拿出来献丑了！"弥石狞笑道。以他如今三十六亿的源气底蕴，举手投足间的威能，不是一个源气底蕴只有二十亿的傀儡可比。

若非银影材质非凡，又修有大炎魔，恐怕这一拳下去，它早就彻底碎裂报废了。

"果然还是不够啊……"

周元喃喃自语。看来在面对弥石这种级别的强敌时，现在的银影还是只能充当肉盾与辅助的角色，想要正面交锋，银影起码得将源气底蕴提升到近三十亿才行。

"咻！"

在他心思转动的时候，那一抹光影已出现在前方。弥石眼神森冷，一拳轰出，脚下的大地被撕裂开来，一道深渊对着周元吞噬而去。

周元五指紧握，同样将体内的源气毫无保留地催动起来，白金源气咆哮，宛如在其身后化为龙影。

"轰！"

两人重拳硬碰。

肉眼可见的冲击波猛然扩散，方圆千里之内的大地瞬间崩裂出一道道深不见底的裂痕，无数山峰塌陷。

周元的身躯一颤，身影倒射而出，脚踏在虚空接连踩下，每一次落下都引得那处虚空碎裂。

而弥石仅仅只是身躯震了震，即便身后的虚空呈现破碎之态，他的脚步却并未有半点移动，宛如磐石。

显然，第一次的正面碰撞，弥石占据了绝对上风。

在后方，三大天域的强者见到这一幕，神色都变得凝重。果然，周元虽说能够斩杀吉摩，但面对更强的弥石时并没有多少优势，反而处于劣势。

"快，艾清队长过来了！"

此时，后方某处，那些护持着关青龙的武神域强者看着一道迅速赶来的倩影，面露喜色。

艾清的娇躯落至关青龙身侧，一双美目望着对方身上若隐若现的龙凤光环，忍不住苦笑一声。谁能想到他们准备的大招，最终竟落在了队友身上，这可真是大麻烦。

"艾清队长，多久能够解除封印？"关青龙面色凝重地问道。

"周元队长那里恐怕坚持不了太久！"

先前周元的劣势他也看见了，如果弥石倾尽全力，恐怕周元会有危险。

而除了此处，战场其他方向也极为惨烈，三大天域的人不断有死伤，他们在这里多拖延一下，情况就会更加糟糕。

艾清咬了咬红唇，道："恐怕需要一炷香的时间。"

关青龙闻言，面色不由得变得难看，其他人也面露焦灼之色。这个时间太长了，且不说周元能不能坚持那么久，光是其他地方，这一炷香就得死多少人？

"麻烦你尽快吧。"

关青龙深吸一口气，眼中满是忧虑。

"我不仅担心周元队长，姜金鳞队长那边恐怕也……"

听到此话，艾清看向姜金鳞所在的战场，这一眼看去，心头便忍不住一沉。弥山终于开始展现出恐怖的实力，完全将姜金鳞彻底压制，若非后者肉身相当强横，恐怕早已被重创。

这样来看，整个局面中三大天域已经开始陷入劣势。

"希望他们能多坚持一下吧。"

艾清轻叹一声。圣族果然强横无比，没想到他们三大天域联手，竟然还是被圣族两个天域的力量抵御下来。

旋即她用力甩甩头，将心中的情绪迅速压制，然后在关青龙身后盘坐，玉手伸出，开始解除对方身上的封印。

……

弥石一拳震退了周元，脸上却没有多少得意之色，反而双目微眯地盯着周元的身影，因为他能够感觉到，自己那一拳虽然击退了周元，却没有让对方受到什么伤害。

"这家伙的底蕴虽说只有三十四亿，但肉身与神魂皆强横凝实，底蕴稳固如山，短时间内难以将其彻底击溃。"

弥石的眼神愈发森冷。

"看来一般的手段还真奈何不了你。"

他深吸一口气，眉心的圣瞳之内忽有神秘光芒涌动，下一瞬，一股灰白光芒自其中流淌而出，光芒过处，只见弥石的身躯渐渐有被石化的迹象。

"圣石不灭术！"

"轰！"

他站在那里，脚下的大地像是无法承受他的重量，直接塌陷成一个黑洞。

弥石并未掉落，而是凌空而立，脚下的虚空却在不断碎裂，仿佛承受着难以想象的重量。

周元望着渐渐石化的弥石，眼神微凝，在他的感知中，此时弥石散发出的危险气息比先前浓郁了许多。

于是他单手结印。

"熊熊！"

只见天地间有无形之火出现，然后环绕在弥石四周，火焰凝结成龙形，对着弥石咆哮。

那是魂炎！

即便面对这般程度的魂炎攻击，弥石却毫不在意地挥了挥手，直接将其尽数磨灭。

"好厉害的肉身增幅之术……"周元缓缓道。石化极大地增强了弥石的防御与力量，那层石化皮肤甚至能够抵御神魂力量的侵蚀，如此一来，弥石无疑是如虎添翼，更为棘手了。

"你就只会这些小道之术吗？"

弥石咧嘴笑着，笑容中带着森森寒意。

周元盯着弥石，眼中同样闪现寒芒，旋即他瞥了一眼远处姜金鳞的战场，将那边的劣势收入眼中。

整个局面渐渐朝着圣族倾斜，如果此前他未能将吉摩斩杀，恐怕现在已经一面倒了。

"呼！"

周元深吸一口气，单手结印。

远处的银影化为一道银光暴射而来，最后落在周元的掌心，化为银色液体流泻开来，短短瞬间，它便化成森冷的银色战甲，将周元的身躯覆盖。

与此同时，银甲下的眼瞳中七彩之光缓缓地闪烁。

如今局面危急，只能以最快的速度分出胜负了。

既然其他手段没有多大效果……

那就……直接开大招吧。

第一千一百四十六章
两道剑光

当银甲覆身时，周元的眼瞳之中绽放七彩毫光，神府中介于实质与虚幻之间的葫影也开始微微晃动。

"轰！"

一股极端恐怖的波动自周元体内散发出来，附近的虚空开始不断破碎，一股无法形容的凌厉锋锐之气浮现，犹如能斩天裂地。

在这般气息下，整个庞大的战场都在微微颤抖。

作为周元对手的弥石，第一时间察觉到了这股恐怖波动，当即面色变得凝重，缓缓地道："之前就听吉摩说过，你掌握着一道威力惊人的圣源术，如今终于舍得拿出来了吗？"

若说周元手中最令弥石忌惮的底牌，显然要属这道直接将吉摩的圣瞳都逼得被封印的圣源术了。

战场中，不少目光汇聚而来。

他们同样感觉得到，周元要动真格了。

不知他所祭出的这道威力惊人的圣源术，能否将渐渐落入下风的局面扳回来。

在后方，正在帮关青龙解除封印的艾清见到这一幕，不禁柳眉微蹙，道："周元队长此举并不明智，他现在的主要任务是拖住弥石，根本没必要与他进行这种碰撞，万一……"

虽说先前周元与弥石的交手有些落入下风，但终归能够勉强拖住对方，按照艾清的想法，周元只须继续拖延下去就好，根本没必要冒险一搏，若是失手，谁还能够钳制住弥石？

一旁的苏幼微闻言则道："弥石乃强敌，殿下的源气底蕴与他终归有差距，

若是拖下去，自身的劣势会越来越大，与其如此，还不如放手一搏。以我对殿下的了解，若是没有把握，他断不会行此大险。"

艾清看了一眼这位容颜气质引人注目的女孩，她如何听不出苏幼微言语间对周元的维护，不过她不是喜欢争辩之人，只是平静地道："你是觉得周元队长行险之下能够击败弥石？我当然也希望如此，因为这是最好的结果。但是万一失手呢？"

"那我就上前，即便殒命于此，也会阻拦他一时半刻。"苏幼微同样平静地回道。

旁边守卫的众人面面相觑，两女言语之间虽说没有多大波澜，可暗中的碰撞任谁都能感觉得到。

就在此时，武瑶红唇微启，淡淡地道："周元不是蠢货，他应该明白后果。既然他会做出这种选择，那么在他的推算中，结果总不会比一点点拖延下去更差。"

虽说与周元恩怨颇深，但他终归是混元天的人，眼下他在前方为了抵御强敌拼死奋战，后方就不应该还去质疑他的选择。

关青龙见到三女这般阵仗，有些无奈地苦笑道："艾清队长，还是先专心帮我解除封印吧。不管周元队长如何选择，只要将封印解除，我就能够收场。"

他的言语间散发着一股自信。

这是身为混元天最强天阳境的傲气，虽说这一次他出场不太顺利，刚开战没多久就被来自队友的大招封印了……但这也怪不得他啊。

艾清闻言，没有再多说什么，而是垂下眼帘，加快速度解除封印。

……

"嗡！"

伴随着恐怖气息的不断凝聚，被银甲覆盖的周元缓缓抬起手掌，掌心间有一道七彩毫光浮现，光芒颇为绚丽，宛如一尾七彩游鱼。

当它出现时，周元四周的虚空不断被切割，留下一道道黝黑的痕迹。

周元银甲下那森冷如刀锋般的目光锁定弥石，下一瞬，他手掌一抬。

"七彩斩天剑光！"

"咻！"

七彩毫光暴射而出，直接洞穿虚空疾掠出去。

"吼！"

弥石的喉咙间爆发出低吼声，他的身影猛然间暴射而退，不过无论他如何挪移身形，前方的虚空都直接破碎，那抹七彩毫光宛如能够穿透空间一般，紧紧跟随。

从七彩毫光上，弥石感觉到了一股让他毛骨悚然的力量。

那股力量太强了。

"终于来了吗？等你很久了，我倒要看看，你这可斩天地的七彩剑光能否斩得破我的不灭石体！"

弥石并未感到畏惧，眼中反而跳动着疯狂之色。他长啸一声，眉心圣瞳猛然间爆发出光芒，那光芒如水一般蔓延开来，将他的身躯尽数覆盖。

"圣瞳·不灭石体！"

弥石此时开始出现巨大变化，只见他的身躯猛然膨胀，化为十数丈左右，血肉之色尽数褪去，取而代之的是浓郁的灰白色，短短数息便化为一座表面斑驳、仿佛历经岁月的古老石人。

"吼！"

古老石人的喉咙间发出低沉的咆哮，旋即石臂交叉于身前，仿若一面斑驳石盾。

"唰！"

就在这一瞬，面前虚空破碎，一抹七彩毫光破空而出，直接斩至石臂之上。

那一刻，天地仿佛都出现了瞬间的凝滞。

"当！"

紧接着，惊天巨声响彻，万丈冲击波横扫开来，大地瞬间碎裂，被切割出无数道深深的裂痕，周边躲避不及的众人，皆被轰得吐血倒飞出去，身躯上满是被劲风撕出的血痕。

而周元与弥石所在之处，更是出现了一个深不见底的巨坑，巨坑黝黑，边缘处光滑如镜，宛如锋利刀刃划过的豆腐一般。

无数道惊骇的目光投射而来，如此恐怖的对碰，双方的顶尖高手都为之心悸。

只是不知道，这种碰撞之下究竟谁更胜一筹？

在一道道视线的聚焦下，源头处的源气波动渐渐褪去，然后众人便见到一道古老石人静静地矗立于虚空，依旧保持着双臂交叉在前的姿势。

"挡住了吗？"

在惊疑不定的声音中，古老石人的双臂突然传出"咔嚓"一声，一道道裂痕出现，

碎石不断崩落，裂痕迅速蔓延至石人的大半个身躯……

"砰！"

石人的半截身躯爆碎，弥石的面庞从半截碎石中显露出来，此时的他满身血痕，看上去犹如被摔碎的瓷器一般。

"扑哧！"

他一口鲜血喷出，嘴唇猩红地盯着周元，然后咧嘴狞笑："好霸道的圣源术……竟然能将我的不灭石体破坏成这个样子……

"不过可惜……我还是承受下来了！"

弥石仰天狂笑，虽说此时被七彩毫光所伤，但他并未被直接斩杀，显然，不灭石体不太惧怕那道七彩毫光。

"哈哈哈，周元，圣源术之威固然强大，可是以你这般底蕴，这一发也耗尽了力量，接下来你还拿什么跟我玩？！"

弥石的狂笑声回荡在战场中，三大天域的人马皆脸有异色，神色不安。

在后方，艾清叹了一口气，轻轻摇头，果然正如她所料，周元这次兵行险着并没有取得想要的效果。接下来的局面，恐怕会更为艰难。

在弥石的狂笑声中，周元身躯上的银甲突然变得黯淡下来，然后迅速化为银色液体滴落……

周元面色平淡，他看了一眼褪去的银甲，又望着狂笑的弥石，嘴角忽然掀起一抹诡异的笑意。

"唰！"

他的身影暴射而出。

"不知死活的东西！还敢主动送死！"

弥石见到周元竟然还敢主动上前，脸庞上顿时浮现出狰狞残忍的笑容。

只是，他这般笑容刚刚绽放，便忽地见到周元眼中闪现出七彩之光，下一瞬，又是一道无比恐怖的波动自周元体内猛然爆发。

一抹七彩毫光直接从周元的天灵盖冲天而起，快若惊雷般对着弥石再度斩下。

弥石目瞪口呆，头皮陡然一炸，眼中涌现出浓浓的恐惧之色，身影毫不犹豫地掉头就跑，同时心中有着难以置信的咆哮声响起来。

"怎么可能……怎么可能还有第二道剑光？！"

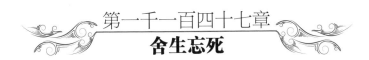

第一千一百四十七章
舍生忘死

"嗡！"

当第二道七彩毫光暴射而出时，不仅弥石本人，就连那些将视线投注于此的各方强者皆面色骇然，眼中涌现出难以掩饰的惊恐。

谁都没想到，周元竟然能够连续催动两道七彩剑光！

在众人看来，这实在是太不可思议了，要知道圣源术的修炼条件本就极为苛刻，就算修成了，催动也需要极为庞大的源气支撑。按照众人的估计，以天阳境的实力，即便源气底蕴达到了三十亿，想要催动圣源术，应该也要倾尽全力才能够施展出一道。

而若是想要再施展一道，怕是连自身都得遭到反噬。

整个战场中，即便是最强的关青龙与弥山，恐怕都来不了第二发！

可眼下……周元却做到了！

从第二道七彩剑光所蕴含的威能来看，显然并非假象！

所以当弥石见到七彩剑光破空而来时，他毫不犹豫地选择掉头逃窜。

以他如今残破的石体，已经承受不住第二次了！

"唰！"

此时，弥石将自身的速度施展到极致，且他极为狡诈狠辣，退走的路线竟然不顾沿途的圣族强者，那些人躲避不及，直接被追击而来的七彩剑光掠过，当即爆成漫天血沫，尸骨无存。

然而，他的这些作为并没有多大作用。

七彩剑光如附骨之疽，紧紧相随，并且随着时间推移而迅速接近。

那股浓郁的危险气息，让弥石浑身汗毛都倒竖起来。

他的面色变得极为阴沉愤怒，此番结果大大出乎了他的意料，周元能够施展出第二道七彩剑光的情报此前吉摩从未说过，而这如今给他带来极大的麻烦。

"轰！"

弥石深吸一口气，一道灰白烟气喷出，继而化为一条浩浩荡荡的泥石流，遮天蔽日，最后与七彩剑光碰撞。

"哧啦！"

即便是弥石这般手段，依旧无法阻拦七彩剑光的锋锐，剑光掠过，整条由源气所化、足以碾碎诸多山脉的泥石流便爆碎开来。

弥石见状，只能继续疯狂逃遁。

众人此时发现，弥石的逃跑路线正是弥山所在的战圈范围。

而弥山那边的战场，他正占据着绝对上风，姜金鳞被他轰得满身鲜血流淌，甚至连龙鳞都被撕碎开来，身躯上一道道深可见骨的伤痕，看上去极为凄惨。

不过姜金鳞倒有几分血性，即便被压得如此狼狈，依旧在发狠进攻，将弥山死死地纠缠住。

他这时也发现了弥石的狼狈，如果让弥山帮弥石化解了此次危局，无疑会损失一次大好机会。

面对死缠烂打的姜金鳞，弥山面色阴冷。如今的局面因为周元第二发的七彩剑光，已经有些脱离他的掌控了。

如果坐视弥石被重创，可就真正不妙了。

"哈哈，弥山，你的对手是我，不要想着去救人了！"

姜金鳞发现了弥山闪躲的目光，当即大笑出声，然后满脸鲜血地再度疯狂进攻。

"轰！"

弥山一拳轰来，拳风撕裂虚空，将姜金鳞的胸膛轰得塌陷下去，龙鳞粉碎。

"扑哧！"

姜金鳞一口鲜血喷出，他咆哮出声，整个身躯龙化得更为剧烈，然后悍不畏死地又冲了上去。他乃玄龙族，肉身本就极为强横，生命力顽强，所以只要弥山没有将他彻底打死，这些伤势迟早会复原。

弥山盯着姜金鳞冷笑一声，道："你真以为缠住我，我就无法施加援手了吗？你们太小看我了！"

他的目光盯着朝这个方向疾掠而来的弥石，眉心圣瞳突然间爆发出圣光。

"圣瞳·碎空！"

随着圣瞳中圣光涌动，只见弥石前方的空间突然剧烈地扭曲起来，犹如形成了一道黝黑的空间裂缝。

而此时，七彩剑光暴射而至，正好被那空间裂缝宛如巨口般一口吞入。

空间裂缝之内，极为恐怖的震荡波动爆发出来，然后裂缝渐渐消失。

"哗！"

天地间响起无数道震惊的声音，一道道视线投向弥山所在的方向。谁都没想到，被姜金鳞缠住的弥山，竟会在这千钧一发之际出手，帮助弥石化解了危险的局面！

不过弥山显然为此付出了一些代价，他眉心的圣瞳中有一丝血迹流淌出来，圣瞳光芒迅速变得黯淡。

"这点代价是值得的，那周元的手段只有这两道七彩剑光，没了这，他不过是没牙的老虎，弥石足已收拾他。"弥山悄悄松了口气。

远处的天空上，劫后余生的弥石深深吐了一口气，旋即面色狰狞地望着周元所在的方向。这个小子竟敢将他逼得如此狼狈，今日若是不将其斩杀，这口气实在是无法发泄。

不过他没有立即行动，而是迅速掏出一把血丹塞进嘴中。

他在抓紧时间恢复源气。

只是，当弥石将心神聚集于周元时，他没有察觉到，一道诡异的虚影不知何时出现在他的后方。

那虚影猛地扑上来，竟直接将弥石尽数缠绕，一道道源气匹练将两人捆缚在一起。

突如其来的变故让弥石一时间大惊失色，目光一扫，便见到一道人影在他身后，当即暴怒地催动源气，后背狠狠一震。

"哇！"

身后那道人影一口鲜血喷出，却反而更加紧紧地将他缠绕。

此时，周元等人也见到了这一幕，当即面色一变："赵牧神？！"

出现在弥石身后的人，竟然是赵牧神！

"什么蝼蚁般的东西也敢对我出手，不知死活！"弥石体内源气不断震动，

直接将他身后的赵牧神震得肉身撕裂，鲜血狂涌。

然而赵牧神并不理会自身伤势，反而露出狰狞残忍的笑容，一口狠狠地咬在弥石的脖子上，疯狂地吸着血。

同时，他的吼声响起："周元，还不动手！"

"唰！"

他的声音尚未落下，周元的身影已经暴射而出，他不明白赵牧神怎么突然间如此舍生忘死，这显然不符合对方的性格，但这个时候没时间关注这些了，先将弥石斩杀才是最重要的事情。

而周围那些圣族强者见状，纷纷对着弥石扑去，试图保护他。

武瑶、苏幼微、楚青等人也开始出手，拦截着那些圣族强者。

战场瞬间变得激烈起来。

周元的眼中只有弥石，他迅速出现在弥石与赵牧神的前方，望着几乎纠缠在一起的两人，眼角忍不住跳了跳。

"滚！"

弥石暴怒，体内源气猛然爆发。

"轰！"

赵牧神终于被轰飞，浑身破破烂烂，千疮百孔的模样看上去极为凄惨。

弥石面色阴沉地极速暴退。

周元袍袖一挥，一道源气将赵牧神卷住，此时后者气若游丝的模样跟快死了差不多。

"你……"周元忍不住道。

赵牧神咧咧嘴，牙齿上满是血迹，他阴森森地盯着弥石，眼神中却有一种诡异的贪婪之色。

"周元，用你的天元笔捅我。"赵牧神说道。

周元一怔，不过下一瞬，他的手掌猛然紧握天元笔，锋利的笔尖暴射而出，狠狠地洞穿了赵牧神的小腹。

"嘶！"

赵牧神死死地抓住笔身，满脸扭曲地看了周元一眼。

"不是你让我捅的吗？"周元笑道。

赵牧神嘴角抽搐，这混蛋还真是半点不犹豫，那一瞬他都觉得周元是不是打算直接趁机在这里弄死他了。

只是此时没时间理会周元，赵牧神单手结印，脸庞上有一道道血迹蠕动，形成了某种纹路。

"扑哧！"

就在他印法结成的瞬间，那暴退的弥石突然一口鲜血喷出，他的小腹处有一道狰狞的血洞凭空浮现出来。

弥石难以置信地望着小腹那道诡异的伤势，然后暴怒地看向赵牧神。显然，他的伤势是因为这个同样只是天阳境中期的蝼蚁所致。

面对弥石杀人般的目光，赵牧神咧嘴森然一笑，道："在你最虚弱的时候，我吸了你的血，同时也将我的血注入到你的体内，所以现在我们算是血脉相连。"

旋即，他伸出手掌握住自己另外一条手臂，猛然一扭。

"咔嚓！"

他竟然硬生生将自己一条手臂扭断了。

"啊——"

两道惨叫声响起。

一道是赵牧神，另一道自然便是弥石。

弥石面色暴怒地望着自己的右臂，那里鲜血直涌，整条手臂都被生生扭断，然后掉落。

而断臂刚落下，一道吸力便极速而来，将其抓住。

周元在出手。

周元有些嫌弃地握住断臂，然后看向赵牧神："你要这玩意？"

先前赵牧神已传音于他，让他配合抢断臂。

赵牧神眼神炽热，他一把抢过断臂，然后在周元有些震惊的注视下，张大嘴巴，一口将断臂吞了下去……

第一千一百四十八章
可斩星辰

当一口将弥石的一条手臂吞下去的时候，赵牧神断臂处的血肉突然诡异地蠕动起来，然后一条血淋淋的手臂迅速长出，那般恢复速度让一旁的周元都面露惊愕。

他还隐隐感觉到，此时赵牧神体内的源气波动似乎有所增强。

"啊！"

与此同时，弥石则发出了一道凄厉的惨叫声，他抱着断臂处，面目狰狞地盯着赵牧神，就在对方吞下他那条手臂时，他冥冥中有一种感应，自己这条断臂恐怕没那么容易再生长出来了。

要知道四肢断裂，对于他们来说算不上太重的伤势，只要借助一些灵丹妙药，让血肉重生并不困难。

可这一刻，弥石却有一种永久失去一条手臂的感觉，就算借助灵丹妙药，恐怕都不一定能再长出来。

显然，应该是赵牧神吞掉他那条手臂的缘故。

此时的弥石可谓惊怒交加，恨不得将赵牧神生吞活剐。他怎么都没想到，这个看上去只是天阳境中期的蝼蚁，竟然会将他搞得如此狼狈。

面对弥石怨毒的目光，赵牧神退后一步，来到周元身后。

"他现在已经被重创，就交给你了。"赵牧神咳嗽一声，道。

周元笑道："我说你怎么变得舍生忘死起来，原来是贪婪作祟，盯上了人家的一条手臂。"

赵牧神面无表情地道："我的动机如何你不用管，只需要看结果就行。虽说是你将他打伤，导致他陷入了短暂的虚弱状态我才有机可乘，但这也算是一份贡献。"

周元没否认，他懒得斤斤计较，道："好吧，算你一份功劳。"

他将天元笔一摆，目光锐利地看向弥石，此时对方算是真正受创，正是将其彻底解决的好时机。

"如果你真要感谢我的话，可以帮我把他的圣瞳挖下来，我觉得味道会很不错。"赵牧神突然道。

周元的嘴角抽搐了一下，有点胃液翻腾。这家伙似乎越来越重口味了，这种吞噬的手段真让人毛骨悚然。

他没理会赵牧神的要求，体内源气涌动，遥遥地将弥石锁定。

"轰！"

就在周元打算继续对弥石出手的那一刻，天地间突然有一道巨声响彻，一股恐怖的源气波动爆发开来。

无数道视线立即朝着声音传来的方向看去，面色皆是一变。

那里正是姜金鳞与弥山所在的战圈。

此时的弥山立于虚空，面色满是阴冷的杀意，他眉心的圣瞳不断有鲜血流淌出来，在他对面的天空上，姜金鳞身躯僵硬，只见那布满龙鳞的强大身躯上出现了一道极为狰狞的血洞，几乎贯穿了姜金鳞的肉身，甚至可见其内脏。

血洞中似乎蕴含着一种特殊的力量，不断侵蚀开来，以姜金鳞强大的生命力都难以迅速恢复。

"哇！"

姜金鳞口中鲜血狂涌，金色的龙瞳死死地盯着弥山，眼中满是暴怒与不甘。

先前那一瞬的交手，弥山再度动用了圣瞳的力量，那种力量宛如能够操控空间一般，直接裹挟着无比锋锐的空间碎片贯穿了他的肉身。

面对这种伤势，就算是玄龙族的肉身，都有些难以承受。

"哼，若非因为救弥石消耗了圣瞳的力量，此时的你必死无疑！"弥山轻蔑地道。

姜金鳞的喉间发出暴怒的咆哮声，但最终还是因为伤势过重，身躯从天空坠下，轰然落地，在山林中砸出一个深深的巨坑。

"哗！"

姜金鳞被重创落败，犹如在战场中掀起了一场飓风，三大天域的强者纷纷色变。

谁都没想到这场战争如此跌宕起伏，眼见周元好不容易将弥石打伤，谁能想

到在这关键时刻，弥山击败了姜金鳞！

这一下，对方最强之人终于腾出了手。

这般变故同样令周元微微色变，他如今源气消耗不小，状态并不完美，对付重创的弥石还行，若是再对上弥山，可就真的双拳难敌四手了。

"哈哈哈。"

弥石仰天大笑起来，他眼神凶残而狰狞地盯着周元，道："可惜啊可惜，你机关算尽，气运却是在我圣族一边！"

当声音落下的时候，只见他身旁的空间波荡，一道身影踏空而出，正是弥山。

此时的弥山面无表情，眉心圣瞳流淌着血迹，令他看上去极为可怖。

一股令人心悸的煞气自他的体内散发出来。

弥山盯着周元，淡淡地道："没想到险些被一个天阳境中期翻了盘……"

周元感受着面前两人散发出来的惊人威压，面色微沉，手掌紧握天元笔，浑身都紧绷起来。

"一起出手，先抹杀掉他吧。此人不除，后患无穷。"弥山淡漠地说道。

一旁的弥石点点头。

"轰！"

两人几乎是瞬间出手，磅礴澎湃的源气破空而出，直接封锁了周元的所有退路，以一种凶悍之势朝着周元席卷而去，源气过处，虚空寸寸碎裂。

此时的两人对周元杀意十足。

周元面色凝重，一圈天诛法域暗蕴，准备施展。面对弥山和弥石的联手，他根本不可能正面硬扛，只能借助丈许法域的力量削弱一下对方的攻势，然后趁机而退。

"轰隆！"

两道源气洪流交缠着咆哮而来，宛如两条虚空巨蟒，威势十足。

周围三大天域的诸多强者皆面色大变，一些人急忙破空而去，想要帮忙。

但显然已经来不及。

伴随着两道源气洪流迅速接近，周元掌心的法域已要张开，然而就在这一瞬，他突然感觉到这片战场中又有一道惊天源气冲天而起。

"嗡！"

那是一道嘹亮的刀鸣之声。

"弥山、弥石，你们真当我关青龙是吉祥物不成？！"

一道厉吼如炸雷般响彻天地。

一道身影如鬼魅般出现在周元上方，只见其手持一柄青龙大刀，然后猛然斩下。

那一瞬，前方虚空尽数破碎。

一道青色刀芒咆哮而出，仔细看去，竟宛如一条青龙，上面的龙鳞栩栩如生，张牙舞爪间惊天刀气席卷而出。

而关青龙的厉喝声也在这一刻响彻整个战场。

"我有一记青龙刀……

"可斩星辰！"

第一千一百四十九章
惨烈取胜

"嗡！"

青龙刀光咆哮而至，碾碎虚空，直接斩在那即将击中周元的两道源气洪流之上。

"砰！"

那一瞬，宛如惊天巨雷响彻，虚空都在此时轰然破碎。

青龙刀光斩下，两道源气洪流仅仅支撑了片刻便碎裂开来，化为无数源气光点飘散于天地间，而残余的刀光依旧凌厉无匹地朝着后方的弥山、弥石斩去。

弥山面色阴沉，眉心圣瞳有圣光闪烁，前方的虚空陡然扭曲，形成了某种如空间屏障般的防护。

"当！"

青龙刀光斩下，与那空间屏障碰撞，两者僵持瞬息，最终同时破碎开来。

弥山闷哼一声，额头上的青筋跳动了一下，身躯微震，眉心那圣瞳流淌的血迹更为浓郁了。

"关青龙！"

弥山眼神阴沉地望着周元的身后，只见那里一道高壮的身影显现出来，手持青龙大刀，气势凌厉而霸道，引得虚空震颤。

正是被解除封印的关青龙！

战场中，三大天域的人马立即爆发出欢呼声，在这个最为紧要的关头，关青龙的入场无疑极大地振奋了人心，甚至可以说足以扭转整个战局。

现在的战场，顶尖强者中的吉摩被斩杀，姜金鳞和弥石皆身受重创，周元的状态在逐渐下滑，至于弥山同样好不到哪里去，因为屡屡使用圣瞳的力量，现在他的战斗力也开始慢慢减弱。

唯有关青龙依旧保持着完美的战斗状态。

因为被封印，此前他一直未曾真正出手。

在这种时刻，他圆满的战斗力可谓分量十足。

"你若再不出手，我可真要扛不住了。"周元不禁如释重负。今日的战斗他是竭尽全力了，斩杀吉摩，重创弥石，这两份战绩几乎横压所有人，包括姜金鳞和关青龙。

但他终归只是天阳境中期，眼下的战斗力仍依靠着诸多秘法支撑，不可能坚持太久。

若关青龙不能及时出手，凭他一人之力，恐怕难以抵御弥山和弥石的联手攻势。

"若我此时是天阳境后期，弥山和弥石即便联手，也难以撼动我分毫。"周元心中遗憾地想着。

"周元元老，此次大战，你当为首功！"关青龙看着周元，眼神中是前所未有的肃然。他在后方已经清清楚楚地看见周元是如何力挽狂澜，维持着三大天域人马的士气不至于崩盘。

如果不是周元出手，他不可能等到封印解除的这一刻。

一想到若是局面崩盘，三大天域人马死伤惨重的那一幕，关青龙心中就直冒寒气。如果真是如此，待回到混元天，他关青龙的名声就算是毁了，毕竟从名义上来说，他是混元天天阳境的总指挥。

古源天之争乃气运之争，也是未来千年各大天域的源气之争，即便他们这里的争斗所决定的气运只是整个混元天的五分之一，但这依旧是极为恐怖的规模，如果能够多争取一分，未来混元天也能够变得更强一分。

所以，混元天所有势力都对这次的气运之争极为重视，若是关青龙输得太惨，成绩太差，无疑会引来诸多非议。

因此，关青龙此时对周元抱有一分感激。

"我是天渊域的队长，也是混元天的一员，怎么可能坐视不管？"周元笑道。

"只不过如今我的确是强弩之末了……接下来就得依靠关青龙队长了。"

周元感觉到体内的源气正在消退，因为晋升的时限快到了，一旦失去这些源气的增幅，他其实并没有资格跟弥山、弥石这种级别的强敌交手。

所以现在的周元，无比迫切地想要真正晋入到天阳境后期。

他的目光投向这片辽阔山脉的深处，浓雾之中，一座古老的石碑若隐若现，散发出特殊的天地韵味。

周元的眼中涌动着炽热的期盼之色，他知道，突破到天阳境后期的机缘，或许就落在此处。

"辛苦你了！接下来的战斗交给我便可。"

关青龙点点头。今日的战斗对于他而言，可谓十分憋屈，原本他已经做好了大战一场的准备，谁料到热身刚刚完毕，就被来自姜金鳞和艾清的封印给封住了，战况最为激烈的时候只能沦为一旁的看客。

现在好不容易解除封印，他自然期待一场酣畅淋漓的大战。

周元点点头，然后冲着对面面色阴沉的弥山、弥石和善一笑，缓步退后。

而关青龙的虎目则满是战意地看向弥山、弥石，手中青龙大刀斜指，道："接下来，就由我一人来面对你们吧。"

他言语间自有一番气势与霸气。

关青龙的实力毋庸置疑，不管怎样，在周元未踏入天阳境后期前，他都是混元天最强的天阳境。

他的实力，唯有全盛时期的弥山能够抗衡。

连弥石都还不够格，此前的战斗，如果不是他被突然封印，弥石的结果不会比姜金鳞好多少。如今关青龙状态完美，而弥山圣瞳受损，弥石更是身受重创，即便以一敌二，他依旧有着绝对的信心。

"轰！"

磅礴强悍的源气如道道狼烟自关青龙的天灵盖冲天而起，青色的源气中宛如有青龙之影流转，散发出极为强悍霸道的气息，一股恐怖的压迫笼罩下来。

战场此时微微凝滞，双方人马皆抬头望着天空。

如今双方处于胶着状态，这个时候，身为顶尖战力的关青龙与弥山，他们的一举一动都会影响战争的走向。

弥山面色极为阴沉地盯着关青龙，眼中满是暴虐的杀意。

他如何不清楚自身的状态，此时与关青龙斗，胜算不会超过三成。

即便弥山再不愿意承认，他也明白，这场玄迹之争他们圣王天与圣灵天已经处于极大的劣势中。

这一切……不是因为关青龙，而是那个不过天阳境中期的周元！

弥山盯着站在关青龙后方的周元，眼神森冷阴狠，犹如要将周元的面孔深深地印入脑海一般。

"呼！"

最终，弥山深吸一口气，淡淡地道："关青龙，这一次算你们胜一筹。"

关青龙浑身涌动的强大气势微微一滞，他盯着弥山缓缓道："你打算认输了？"

弥山漠然地道："一时胜负而已，不算什么。"

弥山是一个颇为理智的人，眼下优势不再，继续斗下去除了损失更惨重，并没有其他结果。既然如此，他们现在只能忍气吞声地认输撤退，保全力量。

"关青龙，你们不用太得意，此次的古源天之争会很有趣，等你们踏足中央区域的时候就会明白了。或许这一次气运之争，你们下五天的成绩将是有史以来最差的一次。"弥山的嘴角掀起一抹残酷的笑容。

关青龙眼睛一眯："哦？凭你吗？"

"当然不是凭我……"弥山玩味地一笑，道，"只能说你们很不幸，这一次的圣祖天可以算是数万年以来最强……

"关青龙，相信我，当你们遇见圣祖天时，就会明白什么叫作真正的绝望。"

话音落下，他不再有丝毫犹豫，直接转身踏空而去。

与此同时，他那冰冷的声音响彻战场："圣王天、圣灵天的队伍，撤退！"

"哗！"

此言一出，顿时引来一片哗然。圣族的大部队虽然心有不甘，但也明白优势不再，最终还是陆陆续续地撤退了。

庞大的队伍，如潮水般迅速退走。

短短不过半刻，原本战火燎原的战场变得寂静一片。

三大天域的人马面面相觑，一时间有点回不过神，待好一阵之后，方才有惊天动地般的欢呼声响彻而起，群山都为之震动。

半空中，关青龙望着弥山他们退走的方向，面庞上却没有多少欣喜之意，反而眉头紧紧皱起。

先前弥山的话，让他感觉到了一丝不安。

"圣祖天吗……"

第一千一百五十章
如何分配

当圣族的队伍撤出这片战场时，三大天域的人马都一个个脱力地瘫倒下来。

先前那场大战，可谓惨烈至极。

不论是三大天域还是圣族的两大天域，都有不小的伤亡。整个战场满目疮痍，尸横遍野，血腥气冲天而起。

一些同门正收敛着同伴的尸身，悲伤的低泣声传开，让人内心沉重。

周元落下身形，望着这一幕，不由得陷入沉默。

秦莲、木幽兰等人赶来这边，他们身上有着大大小小的伤势，显然都经历过惨烈的战斗。

"天渊域伤亡如何？"周元问道。

秦莲脸色有些沉重地道："有两百多人身殒，五百多人身受重伤。"

简简单单的数字，代表的意义却格外残酷。

周元轻声道："将他们的尸身收起来，带回混元天吧。他们是为了天渊域而战，天渊域不会亏待他们。"

秦莲等人点头。

"此次若不是队长大发神威，恐怕战局还会更惨烈，损失也会更大。"木幽兰妙目看着周元，有些崇拜地说道。

这一场大战，周元亮眼的战绩，所有人亲眼可见。

"你现在在混元天天阳境中的威望，已能够与关青龙平分秋色。"秦莲也点头表示认同。这一战，如果不是周元挺身而出，斩杀吉摩，重创弥石，最后胜负究竟如何还真是两说。

这一点，从此时各方强者不断投来的充满感激和敬畏的目光就能察觉。

此前周元虽说顶着天渊域元老的身份，但混元天其他势力大多只是看热闹的心态，他们并不认为周元真有资格与他们平起平坐，但这一战之后，那些心思应该会被彻底按灭。

周元虽说只是天阳境中期，但显然并不寻常。

周元对此不太在意地笑了笑，威望什么的他并不在意，毕竟圣族才是真正的大敌，如果坐视他们击溃三大天域，他能力再强，也不可能力挽狂澜。

就在此时，楚青和李卿婵快步走来，他们神色不太好，显然苍玄天也有不小的损失。

周元只能拍拍楚青的肩膀，本想和李卿婵拥抱一下以示安慰，却被她那清冷的眼眸瞪得缩回了手，当即无奈地笑了笑。

随着他这般打岔，倒是让沉重的气氛稍微松缓了一些。

此时的战场上，各方势力都在收拢人马，清算着损失。

"周元元老，关青龙队长有事请你前去商议。"

此时，有一道人影来报，态度恭谨。

周元看了一眼远处的高坡，那里各方势力的队长云集，于是他点点头，带着秦莲和楚青等人走了过去。

随着他的到来，各方势力的队长皆投来尊重的目光，即便是万兽天那些桀骜之人同样收敛了傲气，眼露一丝敬意。

金灵儿与金峰站在一起，她那双充满野性的美目盯着周元，眼神灼热。

他们源兽一族本就崇尚力量，周元能以天阳境中期的实力创造出如此显赫的战绩，如何能不让她心服口服！

"真不愧是小祖看重的人！"金灵儿咬了咬红唇，美目闪烁着异彩。

一旁的金峰见状，轻咳一声，低声道："姐，你这是干吗？可别忘了小祖的告诫。"

"什么？"金灵儿有些疑惑。

金峰干笑一声，金灵儿一阵愣怔后终于想起了什么——在他们来古源天之前，小祖曾经给过他们一次告诫，严格来说，应该是给她的。

那道告诫是什么来着？

不要试图勾搭周元，否则后果很严重！严重到甚至连它这位小祖都会挨揍！

当时金灵儿对这道告诫几乎是嗤之以鼻，身为金貌族的骄子，不论族内还是

族外，不知道被多少天骄追捧，她怎么可能看得上一个区区人族？而且，有谁敢揍小祖？以它的地位，整个万兽天内有这般胆子的人都是屈指可数。

所以，对于小祖的这道告诫，金灵儿一直表示很不理解。

金灵儿有些不满地噘了噘小嘴，道："小祖真讨厌！"

她美目中的神采不禁收敛了几分，显然告诫还是有点作用的。

周元倒没在意金灵儿的目光，因为在她前面，还有姜金鳞与艾清。

此时的姜金鳞面色颇为苍白，浑身的源气也有些萎靡，身上满是深深的伤痕，即便以他玄龙族的强大肉身，一时间都无法恢复。

姜金鳞面对周元时，神色有些不太自然。此战之前，他并没有太将周元放在眼中，不然他们也不会派出金灵儿去协助他，摆明就是不太相信他的能力。

可最终的结果谁都没想到。

如果不是周元力挽狂澜，此时败走的应该就是他们三大天域。

周元斩杀吉摩、重创弥石的战绩，就算以姜金鳞这般傲慢的性格，都不敢随意忽视。

他的实力与弥石差不多，此前弥石如果不是被弥山以圣瞳之力援救，恐怕此时可能已被周元斩杀。

所以周元展露的力量，让姜金鳞不敢再小觑。

艾清看周元的目光也有些复杂，她原本以为混元天最为出彩的人当属关青龙，可如今来看，这位天渊域的周元同样深藏不露，而且最为可怕的是，他现在才天阳境中期，若是等到他踏入天阳境后期，岂非连关青龙都会被超越？

或许，他将会成为诸族五天中最强的天阳境。

"周元元老，此次对战圣族两大天域，你的功劳毋庸置疑，我等在此向你表示感谢。"关青龙望着周元，神色肃然道。

其余人都微微点头，表达着谢意，周元此次的战绩几乎征服了所有人。

即便是姜金鳞，也保持着沉默，没有表示任何质疑。

周元对他们的谢意不太在意，他摆了摆手，目光凝望着遥远山脉中弥漫的浓雾，雾中那座古老的石碑犹如亘古永存，散发着特殊的韵味。

"诸位，眼下大敌已退，是时候商量各方势力对这处玄迹的分配了吧？"周元笑道。

他所说的并非最核心的分配，而是对各方势力普通成员的安排。

按照之前的探测，想要接近那座古老石碑需有二十亿左右的源气底蕴，所以能够获得最核心机缘的，应该是各方势力中的顶尖强者。

但还有更多人无法接近石碑，也无法享受到这种机缘。

可他们同样在战争中做出了贡献，必须想办法为他们谋得好处，不然谁还愿意继续搏命？失去这些队员，仅靠顶尖强者难以成事。

好在各方势力的领头人对此早就有所准备。

虽说二十亿源气底蕴以下的人难以接近这座石碑，但石碑一旦被启动，就会爆发出极为磅礴浓郁的祖气以及无数祖气奇宝，这些祖气会向外围蔓延，这些便是各方势力中很多人期望的机缘。

越是靠近石碑，就能够获得更多的祖气以及祖气奇宝。

按照此前商定，石碑前的站位会分为三档。

第一档自然是最接近石碑的位置，这里会迎来第一波祖气冲击。

在被第一档吸收一通后，这波祖气将会流向第二档、第三档……

在此前的商定中，能够坐稳第一档位置的只有两方势力，即混元天的武神域与万兽天的玄龙族，因为他们的实力最强，而且还有关青龙和姜金鳞这般领军人物。

只不过现在……

关青龙看向周元，笑道："周元元老功劳最大，天渊域当然有资格列入第一档。"

姜金鳞没有说话，若是此前，他必然会反对，毕竟多一个势力站在第一档，分润出去的祖气就会减一分，没人愿意让这种好处流入别人的肚子里。但现在周元的战绩太耀眼，连他都无话可说，若是周元都没资格列入第一档，那玄龙族与武神域恐怕都没资格。

"多谢。"

周元微微沉吟道："不知道除此之外，能否再要一个第二档的位置？"

这个位置当然是为苍玄宗而要。如果光凭战绩，恐怕苍玄天所有势力都会落到第三档去，但他也是苍玄宗的人，总要为同门讨得一些好处，毕竟现在这种场合，就算楚青开口，恐怕都没多少分量。

关青龙闻言，看了后方的楚青等人一眼，微微犹豫之后，最终点头应下。

"周元元老出自苍玄宗，你的功劳，他们当然有资格分润一些。"

这算是给了周元一个面子。

姜金鳞则眉头一皱，就要开口反驳，却被艾清在后面拉了一下。

"周元不好惹，别为了这点蝇头小利得罪他。你不想想，万一他在这玄迹中突破到了天阳境后期呢？"艾清低低的声音传入姜金鳞耳中。

姜金鳞的面色微微变了变。现在的周元只是天阳境中期，就已经能重创弥石，若他踏入后期，该会有多强？恐怕到时候连自己与关青龙都不是他的对手。

想到那一幕，即便以姜金鳞的傲气，都暗自吞咽了一口口水。

于是他轻轻点头，面色平淡地道："我并无异议。"

随着两大天域的总指挥拍板，石碑前的站位安排便这样定了下来。

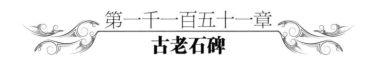

第一千一百五十一章
古老石碑

翌日，三大天域的人马经过一夜的休整后，大军直接朝着那座位于山脉深处、隐匿于浓雾之中的古老石碑进发。

在距离石碑还有约莫万丈的位置，大部队尽数停下。

一道道目光透过浓雾，望着远处那座古老石碑。

石碑有万仞之高，如一座山岳矗立，浓雾弥漫时，更是令它充满了神秘气息。

到了这个位置，才能够清晰地察觉到一股恐怖的压迫感自石碑中散发出来，让三大天域绝大多数人都难以再前进一步。

"各方势力，依照规定的位置分配！"此时，关青龙和姜金鳞发出命令。

于是，武神域、天渊域、玄龙族三方势力的人马直接原地盘坐，这是属于第一档的位置。

其他势力羡慕地望着他们，纷纷退后一些，开始分成第二档以及第三档。

因为石碑被催动后，祖气将会从它的正前方喷发，唯有这个方向才能吸收到更多。

周元看向天渊域所在区域，扫过坐在不起眼位置的几道熟悉身影，那是李纯钧、左丘青鱼、绿萝等人，他们察觉到周元的目光，冲他微微一笑，表达着感谢。

他们并非苍玄宗的人，按照正常分配应该在第三档的位置，可那样一来，他们能够分配到的机缘无疑会少许多。

所以周元将他们暗中调到了天渊域的人马中，以他如今的威望，没有人会对他的这种行为表示反对，毕竟整个天渊域能够在第一档，都是因为周元显赫的战功。

他这随手的帮忙，对于左丘青鱼他们来说，却是一场不小的机缘。

"三大天域，所有源气底蕴达到二十亿，能够抵御石碑威压者，随我们接近

石碑！"将大部队安顿好之后，关青龙雄浑的声音再度响起。

很快，一道道散发着强悍源气波动的人影皆汇聚而来。

后方诸多视线望着他们，无不带着羡慕与敬畏。

这是三大天域中最为顶尖的力量。

周元目光扫过，见到武瑶、苏幼微、赵牧神均在列，三人中以赵牧神的源气底蕴最强，按照周元的感应，恐怕已经达到了二十亿的层次，竟然只比他低了四亿……

应该是吞噬了王玄阳之后得到的好处。而武瑶和苏幼微的源气底蕴尚未达到二十亿，可两女非同凡响，石碑的源气威压在她们可以承受的范围内。

不管怎样，三人能够以天阳境中期的实力就跻身天阳境后期才能得享的机缘中，足以说明他们的优秀。一旦踏入天阳境后期，周元感觉他们的实力会出现一个恐怖的暴涨，甚至直追关青龙！

"周元师弟，此次苍玄宗的事真是麻烦你了，卿婵师妹嘱咐我一定要跟你道谢。"一旁有低声传来，周元一转头便见到楚青那标志性的、光溜溜的、闪烁着光泽的脑袋。

周元闻言则笑道："楚青师兄莫非忘记了，我也是苍玄宗的一员？"

然后他的视线投向后方苍玄宗的区域，坐在最前方的一名清冷美丽的女子明眸正看过来，两人的目光对碰了一下，后者便面容平静地转开，有点傲气。

不过周元还是能从她的眼中看出感激之色。

与楚青这个时刻想着甩担子的大师兄相比，李卿婵才是真正操心苍玄宗诸多事宜的人。

"走吧。"

周元笑着收回目光，说了一声。

于是，三大天域中的顶尖天阳境便踏破浓雾，带着期待朝着那座古老石碑而去。

片刻后，当周元等人的身影自浓雾中走出时，古老的石碑终于清晰地出现在他们眼前。

所有人都目光灼热地看去。

那座石碑巍峨高耸，直入云霄，表面斑驳古老，有无数道岁月留下的痕迹，而那些痕迹无不带着一种极为特殊的韵味，引得附近的天地源气都在异样地波动着。

石碑之中，散发出来一圈圈的祖气，磅礴得令人心惊。

石碑表面不断有祖气气流流淌出来，然后在某些地方凝结，凝结之处渐渐形成一座座由祖气所化的莲台。

祖气莲台的存在不出众人的意料，此前关青龙已经说过。

而让他们稍微欣喜的是，莲台的数量比先前关青龙说的要多一些。

但即便如此，满打满算也只有二十五座，而来到此处的三大天域的精锐强者数量显然远不止于此。

关青龙、姜金鳞等人再度商讨了一番，周元懒得参与，反正以他的战绩，不仅自身足以分得一座莲台，连秦莲也能够得到一座。

商讨很快结束，混元天这边的武神域、万祖域、紫霄域、天渊域皆得到两座莲台，万兽天那边的玄龙族、灵凤族、金猊族同样如此，只是苍玄天中除了楚青能够得到一座，其他人皆战绩不够。

短短瞬间，二十五座莲台便被瓜分完毕。

那些没有分到莲台的人，只能在石碑之下盘坐修炼，尽管如此，在这里修炼得到的机缘也会远胜万丈之外的大部队。

"诸位……"关青龙眼神炽热地望着石碑之上凝结而出的祖气莲台，缓缓地道，"此前大战虽然惨烈，但眼下该是我们收获的时候了。

"至于能够获得何等机缘，还得看各自的造化。

"动手吧！"

当他声音落下的瞬间，二十五道身影便已暴射而出，直接落在二十五座祖气莲台之上。

随着他们身影落下，古老石碑仿佛有所感应，下一瞬，整个大地剧烈地震动起来，然后一股无比庞大的祖气猛然爆发。

那祖气先是席卷而上，隐隐间竟在石碑的上空形成了一道巨大无比的祖气华盖，遮天蔽日。

"呼呼！"

紧接着，祖气如实质般的浪涛滚滚而出，直接对着正前方席卷而去，最终将万丈外的三大天域大部队尽数淹没。

石碑上的二十五座祖气莲台也在此时爆发出光芒，渐渐将其中的身影遮掩。

第一千一百五十二章
祖气莲台

"嗡！"

巨大的古老石碑嗡鸣震动，犹如发出了来自远古的低吟之声。

而磅礴浩瀚的祖气如万丈浪潮，一波波源源不断地席卷而出。

特别是石碑之上的二十五座莲台，它们散发出强大的吸力，直接将祖气吸引而来，隐隐间竟形成了一个个祖气旋涡。

盘坐于莲台上的二十五道人影纷纷面露喜色，这般浓郁的祖气，即便是见识过高级祖气支脉的周元，内心都为之震撼不已。

就在他们为磅礴的祖气而欢喜时，突然察觉到有一抹玄妙的波动自石碑之中散发出来，然后掠过他们的身躯。

那一瞬，似乎整个人都被看了个通透，犹如被什么探测一般。

这般变故让众人皆感微惊，旋即警惕起来。

古源天内玄妙莫测，任何时候都不能放松戒备。

好在那道波动掠过后，众人并没有感觉到身躯出现什么异样情况。

"咦？"突然有人低低地惊疑出声。

出声者所在的莲台竟绽放出一丝丝光彩。

光彩呈五色，萦绕在莲台之上，看上去格外神秘。

当五色光彩出现时，那人所在莲台汇聚祖气的速度明显变得更快了。

"这是？"众人眼露惊讶。

还不待他们多想，就发现二十五座莲台上绽放出越来越多的玄妙光晕。

光晕的色彩基本都在五至六种之间。

"我知道了，这光晕乃莲台的品阶之光……我曾看过一本古籍，莲台以九品为尊，九品便是九彩，如果我没猜错，先前石碑中散发出来的波动，可能是对我们天赋或者潜力的一种探测，天赋或潜力越强者，其座下的莲台品阶越高，而品阶越高的莲台，无疑能够获得更多机缘。"一道有些惊讶的声音此时突然响起。

众人看去，说话者正是灵风族的艾清。

"原来如此……"

众人恍然，旋即移开目光，纷纷看向别人座下的莲台变成了几品。

他们发现艾清、冬叶、秦莲、金灵儿等人座下的莲台绽放出了七彩光芒，那是七品莲台。

当七品成形时，只见石碑发出古老的低吟声，磅礴如洪流的祖气对着莲台涌去，其中甚至夹杂着诸多玄妙之物，赫然是一道道祖气奇宝！

"哗！"

这一幕让不少人眼红，谁能想到，七品莲台竟然能获得如此馈赠。

当众人正惊叹时，视野之中突然涌现出绚丽的光彩，赫然是八色！

"八品莲台？！"

众人震惊不已，目光投去，竟有三座莲台显出了八色。

其中两人不出意料正是关青龙和姜金鳞，但让其他人震惊的是，第三人竟然是苍玄天的楚青！

此人的天赋与潜力竟然能与关青龙、姜金鳞二人相比？！

这一刻，诸多看向楚青的目光变得凝重了许多。

就连关青龙和姜金鳞都忍不住看了楚青一眼，关青龙倒还好，他此前就已经察觉到楚青的天赋极为卓越，姜金鳞心中则有点不是滋味，他本就是性格傲慢之人，关青龙乃混元天最强天阳境，与他平起平坐还能接受，可这个楚青……一个苍玄天名不见经传的人，怎么也能跟他一般？

只不过，他心中再如何不爽，此时此刻也只能接受事实。

而在他们的八品莲台成形时，古老石碑的震动更为剧烈，喷薄而出的祖气以及祖气奇宝比艾清他们的七品莲台更为强盛！

显然，八品莲台得到的馈赠远胜七品。

无数道视线望着石碑上的三座八品莲台，皆眼露敬畏与羡慕。

"八品莲台当真威风……不过连关青龙、姜金鳞两位队长都只是如此，看来

八品莲台已是极限了。"

"九品莲台，想都不敢想。"

……

就在窃窃私语声响起之时，突然又有光彩自三座莲台上绽放，八色涌现，赫然也是八品莲台，顿时吸引了一道道震撼的目光。

莲台上，两女一男，三道身影静静盘坐。

正是武瑶、苏幼微、赵牧神！

瞧着三人的莲台被评为八品，众人纷纷忍不住瞪大了眼睛，连连称叹。要知道关青龙他们可都是老牌天阳，而武瑶三人都要低一辈，正常来说，他们这一辈连进入古源天的资格都没有，只因三人着实太过优秀，才能够跻身进入。

谁能想到，在石碑的探测下，三人的天赋与潜力竟丝毫不弱于关青龙等人。

"不！还没结束！"

突然间，有一道惊骇的声音响起。

这一次就连关青龙和姜金鳞都眼瞳微缩，他们死死盯着三人座下的莲台，发现那八色依旧剧烈翻腾，犹如在奋力攀爬着，就在这种僵持抵达极限时，八色之中似乎又隐隐闪过一丝难以察觉的光彩。

第九色！

但那第九色太过微弱，仅仅一闪而过便平息下来。

见到这一幕，姜金鳞顿时松了一口气，如果这三人被评为九品莲台，那他可真是有点难以接受，虽说从目前的情况看，似乎武瑶三人的八品莲台比他的更为强盛，但终归算不上真正的九品莲台。

"这三人的天赋与潜力竟然能够达到如此地步……混元天果真是气运强盛。"这般时候，就连傲慢的姜金鳞也不得不承认，混元天能够成为五天最强，并非没有道理。

"不过，终归没人能够冲刺传说中的九品莲台。"

对于这个结果，姜金鳞表示还能接受。

不对！

猛然间他突然想起什么，视线陡然转移，直接投向某一处。

那是周元的位置！那个家伙还没开始！

关青龙和其他无数道目光此时同样看向了周元所在的莲台，如今只有那里依旧平静。

不过，当他们的视线投射而去时，周元座下的莲台也开始微微震动起来。

然后，一道道玄妙光晕爆发而起！

一道……三道……六道……八道……

几乎是短短一瞬间，八道光晕就直接出现了。

莲台似乎凝滞了微不可察的一息，然后又一道光晕毫不犹豫地绽放出来。

如果说武瑶他们冲击第九道光晕时是千呼万唤都难以出来的话，那么周元这里就是通透得没有丝毫阻碍，可谓一步登青云。

九道光晕环绕莲台，绚丽玄妙，散发着古老的韵味。

九色成形，为九品莲台！

关青龙、姜金鳞等无数道目光望着在九道光晕中静静盘坐、双目微垂的周元，眼中的震撼一点点地涌出。

"轰隆！"

古老的石碑发出了前所未有的震动，整个天地都在轰鸣，犹如来自远古的庆贺。

"轰轰！"

紧接着，石碑之内宛如潮水般的祖气洪流裹挟着无数道祖气奇宝，直接将周元以及他所在的莲台尽数淹没……

此般馈赠，宛如无穷无尽。

第一千一百五十三章
九品莲台

　　九色光晕萦绕于莲台之上，玄妙莫测，散发出来的韵味，仅仅只是稍作观摩，体内源气便变得欢畅活跃。

　　无数道视线带着震撼以及艳羡望着这一幕。

　　即便是关青龙、姜金鳞这般人物都愣怔了片刻，好半晌后方才回过神，继而一个个眼神复杂。

　　九品莲台！

　　眼前的古老石碑给予周元这种评价，显然在它的感知中，周元的天赋以及潜力都要胜过他们一筹。

　　不要小看这一个品阶的差距，他们这般人物都已是真正的天骄，百尺竿头更进一步最为困难，而周元能够领先他们一步，足以说明他的天赋与潜力是何等恐怖。

　　关青龙心中一声轻叹，面对这一幕，素来沉稳自信的他只能苦笑一声。

　　这个周元，的确是万年难得一遇的人物。

　　此次周元如果能够借助石碑的机缘真正踏入天阳境后期，关青龙有预感，自己这混元天最强天阳境的名头可能就要让贤了。

　　虽说心中五味杂陈，但关青龙不是心胸狭隘之人，此次与圣王天的对碰，已让他察觉到自身的不足，如果遇见最为神秘的圣祖天，以他的实力或许难以担起大任。

　　若是周元能够在这个紧要关头突破，率领混元天取得大胜，在关青龙看来，即使要让贤，他也心甘情愿。

　　与他这般心胸比起来，姜金鳞则要嫉妒得多。他盯着周元那张在九色光晕萦绕下显得有些神圣的面庞，忍不住咬了咬牙，恨不得将周元的位置取而代之。

　　但这终归只是妄想，他明白，此时若做出什么干扰周元的事情，恐怕会成为众矢之的。

于是他只能咬着牙闭上眼睛，来个眼不见为净。

其他众人也在震撼过后收拾好复杂的心绪，继续将心神转回自身的莲台，不管周元此时是何等让人艳羡，只有先将自己的机缘消化掉，才是最现实与紧迫的事情。

……

当九品莲台成形时，周元没有理会外界诸多震撼的目光，他第一时间沉下心神，屏蔽了外界。

因为在那一瞬，有他无法想象的磅礴祖气如洪流般席卷而来，没有丝毫外溢，全部灌入了他的体内。

磅礴的祖气在体内席卷，周元的神府剧烈震颤，似乎无比渴望。

祖气顺着经脉流淌，涌入神府。

神府之内因为连绵浓郁的祖气而变得雾气蒙蒙，两轮天阳悬浮，疯狂地吸收着祖气，之后以惊人的速度变得璀璨起来，在其内部，甚至能够清晰地见到诸多源气星辰诞生、涌现。

周元的源气底蕴以难以想象的速度暴涨！

速度之快，连周元自己都有些被惊吓到……短短不过半刻，他的源气底蕴就从二十四亿暴涨到了二十九亿！

那可是五亿源气底蕴啊！

而最为可怕的是，这种暴涨并没有停止，依旧以一种稳定的节奏，一步步迅速提升。

周元按捺下内心的狂喜与激动，竭力控制着涌入体内的祖气，引导它们穿过经脉。

而在祖气的浸润下，经脉变得更加有韧性……

在源气底蕴暴涨之时，周元察觉到天阳之上的龙爪之纹也在渐渐蔓延出来。此前，他的龙爪已经达到五纹的程度，而在这片刻之间，第六纹已成形一半。

除了祖气之外，石碑喷薄而出的还有诸多祖气奇宝，它们乃是各种各样的物质，宛如晶尘，周元直接将它们尽数投入到银影与天元笔之中。

银影与天元笔盘踞在神府中，散发出极为欢畅的波动，疯狂地将涌来的祖气

奇宝尽数吞噬。

这一次，它们终于能够敞开肚皮疯狂吞吃。

好处还不止这些……

除了源气底蕴的暴涨以及源源不断的祖气奇宝，周元能够感觉到，肉身也在磅礴的祖气灌注下隐隐有了变化，他的血肉在震动、沸腾。

大炎魔甚至不受控制地自动施展了出来。

周元体内的温度此时陡然升高，宛如烘炉。

一些祖气裹挟着某些有着奇妙之效的祖气奇宝，在烘炉之中逐渐融合，最终化为液体融入到周元的血肉之中。

那一瞬，他感觉到体内的每一寸血肉都散发出难以想象的高温，犹如被疯狂地淬炼着，变得愈发强悍、坚韧，恐怖的力量在血肉沸腾间迸发出来，仿佛能够搬山填海。

一滴滴金色的血液，在淬炼下不断于心脏之间诞生。

不知不觉间，周元修炼的大炎魔渐渐趋于大成。

除了肉身，还有神魂……同样在渐渐凝练、提升！

面对自身每个部位的提升与蜕变，周元因为兴奋与激动而有些颤抖。

虽说早已知晓玄迹是古源天中难得的机缘，但亲身体验后方才明白，这种机缘比一条高级祖气支脉究竟要强悍多少！

它真的有让人脱胎换骨的力量。

当然，周元也明白，自己能够有如此全面的精进，是因为他被这座古老石碑评为九品莲台。石碑显然具有灵性，唯有它认定够资格的人，才能获得它赐予的丰厚机缘。

"多谢了。"

周元在心中默默地道谢，然后收敛心神。既然有这般机缘，他自然要好好把握，将其一滴不剩地全部吃干净。

只要将此次机缘消化完全，周元知道，他的整体实力必然会有一个让人震撼的大跨越。

对于那一刻的他究竟有多强……

周元自己抱有极大的期待！

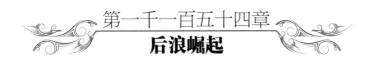

第一千一百五十四章
后浪崛起

石碑喷发祖气足足持续了近一个月时间。

绝大多数人在约莫七天后便自修炼状态中退了出来，因为他们的身体对祖气的承受度已经达到了极限，唯有等彻底消化后才能继续吸收祖气。

三大天域的大部队退出修炼状态后，依旧保持着亢奋的情绪，显然在此次机缘中，他们都获得了不小的提升。

接下来的时间，他们好奇而敬畏的目光便凝望着石碑上的二十五座莲台。

那是三大天域中最为顶尖的强者。

在这些大部队尽数退出修炼状态后的第七日，石碑喷发祖气已经持续了半个月。

在这段时间内，二十五座莲台上陆陆续续有人睁开了眼睛，一道道强大的源气宛如狼烟般冲天而起，万里之内皆清晰可见。

秦莲在第十六天时睁开眼眸，那一瞬间，强大的源气波动如风暴般自她体内横扫而出。

她的脸颊上涌现出难以掩饰的欢喜之色，此次修炼，她的源气底蕴暴涨到了三十亿！

足足近五个亿的提升！

若换作在混元天，秦莲想要达到这种程度起码需要数年酝酿，期间还得有诸多修炼资源支撑。然而在古源天内，仅仅三个月的时间……由此可见，此处的机缘是何等罕见。

秦莲倩影一动，自莲台上落下。

"你竟然也将源气底蕴提升到了三十亿？"一旁有一道惊讶的声音传来，秦莲一看，正是紫霄域的冬叶。

此时冬叶的神色有些惊诧，因为她现在的源气底蕴也只有三十亿左右，比秦莲强不了多少，要知道在进入古源天之前，她可是比秦莲高上一截，但现在秦莲已渐渐赶上她了。

秦莲微微有些得意，却并未显露，她将眸光投向那些依旧吞吐着祖气的莲台："三十亿算得了什么，我感觉这一次恐怕有人会将源气底蕴提升到四十亿！"

冬叶一惊，旋即顺着她的视线看去，最后停在周元身上，当即神色莫名道："你觉得周元有可能达到四十亿？！"

"怎么？不行吗？"秦莲淡笑道。

冬叶没好气地道："据我所知，琉璃天阳就算修炼到巅峰也难以将自身底蕴超过四十亿，这是一种极限。"

"你还觉得周元只是普通的琉璃天阳吗？"秦莲淡声道。

冬叶一滞，虽说此前因为苏幼微，她对周元有些看不顺眼，但她不能否认自从进入古源天后周元这一路而来的战绩……要知道刚进入古源天时，周元的实力并未真正被她放在眼里，可现在呢？自己已远远不是他的对手。

周元的天赋与潜力，远非她能想象。

这般妖孽天骄，当真如煌煌大日，足以掩盖旁人的一切光芒。

别说她，就算是关青龙这等人物，在如今的周元面前，光芒都在渐渐被掩盖。

先前听到秦莲所说，她更多只是条件反射地反驳，可静下心来后，不得不承认，秦莲说的有着极大可能。

超过四十亿的源气底蕴……

如此天阳境，如此人物……在混元天内，已很多年未曾出现过了。

难道这一次，真的又要再现于世了吗？

在冬叶复杂的心情下，莲台上越来越多人开始苏醒。

姜金鳞苏醒时，源气浩瀚如云，有龙吟长啸，显露出来的源气底蕴赫然达到了三十七亿的惊人程度。

还不待姜金鳞欢喜，他便感受到一股更强的源气波动自不远处爆发，引来无数惊叹之声。

那是关青龙。

只见青色源气席卷，犹如映照着半壁碧青天际。

那般源气底蕴已经达到了三十九亿!

众人皆面露震撼。

关青龙自己却在心中暗叹一口气,因为他尝试着冲击四十亿,但最终失败了。显然,想要突破那个极限,没有想象的那么容易。

"关青龙,你野心倒是不小啊!"

一旁传来不咸不淡的声音,那是姜金鳞,他瞧见关青龙的神色,如何不明白对方想要什么。

关青龙神色平淡地道:"据说在最神秘的圣祖天内,有所谓的圣天骄……而成为圣天骄的条件之一,便是达到四十亿的源气底蕴。"

他的目光看向远方的天际,道:"此前弥山说过,圣祖天这一代的天阳境乃数万年来最强,若我们五大天域没有达到这种层次的人,最后的争斗恐怕会极为困难。"

姜金鳞闻言,面色变得有些阴鸷。他是极为高傲之人,可在面对那得天独厚的圣族天骄时,也显得有些无力。

"不过好在我混元天也有气运相随……"

关青龙微微一笑,目光望着莲台上最后四道依旧散发着光芒的身影,正是周元、武瑶、苏幼微以及赵牧神四人。

姜金鳞看了一眼,道:"他们虽然潜力不错,只可惜底蕴稍逊。"

除了周元,武瑶三人的底蕴更为浅薄,在他看来,即便有此次的石碑机缘,三人依旧有些难堪大用。

"后浪推前浪,小瞧他们可是会付出代价的。"关青龙自然知晓姜金鳞心中的不爽,毕竟这种被后浪赶超的感觉着实不太美妙,更何况眼前的四人全都来自混元天。

姜金鳞冷哼一声,道:"那我倒要瞧瞧,这些后浪能有多汹涌!"

他的身影飘落,停在石碑之下。

接下来的一段时间,姜金鳞一边消化体内充盈的祖气,一边时刻盯着依旧明亮的四座莲台。

当石碑祖气涌动到第二十五天时,其中三座莲台终于有了动静。

武瑶、苏幼微、赵牧神三人几乎同时睁开双目。

那一刻，天地间浩瀚源气涌动。

只见武瑶的上空有龙影盘踞，若是仔细感应，又会从龙影之中察觉到一道若有若无的气息正在酝酿。

苏幼微的上空则有黑白之日出现，阴阳交融，诡谲神秘。

赵牧神的上空出现了神秘兽影，吞天噬地，气势惊天。

这般异象引得诸多围观者目瞪口呆。

而且，三人的源气波动也在疯狂暴涨。

短短数息，武瑶与苏幼微的源气底蕴便踏入三十七亿的层次。

赵牧神则更胜一筹，达到三十八亿，居然超过了姜金鳞，仅次于关青龙！

三人此时皆踏入了天阳境后期！

"嘶！"

无数道倒吸冷气的声音响起，要知道此前武瑶、苏幼微二女的底蕴尚不足二十亿，如今竟然暴涨到三十七亿，这种提升简直让人感到恐怖！

他们毫不怀疑，若不是此前底蕴尚浅，此时三人恐怕真有可能踏足四十亿的极限！

一道道目光投射而来时，已带着浓浓的敬畏与尊崇。

他们感觉到，新的领军者正在渐渐崛起。

姜金鳞的面色略微有些难看，在他看来，此前的武瑶与苏幼微就是好看的花瓶，可如今这两个"花瓶"竟然已丝毫不逊色于他。

关青龙的神色同样复杂，但更多的还是欣慰。他注视着武瑶纤细修长的骄傲身影，此前不断苦练的她，如今终于渐渐显露出属于她的风采。

他感觉，或许古源天前半段的争斗属于他们这些老牌天阳，可之后就该出现变化了。

关青龙的目光缓缓转向最后一道依旧静静盘坐于九彩莲台之上的年轻身影，眼神复杂而带着一丝期待。

周元……你这一次又能达到什么程度呢？

他的问题在石碑开启整整一个月时终于迎来了答案。

那道莲台上的人影，伴随着天地的微微震颤，缓缓睁开了紧闭一个月的眼眸。

第一千一百五十五章
九脉现世

"轰轰！"

当周元的眼眸睁开的那一刻，所有人都感觉到这片天地间隐隐涌现着一股躁动，那股躁动直接影响到他们体内的源气有些失控，吓得众人急忙全力压制，然后眼神惊惧地望向周元。

他们能够感觉得到，那种躁动乃由周元引发。

这让他们感到极为震撼，还从未见过有人在实力精进时，竟然能够影响到旁人体内的源气。

"哗啦啦！"

正当他们压制着体内躁动的源气时，忽然听见天地间似乎响起了细微的水声。

"那是什么？"

一道惊骇的声音响起。

无数围观者抬头望向高空，只见那里浩瀚的天地源气汇聚而来，因为太过浓郁，竟渐渐凝成了源气浪潮。

浪潮约莫千丈，一重叠一重，自天地间席卷而过。

那般异象引得整个天地都在微微颤抖着。

"吼！"

浩瀚的源气浪潮中隐隐有着嘹亮的龙吟声响彻而起，无数道视线投射过去，只见浪潮中一条巨龙光影正在翱翔，一股无法形容的威压弥漫出来，就连关青龙这般人物都感觉到了阵阵压迫。

巨龙张开大嘴，吞吐着天地源气所化的源气浪潮。

最后，巨龙俯冲而下，直接化为一道巨大的光柱落下，将周元的身躯覆盖笼罩。

浩瀚的源气涌入周元体内，在他身后的虚空微微震荡，三轮天阳缓缓凝现而出。

天阳境后期！

周元终于在这一刻，借助这座古老石碑的机缘，真正踏入了天阳境后期！

"哗！"

无数道哗然声响起，目光中无不充斥着惊叹与敬畏。

随着三轮天阳出现，一股让人头皮发麻的源气波动也自周元体内如火山般喷发而出。

无数双盯着这一幕的眼睛都陡然间瞪大，一道道倒吸冷气的声音此起彼伏地响起。

关青龙与姜金鳞都出现了片刻的失神，嘴巴忍不住微微张开，难得一见的失态。

在他们的感知中，周元爆发出来的源气底蕴赫然达到了四十三亿！

四十三亿啊！

连他们都如此震惊，更何况三大天域的其他人？

大家一脸呆滞地望着周元，好半晌后才有低低的声音响起。

"我的感知是不是出现了错觉？"

"四十三亿？不太可能吧？"

"周元元老这一次的晋升，提升了将近二十亿的底蕴？！"

"呵呵呵……"

……

不少天阳境后期的面色极为精彩，他们发现自己苦修多年的底蕴，甚至还比不过周元这一次晋升的程度……这种比较简直让他们感到绝望。

差距实在是太大了！

他们苦笑着叹息，眼神中是前所未有的尊崇与敬畏。当彼此差距大到让人绝望时，他们几乎连嫉妒的心都没了。

"怎么样？"

秦莲收回震撼的目光，冲着身旁一脸目瞪口呆的冬叶微微得意地扬了扬下巴。

冬叶咽了口口水，这一次她掩饰不住艳羡地道："你们天渊域真是有福了！"

如此强悍的天阳境，即便放眼混元天的历史也极为少见。

秦莲理所应当地道："能够被苍渊大尊看中，收为亲传弟子，周元有这般成就并不奇怪。"

她的脸上满是喜悦之色。看得出来，周元此次晋升会让他成为混元天天阳境新的领军者，天渊域无疑也能因此名声大涨。

往后，谁还敢说天渊域日渐没落？

"这个家伙！"

赵牧神仰头望着周元的身影，眉头皱了皱。他原本以为此次晋级应该能够赶超周元，没想到这个家伙的提升比他还要恐怖。

当源气底蕴愈发接近四十亿这道坎时，每一次提升都显得尤为艰难，所以他很清楚地知道，周元这四十三亿的源气底蕴比他如今的三十八亿究竟强悍了多少。

面对如此妖孽的周元，即便是同样不凡的赵牧神，也忍不住在心中暗叹一口气，似乎他越追赶，跟这家伙的差距就越大。

明明拥有饕之气运的他，才应该成为独一无二的主角。

武瑶凝视着周元，她红唇微抿，凤目之中的神采有些复杂。

生性骄傲的她，从未真正佩服过任何同辈之人，即便是那般优秀的关青龙，也并未真正让她心服口服，但在面对周元时，武瑶真的生出了一点佩服之情。

因为她很清楚周元的崛起过程，所以更加知晓其中的艰难。

"父王啊，当年你夺其气运，如今来看，或许反而是在帮他。"武瑶心中不知为何闪过这般念头。

没有幼年的挫折，一帆风顺的周元即便是圣龙之姿，也未必能得到如今的成绩。

所以，从某种意义上说，武王当年之举，或许反而成就了周元。

与心思不同的两人相比，苏幼微只是安安静静地看着周元，清丽绝伦的脸颊上带着浅浅的笑意。在她的心中，周元从始至终都是璀璨耀目的圣龙，不论是最初在大周城的孱弱黯淡，还是如今的意气风发，她的想法从未有过改变。

在天地间无数道震撼的目光中，周元身后的三轮天阳终于渐渐消散。

他座下的莲台光芒散尽，最后化为粉末飘散开来。

与此同时，那座古老的石碑仿佛耗尽了力量，只见裂缝蔓延，最后迅速延伸到每一个角落。

"轰轰！"

古老的石碑开始崩塌，却没有产生任何碎石灰尘，因为整个石碑渐渐化为虚无。

短短数息，巨大如山岳般的石碑便消失于天地之间，仿佛从未存在过。

周元望着石碑消失的地方，微微低头，他很明白这份机缘对他是何等重要。如今古源天之争已渐渐抵达最高潮，他不惧圣族其他三大天域，唯有最为神秘的圣祖天让他心怀忌惮。

若是没有此次的机缘提升，即便是他，都没有太大信心去面对圣祖天。

但现在……可以试试了。

"轰！"

就在周元心中这般想着时，他突然察觉到天地间似有一种异动出现，他抬起头，面色凝重地望着虚空。

关青龙等人也面色微变地抬头看去。

只见整个古源天的天地剧烈摇晃起来，大地不断崩裂，山岳塌陷，大海退去……宛如在改天换地。

就在这种巨大变化中，周元隐隐感觉到天地间的祖气在以一种疯狂的速度暴涨，似乎有九道雄浑得让人战栗的祖气波动正在酝酿。

周元深深地吸了一口气。

这是……

古源天九条祖气主脉现世的迹象！

第一千一百五十六章
选总指挥

"轰隆隆！"

天地间的异象不止周元有所察觉，关青龙、姜金鳞等人同样猛地抬头，眼神狂喜与期待地望着遥远的天地间。

如此浩瀚的祖气波动，远非他们此前遇见的任何一次可比。

即便是古老石碑中涌动的祖气，都远不及此时祖气波动的千分之一。

而在古源天中，能够比玄迹拥有更强盛祖气的只有一种……那就是古源天九条祖气主脉！

这也是他们来到古源天的最终争夺目标！

在寻常时候，古源天九条祖气主脉处于隐匿之中，难以被人察觉，唯有随着越来越多的祖气支脉与玄迹被开发，引得天地间的祖气失去平衡，九条隐匿的主脉才会真正现世。

现在，无疑就是那个最完美的时机。

"九条祖气主脉现世了！"

关青龙的声音回荡在每一个人的耳中。

"轰！"

现场气氛直接被引爆，三大天域的人马眼神无比炽热地望着远处的天际，眼中有着浓浓的期待与向往，还有一丝丝的惊惧、忐忑。

争夺祖气主脉本就是他们来到古源天的任务，一旦成功，不仅他们自身会获得极大机缘，还能够大大增强所在天域的气运。

那关乎到整个天域未来的实力。

经过数次与圣族的交锋，他们非常明白这种争夺是何等艰难，最后必然会付

出巨大代价，没有谁有自信能够活着走出古源天。

但他们也明白，没有退路可走。

气氛一时间有点沉默压抑，一道道忐忑的目光游移着，先在关青龙的身上顿了顿，紧接着视线跳动，汇聚在那刚刚完成晋级突破的青年身上。

如今的他们，对于接下来的最终争夺没有太大信心，圣族太过强大，还有那最为神秘强横的圣祖天始终未曾出现。

所以现在的他们，迫切希望有一根足以撑起大局的支柱。

之前关青龙是他们的支柱，可他们都明白，即便是关青龙，在面对那神秘的圣祖天时，依旧没有多大优势。

所以现在，唯一能让他们生出一丝希望的，或许只有刚刚完成突破的周元。

因为他现在的实力，比关青龙更强大。

关青龙同样察觉到了这一幕，他的脸上并没有愤怒之色，只是眼神微微复杂。他的心胸没那么狭隘，自然不会嫉恨周元超越他，只是没想到这一天会来得这么快。

同时，他还有点庆幸。

如果没有周元此次的突破，三大天域的士气都会受到影响，如此一来，到时还如何去与圣族争斗？

现在三大天域的人马，都需要一个能够寄托希望的支柱。

那个人不是他关青龙，也不是姜金鳞，因为他们都还不够格……

唯有周元！

一旁的姜金鳞却没关青龙这么豁达，他的面色有些难看，毕竟他才是万兽天的总指挥，如今万兽天的人却把希望放在了周元身上。

他就要忍不住开口。

一旁的艾清立刻制止了他，低声道："你想做什么？如今九脉现世，所有人都有着极大的压迫感。现在只有周元能够担此大任，振奋士气，你若是阻拦，就是跟所有人作对，到时候就连万兽天的各族人马都不会支持你。"

姜金鳞的面色青白交替，艾清的话极为刺耳，可他明白这些都是大实话。以周元如今的实力与威望，他若还是冥顽不灵，恐怕万兽天内部会出现极大的分歧，到时候只会严重影响他的声望。

于是，他只能将到嘴边的话硬生生吞了回去。

艾清看了姜金鳞一眼，眼中有些失望，这个在万兽天天阳境一辈中算是翘楚的人，此次在古源天的表现并不怎么好。反而是那周元，初见时她没有太重视，可短短一个月，对方却让她明白了什么叫作翻天覆地。

这般人物，才是真正的天骄。

姜金鳞这位玄龙族的骄子与他比起来，着实黯淡无光。

艾清狭长的美眸盯着周元，眸光微闪，旋即挺身上前一步，红唇中有着如凤鸣般的悦耳声音传出："周元元老，如今九脉现世，大战即将来临，为了应对圣族四天，我建议由周元元老担任诸族五天的总指挥，统率五大天域人马。"

此言一出，立即引来惊呼声，谁都没想到，艾清竟会有如此大胆的提议。在以往的古源天之争中，五大天域总指挥这般位置极为罕见，原因很简单，因为难以让所有人敬服。

而在惊呼声之后，只听见无数道欢喜的声音同时响起。

"请周元元老担任诸族五天总指挥！"

"吾等以周元总指挥马首是瞻！"

艾清的建议显然符合绝大部分人心中所想。如今大战在即，如果能够整合五大天域的力量，自然是最好的策略，只是以往没人有这般实力与威望，而周元现下四十三亿的源气底蕴却足够了！

面对突如其来的总指挥位置，周元有些惊愕，有点没回过神来。

楚青摸了摸光溜溜的脑袋，笑道："若是周元师弟担任这总指挥，我苍玄天没有意见。"

关青龙也轻轻点头道："有人统率总比一盘散沙要好，我混元天自然也没意见。"

一道道目光看向姜金鳞，此时的他面色铁青。艾清这般举动出乎他的意料，若是周元成了总指挥，岂非真的凌驾于他之上了？到时候连自己都得受其驱使。

随着姜金鳞的沉默，他感觉到万兽天众人的眼神开始有些不善，于是只能硬着头皮道："我们此处只有三大天域，乾坤天与五行天的人马皆不在，如何能决定五大天域的总指挥？

"我可听说，乾坤天这一代天阳境的领军人物威名极盛，同样是千年难遇的天骄。"

诸族五天中，虽说大部分时候都是混元天最强，可混元天并非无敌的存在，

乾坤天便是对混元天最具威胁的一方天域。

据说最开始时，诸天之首的名头是落在乾坤天，只不过混元天后来居上，逐渐赶超了而已。

但乾坤天的实力依旧不可小觑，他们时刻找寻着机会再度夺回诸天之首的名头。

所以，若是谁敢小瞧乾坤天，是极其不智的。

周元有点无奈，对总指挥的位置他没有多大兴趣，正想借着姜金鳞的话就坡下驴。

关青龙虎目圆睁，沉声道："周元元老，请你担任总指挥，并非有丝毫私心，只是此次圣族力量极强，若是诸族五天还是如同以往那般一盘散沙，恐怕此次古源天之争，我等皆会惨败而归。

"最后我们付出的代价将是难以想象的，往最严重来说，甚至说不定就是我诸族五天被圣族灭绝的前兆。

"所以，你既然有这般实力，就不应推托！"

楚青也轻轻点头道："若是那乾坤天不服，到时候再作计较便是。"

随着他们两人的表态，姜金鳞发现他又被众人盯上了，心中顿时怒骂一声。但这一次他知道任何借口都没用了，因为就连一旁的艾清看着他的神色都有些微冷。

于是他只能咬着牙道："我万兽天也无异议。"

无数道目光看向周元，眼神热切而期盼。

周元见状，明白今日这个位置他是不上也得上了，索性懒得再多说，只轻轻点头应下。在他看来，这就是一个无谓的名头而已。

随着他点头答应，无数人面露大喜之色，下一刻，一道道此起彼伏的恭贺声响起，引得山岳震动。

"贺周元总指挥！"

"贺周元总指挥！"

……

第一千一百五十七章
我不接受

周元莫名其妙成为诸天总指挥，他本人对此倒没有太过在意，若不是这个位置有利于凝结五大天域的力量，他真是半点兴趣都没有。

一个不慎就会变成背锅侠，毕竟位置越高，责任也越大。

但周元没办法拒绝。在面对神秘强横的圣族时，三大天域人马需要一个支柱来寄托希望与信心，关青龙与姜金鳞原本是可以的，可随着周元此次突破，两人便有些不够格了。

这个时候他不站出来，对三大天域人马的士气将会有不小的影响。

眼下最重要的事情，是争夺出世的九条主脉！

与此相比，此前的祖气支脉甚至玄迹都不值一提。

九条主脉拥有的力量，甚至能够对一个庞大无比的天域造成影响。

那种力量对周元他们这些天阳境而言简直匪夷所思，如果不是因为古源天的特殊规则，以他们这般实力，几乎没有资格参与这种层次的争斗。

不过这对他们而言同样有着巨大的机缘，九条主脉中蕴含的力量哪怕能够获取一丝一缕，也足以让他们完成难以想象的蜕变。

如此机缘，千载难遇。

所以，在成为诸天总指挥后，周元第一时间下令，三大天域所有人马立即动身，赶往九条主脉波动传来的中央方向。大军全速进发，中途再没有任何停留，甚至在遇见因九条祖气主脉现身而被引动出现的祖气支脉时，他们都果断放弃了。

所有人都明白，如今其他天域包括圣族的大部队，必然也在朝那个方向全速而去。

早点抵达，便能对局势多做一些预判与准备。

无数道源气云朵自空中呼啸而过，浩浩荡荡。

周元盘踞于最前方的一道源气云朵上，他双眼微闭，感应着体内的诸多变化。在古老石碑中，他获得的好处着实不小。

不仅自身修为踏入天阳境后期，源气底蕴暴涨至四十三亿，还彻底突破了四十亿这个坎。可不要小看这个坎，不知道多少惊才绝艳的天骄最终止步于此。

即便是关青龙那般人物，若是没有一道更大的机缘，或许再难以有所进步，只能寻找机会冲击源婴境。

而自三十九亿踏入的源婴境与自四十亿踏入的源婴境，必然会有不小的差距，甚至会影响往后在源婴境中的修炼进展。

武瑶、苏幼微、赵牧神三人倒是有资格与潜力冲击四十亿的门槛，因为他们的天赋比关青龙还要强一筹。

正是因为如此艰难，才显示出周元那四十三亿的难能可贵，这也是为何当他展露底蕴时，三大天域的人马都愿意尊他为总指挥。

这般实力底蕴，足以服众。

不过四十三亿的源气底蕴，却并非周元此次的全部收获。

他的天阳之上已经彻底诞生了第七纹，现在应该称为七爪天阳。

距离最为顶级的九爪天阳已然不远，从颛烛大师兄得来的情报看，一旦成就九爪天阳，待得踏入源婴境时，便会出现跨境突破。

小源婴境，大源婴境，源婴大圆满——这是源婴境的三个层次。别人刚开始突破到源婴境只是小源婴，九爪天阳却能够直接凝练出大源婴！

这相当于跨越了一个境界。

唯有身处源婴境的强者，才会明白从小源婴境踏入大源婴境究竟需要多少积累与机缘，这种跨境突破足以让他们嫉妒得发狂。

"不过越到后面龙纹凝练起来越是艰难，若想达到九爪层次，恐怕需要主脉的力量！"

主脉有九条，一般最强的那道主脉为第一脉，以此类推。

周元想要达到九爪天阳，层次稍低的主脉都不行，必须是那条最为雄浑的第一脉！感受着内心深处涌动的炽热，周元睁开双目，望着遥远的天际，眼神凌厉而坚定。

机缘之争本就极为残酷，不论是为了混元天还是自己，他都必须努力去争夺那第一脉！

即便他的对手是那最为神秘莫测的圣祖天！

大部队这般全速赶路持续了足足十日。

到第十日时，周元终于感觉到天地间愈发澎湃浩瀚的祖气波动，这表示他们已开始踏足九条主脉现世的中央区域。

当他们刚刚踏入这片区域时，周元突然一抬手。

只见后方浩浩荡荡的源气云朵顿时停了下来。

在他身侧，关青龙、姜金鳞等人眉头微皱，这一刻他们感应到前方突然出现了大量的源气波动。

规模并不比他们这边逊色多少。

"是圣族的大部队吗？"关青龙沉声道。

周元微微摇头，脸庞上浮现出一抹讶异之色，道："不是圣族，而是……乾坤天与五行天的人马。"

"哦？"

关青龙有些惊讶，没想到乾坤天竟然与五行天会合了。当他们这边停下来时，远处的群山间有数道源气光芒冲天而起，然后迅速朝着这边靠近。

关青龙见状，立即出声，声如滚雷般传开。

"乾坤天、五行天的朋友，我混元天、万兽天、苍玄天已共同推举混元天天渊域的周元元老担任五大天域总指挥，还请两大天域的指挥者前来一叙！"

关青龙没有任何遮掩，第一时间将最重要的事情说明白，趁此看看乾坤天与五行天究竟是何反应。

与圣族大战在即，他们必须想办法让五大天域的力量聚合起来。

原本想要朝着这边靠近的数道源气身影听到此话后停了下来，然后落回山脉之后。

气氛沉默了半晌，终于有一道听不出喜怒的声音自山脉后传出，回荡天际。

"你们的推举……

"我乾坤天，不接受。"

第一千一百五十八章
小鹿出场

当那平静的声音自山脉后方传出时，三大天域的人马有些骚动起来，不少人面露怒意，觉得乾坤天实在有些狂妄，不知好歹。

周元的神色没有波澜，对方的反应正在他的意料之中。

毕竟他这个诸天总指挥是由混元天、万兽天、苍玄天推举，乾坤天不在此列，而且乾坤天与混元天以往的摩擦与竞争最多，他们自诩不弱于混元天，所以对混元天这诸天之首的名号并不认同。

如今，混元天等三大天域在他们乾坤天没有在场时，居然就推举出诸天总指挥，这种事情他们怎么可能会认账？

姜金鳞看了周元一眼，道："听闻此次乾坤天那位指挥者可不简单，他出自梵天宫，而梵天宫乃乾坤天八大势力之首，底蕴古老。我听族内的长辈说过，他们这一代天阳境的扛鼎者乃千载难遇的绝顶天骄，论天赋潜力，恐怕不比周元队长弱。"

他的眼中有一点幸灾乐祸，生生被周元压了一头，心中自然有些不爽，如今若是有人能够跟周元争锋，他乐得看场好戏。

周元淡笑道："我对这个位置并不在意，若不是姜金鳞队长不能挑起大梁，我真恨不得直接丢给你。"

姜金鳞的脸庞抽了抽，周元话里的意思他如何不明白，这是在说他能力不够，无法担任此位。

关青龙淡淡地道："我对周元队长还是有信心的。"

旋即他打了一个手势，三大天域的人马立即浩浩荡荡地自天空落下，黑压压一片弥漫着这片山林。

"就算乾坤天有异议，也要当面商讨清楚吧。若是你们有更好的主意，我们三大天域自然不会盲目拒绝。"关青龙雄浑的声音响起来。

在他的声音落下后不久，那片山脉深处便有异动传出，只见大地微微震动，一道道身影如潮流般自山脉深处涌出。

那是乾坤天与五行天的大部队，规模不比他们这边的三大天域小多少。

此刻，五大天域的大部队方才彻底聚合在一起。

周元的目光扫视全场，忍不住有些感慨。乾坤天的确很强大，难怪能够和混元天争锋，他仅仅只是粗略地一扫而过，便发现了不少强大的源气波动。

按照他的估计，乾坤天内源气底蕴超过三十亿的强者，恐怕不会低于五指之数。

而与乾坤天相比，五行天就弱了许多，不过比起苍玄天还是要更强一些，这让周元有些无奈，看来苍玄天吊车尾的名头是丢不掉了。

周元的目光盯着乾坤天和五行天大军的前方。

只见一道身影走出来，那是一名身穿长袍的男子，袍服之上有地风水火雷的光纹流转。

"在下五行天李符，见过混元天、万兽天、苍玄天的朋友。"

男子的面目虽然普通，一对眼睛却格外引人注目，时不时掠有着火光、雷芒等五行之光，散发着五行之韵。

周元、关青龙、姜金鳞遥遥抱拳回应。这个李符的实力极强，在他们的感应中，此人的源气底蕴足足有三十六亿之多，显然就是五行天的指挥者。

"看来李符队长也发现了一座玄迹，得到了不少好处。"关青龙缓缓地道。李符能有如此底蕴，必然得到了不小的机缘，否则不会达到这种程度。

李符冲着他们露出温和的笑容，道："想必这位就是混元天的关青龙队长吧？当真是好眼力！我们此前的确发现了一座玄迹，还在那里碰到了圣冥天的大部队。

"我们五行天跟他们斗了一场，险些落败，好在乾坤天的白队长及时赶到，助我们击退了圣冥天。"

圣冥天乃圣族四天中居末的一方天域，但如果因此小觑其实力，必然极为愚蠢。

"原来如此。"众人恍然。

其实并不奇怪，如此辽阔的古源天，玄迹可不止一座。

关青龙道："李符队长，可否请乾坤天的白队长出来见见？如今大战在即，

我们五大天域还是得联合为好啊。"

李符闻言有点尴尬地道："白队长不想见你们。"

周元、关青龙、姜金鳞等人眉头一皱。乾坤天就算对他们不满，也该现身当面说清楚，躲起来不见人着实有些令人无语。

李符无奈地道："白队长说只知道混元天有一个关青龙，周元什么的从未听过，他有什么资格担任五大天域的总指挥？"

关青龙面色一沉，那姜金鳞则暗笑一声。

周元面上不见怒意，反而缓步上前，淡笑道："我便是混元天周元，若是白队长对我有意见，可以当面跟我说，躲在后面婆婆妈妈的，怎么跟个女人一样？

"我有没有资格，你来碰一碰不就知道了吗？"

李符听到周元这般言语，面色顿时一变，然而还不待他说话，便听到一声冷喝自后方山脉间响起。

"哼！"

"轰！"

冷喝落下，这片山脉突然震动起来，后方三大天域的人马有些震惊地见到，一座遮天蔽日的巨峰从山脉中升起。

他们震惊的并非这座巨峰，而是巨峰之下竟有一道身影单手托着它。

"轰轰！"

那道身影将手一甩，那座巨峰便带着巨大的阴影呼啸而下，直接将周元笼罩进去。

周元眼神微凝地望着这一幕。他如何看不出，出手之人手托巨峰，完全是凭借着肉身力量，没有动用一丝一毫源气。

单手托山，这般肉身之力可谓强悍。

不过想用此招就震慑住周元，太天真了。

周元的五指缓缓紧握，身上有炽热的岩浆纹路蔓延出来，一股暴虐的气息随之弥漫，脚下的大地直接化为一片岩浆。

他立于原地，任由那座巨峰砸来，然后一拳轰出。

"轰！"

他的身影与巨峰相比宛如蝼蚁一般，然而当这一拳轰出时，巨峰直接凝滞于半空中，下一瞬，一股恐怖的温度自其中散发出来，整座巨峰都被那蕴含着炽热的拳劲，硬生生轰成了漫天粉末。

经过石碑机缘后，周元修炼的大炎魔同样达到了大成。

一拳将山岳轰成粉末后，他的目光望着前方。

只见那里有一道身影从天空中落下。

当见到那道身影时，周元忍不住愣了愣。

因为那是一名身穿白衣的小女孩，她肤白如雪，模样娇俏可人，可是她那细嫩的肩膀上此时正扛着一柄金色巨锤，巨锤的阴影将她整个人都掩埋了进去。

"我就是乾坤天的队长，白小鹿。

"你要跟我硬碰吗?！"

她盯着周元，眼冒凶光。

第一千一百五十九章
无垢琉璃

望着肩上扛着金色巨锤的白衣小女孩，不仅周元有些惊愕，后方的关青龙等人同样忍不住张了张嘴巴。

他们怎么都没想到，乾坤天的最强天阳境竟然会是这般形象。

"哼！"

似是察觉到这边诸多怪异的目光，白衣小女孩再度冷哼一声，手中金色巨锤砸在地上，大地顿时被撕开一道深深的裂痕，地面震颤，犹如地龙翻滚一般。

恐怖的肉身力量！

不少人面色微微变幻，再度看向白衣小女孩时，眼神带着几分惊惧。

"你就是他们推举出来的诸天总指挥？"名为白小鹿的小女孩，乌黑的眼睛盯着周元。她的声音冷淡而稚嫩，若是忽视她那一身恐怖的肉身力量，倒会让人产生一种极为可爱的感觉。

但她接下来说的话，只能让人把可爱抛开。

只见她眼神轻蔑地扫了扫周元，道："你们混元天自导自演的戏，老娘可不认！

"混元天最强的人不是关青龙吗？你又是从哪里冒出来的？"

周元望着白小鹿，虽说她的外形只是小女孩，但能够感觉出来对方的年龄并非真如外表所示，按照他的猜测，应该是修炼了某些功法所致。

既然不是小女孩，那就算不得以大欺小了。

周元笑了笑，道："你不服？"旋即笑容微微收敛，又道，"若是不服，那就把你的能耐拿出来。既然不是小孩子，就不要胡搅蛮缠。"

他丝毫不在意激怒对方，因为他知道，想要得到对方的认同，好言商量是不可能的，终归还得看谁的拳头更硬！

果然，白小鹿白嫩的脸蛋顿时愤怒起来，在乾坤天从没有人敢对她如此说话。

她狠狠地盯着周元，紧握住那重如山岳的金色巨锤，冷笑道："想要得到这个位置很简单，打败我！让我认可你的实力！"

"轰！"

当她声音落下的那一瞬，一股恐怖的源气从周元的体内爆发，三轮天阳在其身后若隐若现，四十三亿源气底蕴毫无保留地肆虐开来。

源气形成的威压，铺天盖地地对着白小鹿以及她身后的乾坤天、五行天大部队笼罩而去。

所有人的面色瞬间剧变。

五行天的李符更是震惊不已，他猜到周元实力应该不弱，不然不可能被关青龙、姜金鳞推举为总指挥，可他没想到，周元的源气底蕴竟然能够强到这种程度。

四十三亿！

光比源气底蕴的话，简直比白小鹿那个暴力妖孽还要可怕！

恐怖的威压呼啸着，引得天地动荡，白小鹿的脸蛋渐渐变得冷峻，她那乌黑的眼中涌出一股灼热的嗜战之意。

"果然有些本事！

"不过还吓不住我！"

白小鹿小脚一跺，体内的源气此时尽数爆发，三轮天阳若隐若现，源气底蕴居然达到了四十亿的程度！

她竟然突破了四十亿的门槛！

关青龙和姜金鳞眼神复杂地望着这一幕，特别是关青龙，心中五味杂陈，他没想到，乾坤天这一代最强的天阳境竟然比他还要领先一步。

如果这一次没有周元，混元天反而要被乾坤天压一头。

果然，乾坤天小觑不得啊！

白小鹿爆发出了四十亿的源气底蕴，但她明白，自己与周元之间依旧还有三亿的差距，寻常之法根本难以弥补。

好在源气底蕴并不是她最强的一项。

白小鹿白嫩的脸蛋愈发冷峻，下一刻，只见她娇小的身躯突然有了变化，渐渐变得修长、纤细。

短短数息，她的身躯高挑了起来。

这应该才是白小鹿的原本形态，看上去有些弱不禁风，肌肤白嫩如雪，吹弹可破，一对如星辰般的美眸却冷冽而霸道。

她的肌肤上有琉璃之光流转，渐渐形成一道道有着独特韵味的纹路，蔓延身躯。

她站在那里，浑身犹如散发着圣光，吸引无数视线，然而天地尘埃却无法沾染其身。

当周元望着白小鹿肌肤上那些琉璃古纹时，面色却变得凝重起来，缓缓地道："无垢圣琉璃之躯？！"

无垢圣琉璃之躯是肉身强大到某种程度后的体现，据说真正的圣琉璃之躯，拥有媲美源婴境的强大力量，不过白小鹿的圣琉璃之躯应该还没达到那种程度。

但即便如此，也极为恐怖。

就连周元的肉身，迄今为止距离这般境界都还差一步。

这个白小鹿，不愧有着乾坤天最强天阳境之名！

以对方的源气底蕴，再加上圣琉璃之躯带来的肉身力量，倒真有资格对他造成一些威胁。

"轰！"

就在周元惊叹对方肉身境界之恐怖时，白小鹿已率先出手，她双手紧握金色巨锤，一步之下，便踏碎虚空出现在周元前方，巨锤轰然落下，前方的空间全都破碎开来。

周元眼芒闪烁，旋即运转四十三亿的源气底蕴，五指紧握，裹挟着滔天源气，一拳与金色巨锤硬撼在一起。

"当！"

巨声响彻，只见一股可怕的冲击波自碰撞处肆虐开来，这片大地瞬间被摧毁，这个范围里的任何事物，包括那重重山脉，都被生生推平。

双方的强者纷纷出手，无数道源气呼啸，才将冲击波抵御下来，然后目光惊惧地望着那个方向。

只见那里，周元的身影倒退了三步，而手持金色巨锤的白小鹿只退后了两步。

显然，第一次硬碰，白小鹿占据了一丝微弱的优势。

不过白小鹿脸上并没有什么得意之色，盯着周元的眼神反而愈发凝重，因为她能够感觉到，先前的对碰中周元隐藏了许多力量。

"原本以为我乾坤天这一代能够力压混元天，没想到混元天又出了你这般怪物。"白小鹿缓缓地道，"不过，你今日若是打不服我，就别想让我承认你的位置！"

周元轻轻地甩了甩拳头，眼神惊异地盯着浑身散发着琉璃之光的白小鹿，即便此时风雨肆虐，可每当风雨临近其身躯时，便会自动避让开来。

那是圣琉璃之躯的无垢属性。

"好强的肉身！"周元感叹道。

他此时不禁有些艳羡，毕竟他同样修行肉身，圣琉璃之躯也是他曾经的梦想。

在他感叹时，只见赤红炽热的岩浆纹路再度自他身体表面浮现。

大炎魔！

他脚下的大地在熔化，炽热的气息升腾，隐隐间在其身后化为一道赤红魔影，那般气息暴虐而强悍。

他张开嘴巴，一团气息喷出，里面宛如有熔岩火星飘舞。

周元同样将肉身力量催动到了极致。

白小鹿见状，眼前一亮。周元的肉身虽然不及她，但也差不远，她喜欢战斗，更喜欢这种肉身之间的硬碰。

难以想象，明明看上去纤细单薄的女孩子，却有着如此暴力的爱好。

"轰！"

周元与白小鹿再度暴射而出，如两颗陨石般撞击在一起。

"咚！咚！"

两道身影凶悍地冲撞，每一次都会掀起惊天动静。

两人的拳脚化为无数道残影，铺天盖地向着对方轰击而去。

那般碰撞看得无数人眼皮子直跳。

他们都明白，两人每一拳每一脚蕴含的力量足以将一名源气底蕴达到三十亿的天阳境后期生生打爆。

简直就是两头人形怪物。

在周元催动了肉身的力量后，明眼人都看得出来他已渐渐占据上风，唯有周元自身感到极为麻烦，他虽然压制了白小鹿，可对方的圣琉璃之躯实在过于强横，那般防御力直接化解了他大部分力量。

"啊哈哈，周元，你虽然很强，却也奈何不了我！

"你的攻击落在我身上根本造成不了多大伤势，就算有，也会在顷刻间被我的圣琉璃之躯修复！"

白小鹿察觉到周元的一丝尴尬，当即边打边笑。

周元瞧得有些得意的白小鹿，神色颇为平静，只是淡淡地道："你的肉身的确是我见过同辈中最强的，不过，你也有缺陷。"

"胡扯！"白小鹿冷笑道。

周元却懒得与她废话，他眉心的神魂此时颤动起来，所有神魂力量开始运转，然后汇入拳劲中。

先前的交手，周元已知晓白小鹿的肉身防御极为可怕，但她也有缺陷，那就是神魂不强。

圣琉璃之躯能够化解大部分力量，却无法化解来自神魂的攻击。

"砰！"

周元咆哮的拳劲，一拳轰在白小鹿胸前。

此前白小鹿对他的攻击毫不在意，可这一次，她白嫩的脸上却立即浮现出一抹痛苦之色，因为周元那道拳劲在轰进体内时，有一道力量直接袭向了她的神魂。

神魂被袭，造成的痛苦远非肉身可比。

"你！"

白小鹿大怒。

然而回应她的是周元那如暴雨般的铁拳，无数道拳劲咆哮而至，封锁了她所有退路。

白小鹿一咬牙，急忙迎上。

可这一次，每一道碰撞都将白小鹿打得额头青筋直跳，脸蛋涨红。

她的身影不断后退，周元却毫无怜香惜玉之心，不断追击。

五大天域的人都目瞪口呆地望着这一幕。

"啊！"

白小鹿终于承受不住，身躯狼狈地倒飞出去，在地面上擦出深深的痕迹。还不待她说话，一道身影便带着炽热暴戾的气息扑来，直接压在她的身上，然后铁拳如暴雨般连绵轰下。

大地都在不断塌陷。

白小鹿被周元这股狠劲打蒙了，在挨了不知道多少重击后，当她感觉自身神魂都开始萎靡时，立时尖叫起来。

她修长的娇躯迅速缩小，然后化为小女孩的样子。

此时的她满脸瘀青，乌黑的大眼睛水汪汪，犹如要哭出来一般，看上去楚楚可怜。

然而周元无动于衷，又是一记铁拳砸下去，接着吐出一口气："服了没？"

白小鹿狠狠地盯着他，见到周元又举起拳头后，赶紧挡着脸蛋，然后憋屈万分地道："服了服了！"

周元点点头，但举起的拳头还是打了下去。

白小鹿愤怒地吼道："为什么还打？！"

周元咧嘴一笑："我乐意，不服再来。"

他已经摸到了白小鹿的脾气，对她越是手软，她反而越不领情，只有这般毫不留情，她才会收敛。

果然，白小鹿虽然气得不行，但还是收了声，不敢再挑衅。

周元见状，这才满意地拍了拍手，从她身上爬起来。

白小鹿则红着眼睛，可怜巴巴地起身，哪里还有先前的半分气势？

周元笑嘻嘻地拍了拍她的脑袋，却被她一手打开，然后他抬头看向各方天域的人马，就要宣布结果。

然而当他看向四周时，却发现无数人正用一种看待禽兽的目光将他盯着。

第一千一百六十章
圣族谋划

狼藉的大地上，五大天域的人马皆沉默地望着周元，如同看待禽兽的眼神让后者分外无奈。

"你们愿意听我解释吗？"周元叹息道。

这白小鹿的肉身实在太抗揍了，如果他不倾尽全力，打在她身上根本就是不痛不痒，而且稍稍放松就有可能被她反扑。

不要光看她那副小女孩的身躯！只是迷惑人的假象啊！

那看似柔弱的身体里蕴藏的力量，连周元都不敢有丝毫小觑。

白小鹿看见周元这副吃瘪的模样倒是很开心，她在维持小女孩形态的时候，似乎连心性也受到了一些影响。她抖了抖身子，四周升腾的烟尘完全无法沾染其身，肌肤上依旧干干净净，毫无杂质。

"你真是凶残，连小女孩都打！"白小鹿说道。

周元撇撇嘴，皮笑肉不笑地道："装什么嫩啊！"

白小鹿没理会他的讥讽，小手一抓，便将金色巨锤抓来，随手收起，一双乌黑的大眼睛看着周元道："虽然你一点风度都没有，但你的实力的确很强。

"原本以为此次我的对手会是关青龙，没想到……"

她摇摇头，又道："你这诸天总指挥的位置，我白小鹿认了。"

她没有找任何借口，大方果断地承认了失败，让周元看她稍微顺眼了些。

随着白小鹿松口，三大天域的人马顿时松了一口气。白小鹿毕竟代表着乾坤天，如果她不认账，还真是一件很麻烦的事，而他们也不可能对乾坤天的大部队发动攻击，那样只会便宜了圣族。

关青龙、姜金鳞等人走上前，对着白小鹿抱了抱拳，道："多谢白队长深明大义。"

白小鹿后方，李符等乾坤天、五行天的顶尖强者也汇聚而来，看他们的模样，显然都以白小鹿为首。

白小鹿淡淡地道："我之前不接受，并非胡搅蛮缠，只是我清楚接下来我们会面临多大的危机，我不可能让一个能力不够的人坐在总指挥的位置上，所以必须亲自试探他的实力。"

"听你话里的意思，似乎知道接下来会是什么危机？"周元若有所思地道，"难道你们遇见过圣祖天的人？"

白小鹿的脸色阴晴不定，她深吸一口气，道："我的确遇见过圣祖天的人，准确来说，应该是圣祖天中最强的圣天骄，在他的手上我连十回合都没坚持到就落败了。

"如果不是当时他有其他紧要事情，再加上我强大的肉身防御，或许……我已经被他斩杀了。"

此言一出，不仅周元等人，就连李符以及乾坤天的顶尖强者都面色剧变地望着白小鹿，看这情形，他们竟然都不知道此事！

"难道是此前队长外出巡逻归来的时候吗？难怪那时候你的状态看上去很不好！"一位乾坤天的顶尖强者突然惊讶出声道。

其他人忽然面露恍然，显然都想起了什么。

"圣祖天最强的圣天骄……"周元的面色变得凝重。刚刚他与白小鹿交过手，非常明白她有多难缠，面对那种程度的肉身，周元感觉除非自己祭出七彩斩天剑光，否则很难对她造成实质性的伤害。

然而现在，白小鹿却说她在圣祖天最强圣天骄的手下没走过十回合。

那是何等恐怖的实力？！

白小鹿眼眸有些阴沉地道："那个人叫作迦图。"

"迦图……"

周元将这个名字记在心中，或许这个人会是他们最大的阻碍。

"另外……圣祖天应该在酝酿着什么惊天阴谋。此前我会与那迦图相遇，是因为发现了一座玄迹，当时迦图正将那座玄迹大山硬生生搬走。

"圣祖天的人之前并没有参与和五大天域的任何一次争斗，是因为他们将所有精力都放在找寻玄迹上。

"而圣族其他天域则是为了拖住我们的脚步。

"虽然我不知道为何要搬走那些玄迹，但我相信他们必然酝酿着一个针对我们五大天域的阴谋。"白小鹿说道。

周围一片寂静，显然都被白小鹿所说的情报震住了。

五行天的李符脱口而出："这种情报怎么不早说？"

"因为说了也没用，我们的力量可不够。"白小鹿缓缓地道。

李符哑然。的确，就算此前知晓了，难道凭他们两域就敢去找圣祖天吗？

"他们究竟想要做什么？"关青龙眉头紧锁，面庞上满是担忧之色，对于圣祖天的这种举动，他感到了很大的不安。

一道道目光看向周元，作为如今名义上的诸天总指挥，他显然是所有人心中的支柱。

望着那些忐忑的目光，周元的神色还算平静，因为他知道如果连自己都慌乱了，那会极大地打击五大天域的士气。

"不管圣祖天想要做什么，我们都没有退路可走。九条祖气主脉就在前方，圣族有什么阴谋，到了那里，一切都会知晓。

"我们身上肩负着各自天域的一部分未来，圣族居心叵测、狠决无情，若是让他们因此而愈发强势，或许未来整个天源界，将没有我们诸族的立足之地。"

周元的眼神渐渐变得凌厉，他环视众人，缓缓道："此战，可以说是会影响到未来的一次关键之战，为了我们所在的天域、所在的宗门，为了那些我们想要保护的人，我们无论面对什么……

"唯有死战！"

他的声音在五大天域每一个人的耳边回荡着。

无数人的面庞渐渐涨红，心中仿佛有一团火在燃烧，体内的血液正在沸腾。

"唯有死战！"

"死战！"

……

一道道低沉的咆哮声响彻，声如洪钟，直冲云霄。

"五大天域，准备动身！"

周元见状，再不犹豫，一声长啸。

下一刻，五大天域的人马开始汇聚，然后以周元、白小鹿、关青龙、姜金鳞等人为首，浩浩荡荡呼啸而出，直接朝着最中央地域急速而去。

他们已经能够感应到，那九条散发着无穷威能的主脉正在那里绽放。

如今的他们已经处于中央地带的外围区域，在持续赶路半日之后，已渐渐接近核心地带。

核心地带的一座万仞山崖之上，忽有源气波动浮现，数道身影闪现而出。

正是以周元为首的众人，他们身后的山脉中，五大天域的大部队浩荡开进。

"前方便是古源天的核心地域……"一道身影说了一句。

周元、白小鹿、关青龙等人抬起头，望向远处的天际。

然后他们的瞳孔猛然紧缩。

"这是……"

他们见到远处的天地间竟有一座巨大无比的光阵悬浮，玄奥非凡，直接连接了天与地，然后朝着远方蔓延，直到视线不可及之处。

那里的空间呈现扭曲之态，断层的感觉让人无法窥探其后。

一股无法形容的伟力荡漾在天地之间。

巍峨无比的光阵宛如天壁，横隔在前方，将古源天的核心地域与外界尽数分离。光阵中还隐约可见一座座古老山岳、石碑、巨柱矗立……皆散发着滔天祖气，赫然都是玄迹所化！

而在这座无法想象的大阵深处，可见九条若隐若现的祖气主脉吞吐着天地源气，引得整个古源天都在微微震荡。

"我知道他们想要做什么了……"

白小鹿双手紧握，素白的小拳头上有青筋跳动，她的眼中满是暴怒的火焰以及惊惧。

"他们……

"想要独吞九条祖气主脉，让我们诸族五天一条都吃不到！"

第一千一百六十一章
迦图队长

"独吞九条主脉?!"

当白小鹿此话说出时,旁边所有人纷纷色变,旋即眼中涌出愤怒震惊之意。

周元的眼神也变得阴沉,他没想到圣族的胃口竟然会如此之大!

"他们吞得下九条主脉吗?以往可从未出现过这种情况。"关青龙沉声道。

古源天中同样存在着某些规则,比如想要夺得一条主脉,几乎需要聚合一个天域的力量,然后将其镇压、捕获。

当然,在此之前还得将竞争对手全部阻挡住才行。

所以无数年下来,九域一直维持着一个天域一条主脉的规则,只是强弱有别而已,类似独霸九条主脉的事情还从未出现过,因为九条主脉具有一些特殊的灵性,它们会依靠本能去抗拒这种事情发生。

其他人纷纷点头。

白小鹿缓缓道:"以往的确没出现过这种事,那是因为圣族没有做好应对之策,而现在……他们显然准备好了。"

周元心头一动,望着那座连接天地、扭曲空间的神秘大阵,轻声道:"是那座大阵结界?"

白小鹿眉头紧锁道:"我们乾坤天曾经打探到一些情报,如果我没记错,那座结界恐怕是'圣衍化界大阵',是由圣族的圣者联合布置而成,一旦布下,就能拥有吞噬消化天地的恐怖力量。

"他们借助这座结界,能够镇压住九条祖气主脉,然后再将它们捕获,灌注到圣族四天中。

"但得到的情报显示,他们这个结界还没彻底布置成功,如今来看,或许是圣族故意放出假消息来迷惑我们。"

她的脸色分外难看。

"难怪圣祖天到处找寻并搬走玄迹，他们是打算借助这些玄迹的力量，作为结界的各个枢纽点，如此才能将结界布置出来……

"我们来晚了。如今这座结界已经成形，连接了天地，扭曲了空间，它会形成天壁，将我们阻拦在外。而我们……只能看着他们借助结界的力量将九条主脉镇压、炼化。"

白小鹿的眼中有后悔之色浮现，若是早知晓圣祖天有此谋划，她应该尽早通知其他天域，然后进行阻拦。

如今圣衍化界大阵已成，他们几乎再无翻盘的机会。

在她周围，关青龙、姜金鳞、楚青等人的面色极为难看，他们眼神不甘地望着远处天地间的结界大阵。好不容易才走到这里，眼见九条主脉就在前方，却被圣祖天完全隔绝了希望，如何能让人甘心？

此事如果被五大天域的大部队知晓，真不知道对士气会是何等毁灭性的打击。

不过现在想瞒都瞒不住，因为前方结界的动静太大了。

后方不断有五大天域的人马掠上山巅，面露震撼与恐惧地望着远处，紧接着便是满心的彷徨失措。

骚乱已在大部队中蔓延。

"轰！"

就在五大天域的大部队军心动摇时，远处那座覆盖天地的大阵中有一些动静传出，只见空间扭曲时，一座座山岳犹如层层叠叠，若隐若现。

一座山岳上，一些人影浮现，然后带着戏谑之色望着五大天域的大部队，显然他们已经察觉到五大天域的人马。

在大阵的一处山巅，一道身影现出，目光淡漠地望着这个方向。

周元等人锁定了那道身影，即便隔着如此距离，依旧从他身上感觉到了一种难以形容的危险气息。

那人一身玄袍，负手而立，眼瞳深邃如星辰，散发着莫测气息，眉心间的竖纹隐隐有淡淡的金光掠过，更显神秘。

他的耳垂处挂着一枚如龙凤互相缠绕的耳坠，异光闪烁。

他似笑非笑地盯着周元他们所在的位置，然后淡笑声传出，回荡天地："五大天域的朋友，我为你们准备的这份礼物可还喜欢？"

白小鹿的双眼紧紧地盯着那道身影，咬着牙道："他就是迦图！圣祖天最强的圣天骄！"

周元眼神微凝，此人给他带来了极大的压迫感，即便他如今有四十三亿的源气底蕴，都感觉到了那几乎能凝结成实质的威胁。

面对迦图戏谑般的问话，没有任何人回答，皆以冰冷的目光将其锁定。

迦图对此并不在意，或者说他从来没有看得起过五大天域的人。此次古源天之争，他率领圣祖天，前期根本就没有参与各大天域间的争斗，虽说有为大阵做准备的缘由，但未必不是一种无法言喻的蔑视。

"你们真是有点无趣啊。"

迦图笑着评价五大天域的安静。

"看来你们还没彻底崩溃呢，既然如此，那我就再给你们表演一下吧。"

他轻笑着伸出手掌，然后拍了拍。

"轰隆隆！"

随着他掌声落下，天地间顿时有了巨大变化，只见大阵深处犹如星空变幻，一个巨大的黑洞缓缓凝现，散发出一种伟力。

在那种伟力之下，古源天核心地域中掀起了天大的动静。

周元他们能够隐隐看见——

有一片一望无际的海域被撕裂，海底升起无边的祖气，似有一股无法形容的力量抓住了某条不可见的巨龙。

有一片大沙漠，黄沙肆虐，可见一条黄龙巨影在挣扎。

有深不见底的沼泽，淤泥席卷，被掀得天翻地覆。

有深渊被撕裂，祖气升腾。

一处处位于古源天核心地域的地形破碎，刚好是九处！

显然，下面隐藏着九条主脉！

如今，九条主脉皆被高空上的黑洞摄住，源源不断的祖气升腾而起，汇入黑洞中。

圣祖天已经开始捕获主脉了！

这一幕落入五大天域无数人眼中，不禁让他们目眦欲裂，有人甚至忍不住发出了绝望而不甘的厉啸。

局面一时有点失控。

莫说他们，就连关青龙、姜金鳞等人都握紧了拳头，额头上青筋跳动。

白小鹿低垂着脑袋，面对这种绝境，她也不知道究竟该怎么办，那座大阵散发出的伟力让他们根本不敢靠近。

迦图笑眯眯地望着五大天域升腾而起的绝望气息，挥了挥手，犹如驱赶着蝼蚁，道："算了，都滚吧，九条主脉你们别想沾染了，趁现在我们无暇顾及，去找点其他残余的祖气或者玄迹吧，也算是弥补一点损失。"

他似是怜悯地给五大天域指了一条路子，即便这条路只能吃点残羹冷炙。

白小鹿等人气得浑身发抖，而五大天域中真有人在绝望之下准备散去找寻残余祖气，如果大头得不到，总要混点汤水吧。

这是心气被打散的表现。

白小鹿、关青龙他们望着这一幕，面色很是难看，却不知道该如何阻拦。

五大天域的士气变得无比低迷。

就在大家都茫然失措时，周元迈开脚步，走上前去。

他的目光遥遥盯着迦图的身影，缓缓地道："你就这么想我们离开吗？还是说，你在担心着什么？"

迦图脸庞上的笑容微微收敛了一分，他双目微眯地盯着周元，似是很感兴趣地道："哦？担心你们下五天的蝼蚁们能造成什么破坏吗？"

周元望着迦图好半晌后，他的目光才转向那座笼罩天地的圣衍化界大阵。

他的眼瞳深处有圣纹急速流转，让双目变得神秘起来。

同时，他那平静的声音在这天地间响起。

"你应该是在担心，这座并不算真正完整的结界大阵还存在一些缺陷吧。"

五大天域无数道目光望着周元的身影，隐隐有些茫然。

而白小鹿、关青龙、姜金鳞等一众顶尖天阳境强者的眼睛则慢慢睁大，有些难以置信地望着周元。

大阵内的山巅上，那神秘莫测的迦图，其脸庞上玩味戏谑的笑容此时一点点收敛起来。

第一千一百六十二章
大阵缺陷

当周元的声音在这片天地间响起时，立即引来无数道震惊的目光。

紧接着，那些震惊又渐渐变成一丝丝惊喜，五大天域的人马皆眼神期盼地盯着周元的身影。在这种绝境之下，周元这番话无疑给他们带来了一丝希望。

"周元，你这话是什么意思？"

白小鹿忍不住抓住周元的衣袖，乌黑的大眼睛中带着溺水者抓住救命稻草的希冀。

关青龙他们也目光灼灼地望着周元，却无意识地压抑着呼吸声，仿佛生怕将悄然来到的一丝希望吓跑了一般。

面对他们的目光，周元只是盯着远处那座笼罩天地的结界大阵，平静地道："这座结界的确雄伟庞大得超乎我的想象，不愧是圣族圣者的手笔。若它处于完整形态，我恐怕根本无法看透丝毫。不过可惜……"

他声音一顿，视线转向白小鹿，说道："你此前说乾坤天得到的情报是圣族还未将这圣衍化界大阵布置完全，你说的的确没错，眼前这座大阵并不是真正的完整形态，它还有缺陷！

"而那迦图应该也清楚这些缺陷所在，才会以言语打击我五大天域的士气，令我等主动退去，因为他很谨慎，担心真的发生意外。"

周元的目光环视周围，望着诸多充满希冀的目光，道："简单来说，圣族精心布置的结界大阵并非铜墙铁壁，我们……还有机会！"

"轰！"

当他的话音落下，五大天域无数人的眼中涌起炽热，先前的不甘与绝望渐渐衍变成浓郁的战意。

说到底，他们不甘心就此退去。

能走到此处者，大多是心性坚韧之辈，他们不怕战死，只怕看不见希望地死去。

眼前这座巍峨大阵太过恐怖，足以让他们感到绝望，可周元的一番话却将这种绝望抹平。

白小鹿、关青龙他们感受着再度升腾起来的战意，心中如释重负。如果真被迦图三言两语便瓦解了士气，那他们回到各自天域，真不知道应该如何交代，说不定还会落得千夫所指。

只是……周元又如何看得出这座大阵的缺陷所在？

这种由圣者联合推衍而出的结界极为复杂，莫说是他，就算是神魂踏入游神境界的强者都不一定有这般能耐。

而周元却如此肯定，真的不是在胡言乱语，以此稳定士气吗？

若真是如此，那便是饮鸩止渴，一旦事情暴露，对士气的打击反而更严重。

一时间，白小鹿他们又有些心乱如麻，先前的欢喜消失而去。

周元并未理会他们，他的目光望着大阵之中立于山巅上的那道身影。如果光凭神魂境界，以他的能力不可能看出这座结界的缺陷所在，但幸运的是，他的神魂境界不够，却拥有破障圣纹。

这道圣纹虽然不具备多少战斗力，却能窥破虚妄，这些年给周元带来不少惊喜。

眼下又是一桩。

在周元的目光锁定下，迦图的面色看不出喜怒，他的眼眸中似有兴趣浮现，望着周元道："看来这下五天中也有能看的人物。

"呵呵，你说得没错，这座结界大阵的确尚未真正完成。"

他竟主动承认了。

这让白小鹿他们面露大喜之色。

望着他们欢喜不已的神情，迦图微微偏头，神色玩味而戏谑地道："你分析得很精准，我这个人比较谨慎，先前的言语的确打着将你们劝退的心思。

"因为我不太想冒险。

"但眼下来看，这个心思已经被你看穿了。"

迦图的嘴角泛起一抹笑意，但那笑容中没有丝毫温度，反而让人心头发寒："只是，你们知道我不想冒险的那个概率吗？"

他伸出一根手指头。

"百分之一。

"你们有百分之一的概率，可能会攻破圣衍结界。"

他嘴角的笑容愈发灿烂："而百分之九十九的概率……你们五大天域的大部队会全部埋骨此处。"

众人脸上的喜色又一点点收敛，无数人面面相觑，神色有些沉重。

"百分之一？"

周元的脸庞上浮现出一抹淡笑："危言耸听！我却觉得破阵的概率能有五成。而且退一万步说，就算只有百分之一，那又如何？

"我五大天域肩负着诸族未来，走到此处，别无他求，只求一场死战。"

"轰！"

磅礴强悍的源气自他体内爆发出来，他手持天元笔，修长的身躯上有一种引得天地微微动摇的浩瀚气势，仿佛无所畏惧。

后方，五大天域无数道目光汇聚在他的背影上，原本沉重的眼神渐渐变得坚定起来。

"唯有死战！"

"死战！"

……

一道道低沉的咆哮声稀稀拉拉地响起，很快就变得震耳欲聋，最后汇聚成庞大音波，冲上天际，将云层都震碎开来。

磅礴战意凝聚而起。

迦图面带淡漠笑意地望着这一幕，只是眼眸深处却有冷酷之意在流动。

他知道，他的言语不会再有作用了。

也罢，本就是随手而为，既然没什么用，那就让他们撞得头破血流吧，想必尸横遍野的一幕颇为养眼吧。

于是他冲着周元淡笑道："五成概率？算了，无知者无畏。他们的死，都会算在你的头上。放心吧，到时候我会暂留你一条贱命，帮他们收尸埋骨。"

他并没将五大天域放在眼中，对方的战意在他看来，无疑是蝼蚁对巨人绝望的咆哮。

然而巨人会在意这些吗？一脚踩死就行了。

迦图摇摇头，他的身影渐渐淡去，不带情感的声音回荡在天地间。

"带着你的人马来吧，如果真的能够来到我面前，或许我还能收你为奴。"

"轰轰！"

当他的声音落下，只见那座笼罩天地的浩瀚大阵突然开始剧烈地变幻，空间剧烈地扭曲着，层层叠叠，里面又出现了无数景象，如群山，如沙漠，如空中楼阁……

只是那种涌动的杀机，开始令人心神颤抖。

周元望着这一幕，嘴唇轻轻地抿起，眼神冷静而凌厉。

他知道，这座结界大阵真正启动了。

而那九条祖气主脉的归属，就看这场破阵之战了。

<h1>第一千一百六十三章</h1>
<h2>推衍破绽</h2>

当圣衍化界大阵启动之时，庞大宏伟的大阵内，一座山巅上，迦图负手而立，神色淡漠地望着开始扭曲、折叠的空间。

"呵呵，迦图，看来你这言语退敌之策失败了啊。"

迦图身后忽有笑声传来，他微微偏头，便见到数道身影出现在后方。

那几道身影浑身散发着极为恐怖的源气波动，赫然都达到了四十亿的程度！

他们正是圣祖天的其他圣天骄。

"我就说你是多此一举，这些下贱的蝼蚁能有什么威胁？此次古源天之争我们一直在四处找寻玄迹，还没开始杀戮呢，若他们真被你吓跑了，那才是无趣。"说话的是一名身躯壮硕的男子，他赤裸着上身，皮肤上刻满了血红的文身，乃诸多凶兽，文身蠕动间犹如有暴戾凶兽的咆哮传出。

他咧着嘴，一脸笑意，只是眼中的凶戾让人不寒而栗。

"地摩岳，我们的任务是保证此次的圣衍化界大阵能够吞噬掉九条主脉，此事极为重要，若是出现差池，诸位圣者动怒，我们没人能够承受得了。"迦图说道。

"我可不想看见什么阴沟翻船的事，能将他们震退自然是最好的选择。

"不过看来这下五天的人不全是废物，先前那人倒是有点出乎我的意料。"

"那人说他有五成的概率能够破我们这圣衍化界大阵？"另外一名圣天骄戏谑地说道。他的双瞳呈现血红色，宛如两个旋涡，能够吞没神魂，诡异阴森。

迦图轻笑一声，道："愚蠢无知，痴人说梦。"

其他圣天骄纷纷笑了，笑声中满是讥嘲。

这座大阵即便尚不完整，也是他们圣族的圣者布置而成，奥妙无穷，莫说他一个天阳境，就算是法域境强者在此，都难以破阵。

"如今大阵已启动，吩咐其他三大天域准备入驻防守。

"我们圣祖天的人马分散于各处关键节点。"

迦图有条不紊地发布着命令，后方不断有人领命而去。

"当然，这只是为了有备无患……如今大阵扭曲折叠空间，已是固若金汤，虽说其中还有缺陷，但我并不觉得那五大天域的人马能够窥破。"

如果对方不能窥探出破绽之处，而选择胡乱进攻的话，那么不管他们来多少人，都将全部埋骨于此。

"接下来，我等就在此处看一场好戏吧。"

迦图笑吟吟地望着大阵之外。

"看看这五大天域如何撞得头破血流，到那个时候，绝望之下的他们，应该会将怒火迁向那个家伙吧。呵呵，真是期待呢。"

"周元，我们破阵真的有五成概率？"

山巅上，白小鹿紧张地望着周元。

其他人也将目光投来。

周元缓缓地道："能否破阵，靠的不是任何一个人，而是五大天域所有人的决心。这场战斗本就凶险万分，我们唯有勇猛精进，不顾后路，方能在那绝境中搏得生机。"

他没有直接回答白小鹿的问题，因为没有多大意义。他所说的五成概率的确更多只是为了安抚人心，若是所有人都抱着搏命之心，破阵并非不可能。

白小鹿慢慢冷静下来，明白自己的问题过于幼稚，她乌黑的大眼睛投向远处扭曲空间形成的天壁，问道："接下来我们应该怎么做？"

她言语间已有一些信服，显然周元此前的表现开始得到她这位乾坤天最强天阳境的认可了。

周元凝视着远处，道："接下来自然是进攻大阵，破坏圣族的谋划。

"不过这座大阵威能已成，其力量之恐怖难以想象，若是胡乱进攻，即便是我，恐怕也会顷刻间被大阵的力量抹杀。唯有窥破大阵的破绽所在，以此为路，侵入大阵，再不断破坏结界节点，才能够真正将其破坏。"

白小鹿、关青龙等人点点头，他们同样察觉到大阵中涌动的力量，那并非他们能够抵御的，如果不是大阵的主要作用是针对九条祖气主脉，就算这是一座残阵，

他们都不敢有靠近的心思。

"那你知晓破绽的位置所在吗？"白小鹿期盼地问道。

周元摇摇头，无奈地道："你真当我无所不知呢，这好歹是圣族圣者布置的结界，我若是看几眼就能知道准确的破绽位置所在，那也太低看他们了吧？"

白小鹿有些傻眼："你若看不出破绽，那还怎么玩？不如分行李直接回家得了。"

周元没搭理她，他在山巅上盘坐下来，双瞳深处圣纹流转，凝视着远处那座扭曲天地的庞大结界。

他体内的源气疯狂地涌动起来，供给圣纹消耗。

他要借助破障圣纹的力量，推衍出破绽所在。

"给他一些时间吧。"

白小鹿还想说什么，却被一旁的关青龙拦住。

一旁的姜金鳞皱了皱眉头，道："如果他找不出大阵破绽的精准位置……那我们怎么办？"

白小鹿与关青龙陷入沉默。

"我相信殿下能够做到！"一道轻柔而坚定的声音在旁边响起。众人看去，正是苏幼微，她清丽的容颜泛着淡淡的玉光，美丽得不可方物。

"虽然跟这家伙是宿敌，但如果你们知晓他的经历就会明白，在他身上，奇迹并非什么稀罕事情。"让人意外的是，武瑶的凤目扫了周元的背影一眼，淡淡地道。

赵牧神双臂抱胸，眼神有些幽冷："我可不想如丧家之犬一般逃回混元天，我对圣族那些圣天骄还挺有食欲的，所以现在最好还是对这家伙有点信心。"

随着他们三人开口，越来越多的顶尖强者纷纷点头表示认同。

于是，他们分散开来，形成重重保护，将周元守护在最重要的位置。

周元仿佛没有察觉到外界的任何动静，眼瞳深处的圣纹不断流转，导致眼角开始流下点点血迹，但他毫不在意，因为他的眼瞳中似有无数源纹如瀑布般冲刷而下——他在推衍。

这般全力推衍，足足持续了五天！

待得第五日时，周元缓缓闭上充满血丝、犹如将要爆炸的双瞳。

他那有些嘶哑的声音轻轻传出："找到了。"

山巅上，所有目光都在这一刻汇聚在他身上。

第一千一百六十四章
破阵之战

"找到了？！"

山巅上，一道道目光带着按捺不住的惊喜，尽数投向周元的身影。

周元的眼中满是血丝，眼角挂着血迹，神情显得格外疲惫，显然是因此前那番推衍，即便借助了破障圣纹的力量，对他依旧造成了极大的负担。

若不是他的神魂还算坚韧，恐怕已经在推衍中被震散了。

"当真是好恐怖的结界大阵。"周元暗自感叹。

如果不是这座大阵并不完整，凭他现在的能力，就算推衍得神魂尽散，都不可能看出丝毫破绽。

好在，他们诸族五天的气运总归没有断绝。

周元抬起头，望着面色惊喜而紧张地盯着他的众人，然后点头表示确定。

"哗！"

众人低低地欢呼出声，紧张的面庞上浮现出如释重负的笑容。

谁都明白这一步的重要性，如果周元找不出结界的破绽所在，就算把他们所有人的命填上去，恐怕都难以撼动那座结界分毫。

而他们只能眼睁睁地看着圣族将九条主脉尽数霸占！

在众人大松一口气时，一股香风飘向周元，一只纤细的白玉小手拿着香巾，替他认认真真地将眼角的血迹擦去。

"殿下，辛苦了！"擦拭完毕，有些洁癖的苏幼微没有将香巾扔掉，反而不着痕迹地收进袖中，然后冲着周元露出一道浅笑，笑容中的温柔仿佛能够抚平疲倦。

她有些心疼周元要承担的压力。

这个所谓的诸天总指挥，其实没有多大的实质好处，周元却为此付出了不少。

但苏幼微明白，这就是周元的性格，这些年来他始终未曾改变过。

周围有一些艳羡的目光投来，即便此处云集了五大天域中不少天之娇女，可苏幼微无疑是最为顶尖的，不论气质还是容颜。

在短短数日的接触中，已有不少五大天域中的年轻俊杰对苏幼微显露出好感，并且试图搭讪。

武瑶望着这一幕，凤目中微微有些波动。

关青龙也有所感觉，对着周元抱拳道："周元元老，若此次古源天之争我诸族五天能有一个好的结果，你定是厥功至伟。"

周元闻言，只是神色平静地摇了摇头。之所以会这么拼，他有自己的目的，他来到古源天最为重要的一个任务，便是获得祖龙血肉。

而祖龙血肉至今未现，想必应该存在于那主脉之中。

所以他不可能坐视圣族将九条主脉尽数霸占掠夺。

那是让夭夭苏醒的关键，不管谁要阻挠，他都不介意一路杀过去。

周元对着苏幼微点头致谢，然后袍袖一挥，立即便有一千枚青色玉简悬浮在他面前。

"你们将五大天域的人马分为一千支队伍，每一支队伍持一枚玉简，其中有我烙印下的方位以及进入结界后应该如何行事的指示。

"这些队伍会散布于结界之内，动摇结界的根基。

"不过这只是第一步。"

周元屈指一弹，又有近百枚紫色玉简飞出。

"这些紫色玉简由五大天域中的顶尖强者持有，其中铭刻着这座结界的节点，各处必然会有圣族的强者守护，你们的任务便是尽可能地突破这些节点。

"唯有这样一层层地突破，最终才能真正破坏这座圣衍化界大阵。"

听到周元严肃郑重的声音，所有人都面色肃然。

"周元总指挥放心，我们会尽数吩咐下去。"白小鹿稚嫩的小脸上浮现出一抹郑重之色。

周元闻言点点头，双目有些疲倦地闭拢。

"一日之后，我们就开始进攻。"

他平静的言语间却有一股肃杀之气升腾而起。

白小鹿、关青龙、姜金鳞等人闻言，纷纷闪掠而出，将这些命令逐一发布出去。

一日时间眨眼即过。

周元的状态彻底恢复过来，他立于山巅上，眼神冷冽地注视着那座扭曲着空间、笼罩着天地的结界大阵，隐约感觉到大阵内似有无数道讥诮的目光正看着他们。

或许，圣族的人从未觉得他真的能够找出结界的破绽之处。

"周元总指挥，一切都已准备妥当。"

白小鹿的声音从后面传来。周元转过身望着山脉，只见那里有上千支队伍列队整齐，狂风在山脉中呼啸，却无法吹散那股浓郁到极致的肃杀之气。

周元凝视着由五大天域诸族汇聚起来的顶尖天阳境人马，缓缓地道："诸位，此次破阵唯有两条路可走：打破结界，夺得祖气主脉；或者争夺失败，全军覆没！

"一旦进入结界，我们将再无退路。

"若是有人不愿，可此时退出。"

他的声音顺着狂风响彻在每一个人的耳边。

然而无人出声，那一张张面庞上虽说有着忐忑紧张，但更多的是一种坚定的决然。

所有人都明白此战的重要性。

一旦他们将九条祖气主脉拱手相让，未来圣族不知道会多出多少强者，而圣族也会变得更强。一旦圣族开始入侵五大天域，那么他们的家人、朋友将会遭到残忍虐杀，被生生炼成血丹，供圣族吞食，或者如同牲畜般被其圈养。

现在在古源天的更高层次中，五大天域的源婴境、法域境甚至圣者也在出手，他们都在为诸天生灵的未来博取着一丝丝希望。

面对无情冷酷而强大的圣族，没有人能够置身事外。

所以，不管心中如何紧张与不安，这般时候没有任何人会退缩。

周元望着那一张张决然的面庞，深吸了一口气，然后对着白小鹿等人点点头。

"诸天五域的队伍，随我进攻！"

当那冷冽的声音响起时，周元的身影率先冲天而起，朝着远处矗立于天地间的巍峨浩瀚大阵暴射而去。

"轰轰！"

在他后方，上千支队伍如蝗虫般呼啸而出，铺天盖地，气势恢宏。

圣衍化界大阵内，迦图盘坐于山巅上，他低头望着身旁泥土中的蚁穴，然后笑眯眯地伸出手指，直接按毁蚁穴，使得无数蚂蚁仓皇逃命。

他伸着懒腰，抬头望着大阵之外，嘴角掀起一抹弧度，充斥着无情与冷酷。

"蝼蚁……终于来送死了。"

在他身后，数位圣祖天的圣天骄现出身影。

"你们说这五大天域的人真的找出了进入大阵的破绽所在吗？"有人笑问道。

"怎么可能，就算大阵有缺陷，也不是短短几日就能够找出来的。"一名圣天骄嗤之以鼻。

"那个领头的废物，多半是在装腔作势。"

"我倒是希望他们能够进来，不然实在是太无聊了。"

……

当他们说话时，五大天域的大部队已呼啸而至，迅速抵达那层层扭曲、折叠的空间面前。

圣天骄的声音忽地停下，眼神各异地望着大阵之外。

他们见到立于大部队最前方的那道年轻身影似是抬头看向了大阵中，那目光犹如看见了他们一般，紧接着只见他伸出手掌，轻轻一挥。

"轰！"

在其后方，铺天盖地的人影暴射而出，毫不犹豫地撞向扭曲空间的各处方位。

"噗！"

就在碰触的那一瞬，迦图等人顿时感觉到这座结界大阵似乎微微颤动了一下，而他们想象中的大阵伟力爆发，将五大天域人马尽数抹杀的一幕并没有出现。

那些队伍在接触到扭曲空间时，便陡然消失而去。

与此同时，迦图等人察觉到，无数道陌生的源气波动在大阵各处突然散发。

山巅上的气氛隐隐有些凝固，那些圣天骄皆是面庞阴沉。

迦图面无表情，眼中的寒意却连空气都险些被冻结。

"那个小子……真是低估他了啊。"

这一刻，他们哪里还不知晓，圣衍结界的破绽之处真的被周元找了出来！

迦图吐出一口气，转过头淡淡地道："都别愣着了，去守住最重要的节点……

"既然五大天域这么有胆魄，那就让他们都死在这里吧。"

第一千一百六十五章
正式开战

当周元踏入圣衍化界大阵的那一瞬，他感觉到空间开始剧烈变幻，然后眼前一花，便发现自己出现在一座悬浮于半空中的浮岛之上。

浮岛宽敞，四周的空间皆呈现出扭曲的模样。

周元现身后，他的后方不断有人影闪现，约莫数百人。

领头的正是白小鹿、关青龙、姜金鳞等五大天域的顶尖强者。

他们皆手持紫色玉简。

正是凭借着紫色玉简中的空间坐标，他们才能够汇聚于此。

"这里便是圣衍化界大阵的内部吗？"白小鹿好奇地打量四周，声音清澈稚嫩地问道。

周元点点头，他清点了一下人数，发现未有遗漏。

"接下来怎么做？"关青龙沉声问道。

"这里是进入圣衍化界大阵内部的一处结界节点，只有通过此处，我们才能不断深入，最终抵达核心处。"周元解释道。

"不过这座大阵有浩瀚伟力，我们难以撼动，比如眼前这处节点。这里的空间，即便汇聚我们此处所有人的力量，都无法将其攻破。"

周元指了指前方扭曲的空间，其中蕴含的恐怖力量连他都感到心悸。

白小鹿他们同样神色凝重，目光却都看向周元，他们知晓，周元能够带他们来到这里，必然有应对手段。

"别都看着我，接下来的局势不是靠我，而是要靠五大天域的所有队伍。"

周元轻叹一声，他取出一枚紫金色玉简，上面光芒绽放，然后在面前形成了一幅光幕。

光幕内正有千余个光点分散开来，不断闪烁着。

"这些光点便是我们五大天域的队伍，此时他们分散于圣衍化界大阵各处，应该已经撞见圣族的镇守队伍，厮杀开始了……

"他们的任务是竭尽全力攻破外围的结界节点，唯有那些节点被破坏到一定数量，此处的空间才会受到影响，那时就是我们更深一步的最好时机。"

周元盯着光幕中的光点，抿了抿嘴，道："简单来说，现在的他们在用生命为我们开路。"

气氛一下子变得沉默，一道道目光盯着光幕，他们看见其中一些光点正在不断变得黯淡，有的光点甚至突然之间消失……

那代表有队伍全军覆没了。

一股残酷惨烈的气息自光幕中散发出来。

此处不少人都紧握拳头，眼眶隐隐有些发红，即便没有亲眼看见，他们也能够想象出那等厮杀是何等惨烈。

的确如周元所说，众人在用生命为他们开路，开启进入圣衍化界大阵更深处的路。

周元微微垂首，以此表达对他们的尊重。这就是与圣族的战争，残酷且无可退后。

"如今圣族四天几乎都汇聚于此，他们组成了大阵的基石，但正因如此，他们将力量分散开来维持着这座圣衍化界大阵，给了我们集中力量推进的机会。"

周元深吸一口气，努力平复心境，道："诸位，如果我们真的能够坚持到最后将大阵破坏，到时候大阵的反噬力量会彻底击垮圣族。

"这条路没有人可以退后，只能不断向前，拼尽力量！"

身后众人紧握着拳头，眼神凌厉而决然。

光幕闪烁，足足持续了一炷香的时间。

而在这段时间内，周元他们亲眼看见近百个光点消散，那代表有近百支队伍被摧毁，队伍里的人也尽数殒命。

那是上万名五大天域中的天阳境精锐强者。

他们在各自所属地域中必然有着诸多故事，是受人仰慕的天才，可在这里，却连姓名都未留下便已殒命。

这种死伤不可谓不惨重。

面对着这种伤亡，没有人能够无动于衷，一些心思敏感的女子更是红着眼眶低泣出声。

不过，他们的牺牲并非没有价值。

周元能够感觉到，眼前的空间开始剧烈波动起来，隐隐有裂痕自虚空中浮现。

"持紫色玉简者，按照玉简内的方位，即刻出击！"

周元冷冽的声音在浮岛上响彻。

"诸位，不要浪费成千上万的人用生命为我们打开的路，此战……

"诸天必胜！"

周元后方，上百道身影皆低吼出声："诸天必胜！"

下一瞬，他们的身影暴射而出，直接与那扭曲的空间碰撞，然后尽数消失。

随着他们离去，浮岛上顿时变得空旷。

周元转头望着仍站在他身后白小鹿、关青龙、姜金鳞、李符、楚青、赵牧神、武瑶、苏幼微……

他们是五大天域天阳境中的最强者。

除了他们，还有一批人静静矗立于后方，神色肃穆，这些人到时候必须跟他们同时出动，算是打下手，但即便如此，他们也将面临远超其他队伍的生命威胁。

这些人中有不少熟悉的面孔，李卿婵、左丘青鱼、绿萝、李纯钧等人皆肃然而立。

周元手掌一抬，数道金色玉简飞出，落向众人。

"各位，接下来就该轮到我们了。这几条路线是最重要的，直通那些重要节点，圣族必然会派遣最强的人守卫，我们的目标是尽可能将其突破。

"所以你们每一个人都很重要，或许就是你那里的失败，而导致用生命为我们开路的人白白送死。

"大战已启，没有人能够置身事外，这场大战我们想赢，依靠的是所有人！"

周元缓缓地道："所以……接下来，请用生命去打赢每一个拦路的人！"

所有人默默点头，即便是对周元羡慕又嫉妒的姜金鳞都紧握着金色玉简，眼中杀意流淌。

没有人再说话，而是静静调整着自身状态。

又是一炷香后。

空间再度波动起来。

周元与众人对视一番，然后在苏幼微清丽绝美的脸颊上停了停，冲着她轻轻点头，示意她多加小心。

"轰！"

下一瞬，所有人的身影暴射而出，直接与那扭曲空间相撞。

空间波荡间，一道道身影凭空消失。

浮岛空空荡荡，却有一股肃杀之气酝酿而生。

一场谁都无法退后的战争，正式开启。

激起杀心

"啵!"

当周元再度穿过扭曲空间时,只见漫天黄沙席卷,所处位置赫然是一座沙漠。

在他身后,空间波动,一道道身影紧随而至。

这支小队伍中大部分是五大天域的天阳境后期强者,其中还有不少熟悉的面孔,如李卿婵、左丘青鱼、李纯钧等人。

在此前那场玄迹机缘中,因为周元的帮助,他们自身得到不小的提升,已经跨入了天阳境中期,而且他们天赋不凡,以现在的底蕴,即便在天阳境中期也是好手。

"你们没必要跟着我,我这一路恐怕会是最艰难的。"周元冲着他们无奈地笑了笑,道。

"拿了你的好处,总得帮忙做点什么。"李纯钧声音沙哑地道。

在古源天中周元帮了他们太多,他们也想给予回报。虽说以周元现在的实力,或许他们帮不了什么,却能够做一些力所能及的事情,即便跟着周元会极为危险,但他们并不惧怕。

李卿婵清冷地道:"总不能什么担子都让你来扛吧。"

左丘青鱼美眸弯弯,娇媚地道:"放心吧,我们很有自知之明的,不会拖你后腿。"

绿萝嘟嘟嘴道:"其实主要是跟着你,感觉机缘会更多一点。"

他们你一言我一语,说得周元心头微暖:"这支队伍就由卿婵师姐帮忙指挥,如果遇见比较强大的节点,就将此前我给你们的阵旗在特定方位插下,以此来抑制结界的力量。

"不过到时候对方应该会派人阻拦,护旗颇为危险,你们各自小心。"

众人之中，李卿婵最为理智、靠谱，到时候周元遇见强敌难以分心多顾，只能靠李卿婵来指挥了。

李卿婵闻言，也不说话，只是轻轻颔首。

吩咐完毕，周元不再多说，他望着眼前的沙漠，双目微眯，旋即踏步而出，身影如星光闪烁一般，直接出现在千丈之外。

他朝着沙漠深处而去，身后的队伍则在李卿婵的带领下紧紧跟随。

周元仅仅前行片刻之后便停了下来，他的目光冷冽地望向前方。

只见沙漠中有一座石峰矗立，极为醒目。

此时，石峰上一道道强横的源气波动涌现，锐利的目光戒备地盯着他们一行人。

周元神色没有波澜，因为他发现镇守者中最强一人的源气底蕴只有三十三亿左右，这般实力若是突破之前还能对他造成威胁，现在却是毫无阻拦之力。

李卿婵他们在察觉到这般情况后，稍稍松了一口气，看来第一道节点不算太艰难。

然而就在他们松口气的那一瞬，只见石峰上的空间忽然微微波动，一道身影缓缓现出。

那道人影气势如渊，面庞如玉，双耳处挂着龙凤交缠的吊坠，整个人透着一股深不可测的气息。

"迦图？！"

当周元见到此人时，瞳孔微微一缩。

此人赫然是圣祖天最强的圣天骄！

这让他有些惊愕，因为迦图应该镇守在最后的节点才对，怎么会出现在此？

李卿婵一行人不禁面色大变，急忙运转源气，一副如临大敌的模样。

本该是最后出现的强敌，竟然在刚刚进入圣衍化界大阵时就碰见了，无疑打乱了他们的节奏。

"你便是那下五天的总指挥？叫作……周元？"迦图目光幽深地注视着周元，淡笑道，"你真的觉得，凭你们的力量能够破得了圣衍化界大阵吗？"

周元道："能不能破得了，谁又能知道呢？而且你若真的稳坐钓鱼台，应该没必要与我说这些废话吧？"

迦图淡淡地道："只是难得遇见一个有胆子向我挑衅的蝼蚁，觉得有趣罢了。

"不过你的确有些让人讨厌，所以我打算来挫挫你的锐气。"

他的嘴角掀起一抹诡异的笑意。

他伸出手掌，只见面前的虚空扭曲起来，一道空间裂痕被撕裂，一道人影竟被他从中抓了出来。

当周元见到那道人影时，面色顿时一变："幼微？！"

被迦图从空间裂痕中抓出来的人，竟然是苏幼微！

"这个女子与你关系匪浅吧？"迦图笑眯眯地道。他手掌抓住苏幼微雪白修长的脖颈，一道道源气锁链将她牢牢地捆缚。

"你这个蠢货，太小看我圣族的圣衍化界大阵了。进了此处，你们就如同待宰的羔羊。周元，你要记住，是你害死了他们。"

苏幼微脸颊涨红，似在疯狂挣扎，却无法挣脱。

周元的眼神变得极为阴沉。

"想要救你这个朋友吗？"

迦图打了一个响指，周元前方的空间微微波动，竟撕裂开一道空间缝隙："带着你的人从这里出去，我可以放了她，否则就别怪我辣手摧花了。"

身后的李卿婵他们见状，面色忍不住大变，想要出声怒斥，最终还是没有说出来。那迦图心机深沉，若真顺着他的意思走出去，恐怕会导致整个大局崩盘。

迦图轻笑一声："做好选择了吗？"

"轰！"

回应他的，是周元陡然间如闪电般暴射而出的身影，只见一道道残影掠过虚空，直射石峰之顶。

"放肆！

"圣天骄也是你这般卑贱蝼蚁能够冲撞的？"

此前发现的那名圣祖天强者见状，顿时冷喝一声，三十三亿源气底蕴尽数爆发，直接化身洪流，撞向周元。

"砰！"

两者如陨石般相撞，仅仅只是瞬间，圣祖天的强者便发出一道惨叫声，只见他整个身体都在那恐怖的冲撞中爆碎开来，化为漫天血沫。

周元的身影穿过血雾，直接落到石峰之上。

"这就是你的选择吗？真是个绝情的男人呢。"迦图见到这一幕，不由得叹息一声。

然后，他的眼神陡然变得森冷，掌心间的源气爆发而出。

"咔嚓！"

苏幼微雪白的脖子瞬间被扭断，狂暴的源气冲进她体内肆虐，断绝生机。

迦图随手将那香消玉殒的娇躯丢下，道："你看，你害死了她。"

周元眼神漠然地望着他，旋即嘴角掀起一抹讥讽："迦图，这种低劣的手段都用得出来，可见你的内心并不安稳，是在害怕被我成功破阵吗？"

迦图双目微眯道："哦？"

"这些只是幻影而已，包括你。"

周元走到迦图面前，伸出手搭在他的肩膀上，淡淡地道："我知道你是想激怒我，让我失去理智，从而出现失误……"

他面色漠然，抬起脚掌，猛然踩下。

恐怖的源气冲击波自他的体内如风暴般肆虐开来，周围那些向他冲来的圣族强者在那种碾压性的源气压制下，被震得纷纷吐血倒飞而出。

"不过你的目的达到了。"

漫天血雾中，周元一掌拍下，迦图的身影渐渐变得虚幻。

他的眼中涌动着森然杀意，宛如实质般令人不寒而栗。显然，迦图这种当着他的面以杀死苏幼微来刺激他的手段，彻底激起了他的杀心，他很久都未如此强烈地想要杀一个人。

上一次，还是因为圣宫的圣元老狗将夭夭伤得沉睡不醒。

"迦图，在最后的节点等着我去收你的命吧。"周元淡漠地道。

迦图的身影逐渐消散，意味不明的笑声传来，不带丝毫情感。

"呵，当真是狂妄啊，你以为你是谁……

"一个看不清自己的蝼蚁贱种而已。

"能让我戏耍，算是你的荣幸。

"我等着你……

"可别在中途就死在其他圣天骄手里哦，不然的话，你就太让我失望了。"

"清扫战场，布下阵旗，破坏这座节点。"

当迦图的身影消失时，周元脸庞上浓郁的杀意渐渐收敛，只是双目显得更为幽冷，旋即他挥了挥手，下达命令。

顿时一道道身影疾掠而出，带着杀气扑向被周元震伤的圣族队伍。

半晌后，圣族队伍尽数伏诛。

李卿婵立即指挥队伍散开，在这座节点空间内布下一道道阵旗，很快这座结界便剧烈震动起来，漫天黄沙渐渐消退，空间有着扭曲的迹象。

李卿婵来到周元身旁，清冷的美眸看着他。她先前同样感受到了周元浓郁的杀意，那位名为苏幼微的女孩，显然与他关系不浅。

迦图以此作为假象迷惑周元，的确让人愤怒。

她没有多说什么，因为她相信眼前的青年。这些年来他的成就固然让人惊叹，但他最为优秀的还是那坚韧的心性。迦图以为这般手段就能够撼动其心，显然太低估他了。

迦图的戏耍行为，只是平添了周元的杀意而已。

"没事了吧？"李卿婵轻声问道，美目流转，宛如清冷月光。

周元笑了笑，道："我只是在想，到时候让他选一个什么死法。"

李卿婵微微颔首，声音难得温柔地道："莫要小瞧了他，能够成为圣祖天最强的圣天骄，此人实力深不可测。"

周元点点头，然后冲着李卿婵一本正经道："卿婵师姐，我真没想到你竟然也有如此温柔的时候。"

李卿婵的修长玉指轻轻一弹，手中的长剑自剑鞘弹出半寸，寒光流溢，温度

骤降。

"咳，此处的节点已被破坏，赶紧去往下一处吧。"

感受着那股寒气，周元干咳一声，一声令下，身影率先掠出，一拳轰碎了前方的空间，率先踏入其中。

李卿婵瞧得他那有些慌张的身影，红唇微微一勾。这家伙还能跟她开玩笑，说明心态并未受迦图的影响，这让她有些欣慰。

她一挥手，率领着队伍立即跟了上去。

……

接下来的半日，周元率领队伍一口气突破了六座结界节点。

过程还算顺利，但周元明白，能够如此顺利，完全是因为他此时的实力过于强横，所以才可以无视一切，直接横推。

但在推进的过程中，周元的心情却愈发凝重。

因为在这六座结界节点，几乎每一座都有一到两位源气底蕴达到三十五亿的圣族强者镇守。

虽然他这条路乃镇守力量最强的，但也能瞧出圣族的顶尖强者数量的确比五大天域多得多。

按照周元的猜测，如果不是此次圣族的野心太大，妄图一口气将九条祖气主脉都吞下，逼得五大天域不得不合力对抗，若是单靠一方的力量，恐怕真的很难与其争锋。

难怪在以往的古源天之争中，圣族几乎每次都能获取最大的好处，五大天域则只能分得一些残羹冷炙。

一座结界节点中，周元盘坐，吞吐着天地源气，恢复着自身的源气。半日的激战，让他同样有了一些消耗。

随着不断突破节点，圣族镇守的力量也越来越强，他必须时刻保持状态。

在恢复着源气时，周元取出一枚紫金玉简，其中光芒散发，形成了光幕。

光幕内无数光点闪烁，正是五大天域进入大阵内的各支队伍。

"损伤更大了……"周元只是粗略一扫，便发现又有一些光点变得黯淡，然后消失，有的在经历一场场惨烈大战后，直接全军覆没。

不过他们的牺牲并非没有价值，一个个被破坏的节点正渐渐动摇着这座圣衍化界大阵。

周元深吸一口气，压制着内心的情绪波动，又看向最重要的一些线路。

在这些线路中，以白小鹿所在之处的推进最为迅猛，直到现在，她已经破坏了四座节点，仅次于他。

而姜金鳞、关青龙等人则要稍慢一些，想必都遇见了比较难缠的强敌。

周元又看了看赵牧神、苏幼微、武瑶三人，他们虽说不算迅猛，但代表着他们状态的光点依旧明亮，显然并未受到太大创伤。

不过周元知道，这只是开始。

随着推进，他们遇见的敌人会越来越强。

直到最后那一道关卡。

周元站起身，转头看向李卿婵等人，道："接下来这道节点颇为重要，对方必然会有重量级强者镇守，你们都各自小心。"

李卿婵等人闻言，神色变得肃然，认真点头。

他们都明白那种级别的战斗自己根本没资格参与，唯一能够做的，便是将阵旗护好。

周元见状，不再多说，一拳轰出，源气如龙，震碎虚空。

扭曲的空间被撕裂开来，他一马当先，踏入其中。

后方的队伍紧随而上。

踏入空间裂缝，眼前的景象几乎在顷刻间出现变化，茫茫林海出现在视野中，然后朝着远处蔓延，直到视线尽头。

踏入这处结界节点，周元的目光第一时间投向远处。

只见一座山峰上空，有三道身影凌空而立。

一人当先，两人靠后。

当先一人毫不掩饰自身的源气波动，恐怖的源气如风暴般肆虐于天地间，引得虚空震荡。

那是四十亿的源气底蕴！

他身后那两人的源气底蕴则处于三十八亿左右！

李卿婵等人面色微变，四十亿源气底蕴便可算是圣天骄！

眼前，是一位圣天骄率领着两位顶尖强者在此阻拦！

"圣祖天的圣天骄……"

周元面色平静地望着那三道身影，黝黑流光在掌心汇聚，化为斑驳的黑笔。

"总算来了个能看的。"

周元手中天元笔斜指，他的双目之中战意及杀气汇聚，一股凛冽的气势缓缓从他体内散发出来，宛如乌云盖顶，席卷天地。

"接下来……

"就让我瞧瞧，你们圣祖天的圣天骄究竟有多大能耐！"

第一千一百六十八章
天龙掌印

"下五天的贱种蝼蚁，你们差不多该停下来了。"

当周元一行人踏入这处结界节点时，立于远处山巅上空三道人影中的居首者已淡淡开口，他的声音如滚雷般轰鸣在天地间，引得下方的山脉都在震动。

他毫不掩饰地将自身四十亿的源气底蕴爆发出来，威压弥漫。

"你就是圣祖天的圣天骄？"周元打量着眼前之人，只见他手持暗红大枪，魁梧的身躯散发着强横的压迫感，其脸庞普通，双目中闪烁着让人心悸的狰狞与凶横，宛如一头人形凶兽。

从感受到的压迫感中可知，此人的确比此前遇见的弥石、弥山两兄弟更强。

"我乃圣祖天圣天骄，霄印！"

他手中的暗红大枪遥遥指向周元，咧嘴笑着，满是凶横与居高临下的傲慢。

"据说你就是下五天这次古源天中的总指挥？看上去似乎没什么出奇的啊，若是能够在这里将你斩杀，倒是大功一件。"

周元眼神淡漠地望着他，并未被其言语激怒，只是偏头对着李卿婵等人道："你们去布置阵旗，此处交给我。"

李卿婵螓首微点："小心点。"

旋即她毫不犹豫地带着人飞身而退，四散开来，开始找寻方位落下阵旗。

"走哪儿去？！"

那霄印见状，却是森然一笑，手臂一震，暗红大枪便咆哮而出，带着滚滚血红洪流，宛如一头血蛟，裹挟着滔天源气撕裂天际，对着李卿婵等人笼罩而去。

就在那凌厉凶横的攻势尚未接近李卿婵他们千丈范围时，一道身影便如鬼魅般挡在了前方。

周元五指紧握，雪白笔毫自皮肤下涌出，化为拳套覆盖拳头。

"轰！"

他一拳与那血蛟般的洪流硬撼在一起，顿时沉重之声响起，整片虚空都在此时剧烈扭曲起来，下一瞬，血蛟大枪犹如发出了一道哀鸣声，直接倒射而回，沿途撞进一座座山峰中，将其尽数洞穿震塌。

"四十亿的源气底蕴就敢如此张狂，圣族的圣天骄都缺少脑子吗？"

周元眼神锐利地盯着霄印，身后三轮天阳若隐若现，与此同时，他那四十三亿的源气底蕴毫无保留地爆发出来，恐怖的源气威压如万丈巨浪，一波波地朝着四面八方冲击而去。

"四十三亿源气底蕴？！"

霄印见到这一幕，瞳孔忍不住一缩。

"而且这家伙的源气……"霄印望着周元那白金色的源气，能够感觉到一种独特的威压，显然品质不低。

"轰！"

还不待他多想，周元已经一步踏出，身影直接出现在霄印的前方，他面无表情，一拳轰出。

一拳之下，滔天源气嘶啸，白金色的源气深处隐隐有威严古老的龙吟响彻，龙吟之声似是能够震慑神魂。

这一拳，周元直接运转了四十三亿的源气底蕴，只见虚空中肉眼可见的涟漪荡漾开来，紧接着一道道空间裂痕随之蔓延。

"当我惧你这贱种蝼蚁不成？！"

见到周元主动挑衅，霄印顿时面目狰狞，羞恼成怒。虽说对方四十三亿的源气底蕴比他更强，但他不打算退避，因为圣族的骄傲不允许他在这下五天的贱种面前后退。

"神碑秘法！"

霄印厉啸出声，衣衫全部爆碎开来，只见其胸膛上竟有一座石碑文身，文身蠕动，绽放出玄妙之光，一道道光线蔓延，迅速遍及他身躯的每一寸肌肤。

而他的源气底蕴，此时以惊人的速度暴涨！

短短数息，便达到四十二亿的程度！

"玄蛟神拳！"

霄印五指紧握，一拳轰出，只见其身躯上竟有一条蛟龙之影升腾而起，然后俯冲直下，与那拳劲相融，下一瞬，一道千丈蛟龙拳印便裹挟着滚滚源气直扑周元。

这一拳，霄印同样毫无保留，将自身力量尽数爆发。

"跟我圣族比底蕴，你凭什么？！"霄印狂笑道。他所修的怒蛟源气乃八品，威能霸道，如今再辅以秘法，这般攻势就算对方拥有四十三亿的源气底蕴，也必然不敢硬撼。

只是……这终归只是他以为。

面对霄印倾尽全力的凶横反扑，周元的面庞上依旧没有任何波澜，他感受着体内奔腾涌动的镇世天龙气，那种雄厚之感以往从未有过。

突破到天阳境后期后，现在算是周元第一次真正彻底地催动起体内源气。

"吼！"

古老威严的龙吟声在体内不断回荡，冲刷着血肉。在龙吟声中，周元的脑海中忽有灵光闪现，仿佛醍醐灌顶，于是他突然变拳为掌，指间结印。

"镇世天龙气……"

"天龙掌印！"

祖龙经所修的源气中本就蕴含一些强大之术，唯有源气达到某种层次后才能挖掘、参悟。

这道如电光般闪现的源术，周元隐隐有所感觉，其威能恐怕相当不一般。

"轰！"

当周元那掌印拍出的刹那，只见一道白金色的光阵自其掌心间陡然扩散出来，下一瞬，光阵撕裂，一道万丈白金龙影裹挟着无法形容的威势与压迫冲击而出。

虚空破碎开来，万千空间碎片四射。

白金龙影在霄印的眼瞳中急速放大，隐隐间散发出来的强大危险气息，让他浑身汗毛倒竖。最可怕的是，他那道蛟龙拳影竟在此时剧烈颤抖起来，仿佛在惧怕着什么。

他所修炼的这道玄蛟神拳需要一头蛟龙之魂血祭，方才具备凶威，可如今他这蛟龙残留的印记，被那白金龙影彻底压制。

"轰！"

这般时候，变招退避已经来不及，霄印眼中忽有凶芒闪烁，不进反退，身躯上有血红蛟鳞浮现。

"这小子有些门道，先将此次攻势扛下，接下来再与他们结阵，施展底牌将其斩杀。"

霄印所说的他们，自然是那两位源气底蕴在三十八亿左右的同族之人，他们的源气同为一脉，有一秘法一旦催动，便可三人合一，到时候自然能够将周元压制。

只是霄印为人狂傲，不愿意一上来就联合他人之力，而是打算先凭自身实力挫挫周元的锐气！

"我就不信，我堂堂圣祖天圣天骄，竟会不如你这卑微贱种！"

霄印凶性被激发，速度陡然暴涨，最终裹挟着磅礴之力，与咆哮而下的白金龙影轰然相撞。

"轰隆！"

狂暴无匹的源气冲击自虚空间肆虐开来。

下方的山林瞬间被摧毁，直接被夷为平地。

"砰！"

远处的李卿婵等人停下了动作，震撼地望着那里的碰撞。

这是他们见到周元突破后的第一次出手。

众人望着凌空而立的周元，在他前方，那凶横无匹的霄印也脚踏虚空，但李卿婵他们脸上的震惊越来越浓郁。

因为他们见到，霄印的胸膛上出现了一个巨大的血洞。

那血洞洞穿其胸膛，甚至可见白金色的源气在疯狂地侵蚀。

那两名源气底蕴在三十八亿左右的圣族强者，同样目瞪口呆地望着这一幕。

"怎么……可能……"

霄印低头望着胸膛上的血洞，脸上满是难以置信，他没想到周元这道攻势竟然会如此可怕……

他体内的生机在迅速消散。

霄印的眼瞳中涌现出浓浓的不甘与惊骇欲绝，他还有手段没有施展，他还有圣瞳没有催动，他还有更多的底牌没有动用……不该如此的，他原本是想挡住周元这道攻势，然后就开始疯狂反扑……

但现在，没有反扑了。

"啊！"

霄印仰天咆哮，声音中满是不甘与愤怒，然而下一刻，啸声戛然而止，他的身影如推金山倒玉柱一般，自虚空上轰然坠落而下，在大地上砸出一个深深的巨坑。

李卿婵等人都张大了嘴巴……

他们这边连阵旗都还没插好呢，怎么战斗就结束了？！

那可是一名圣祖天的圣天骄啊！竟然直接被周元一掌打死了？！

两名圣祖天的强者浑身颤抖地望着这一幕，忍不住想要破口大骂，骂霄印那个混蛋如此托大，原本他们的计划是以秘法合击周元，可现在……连主导者霄印都被打死了，他们两人还怎么合作啊？！

"蠢货！蠢货！"

这一刻，两人的心中不断怒吼着。

虚空上，周元望着生机断绝的霄印，面色漠然，但眼瞳中也划过一抹惊诧，他预感到天龙掌印似乎威力不凡，却没想到竟然能够一掌将其轰死。

这般威能，已经不逊色于一道七彩斩天剑光了。

当然，更多的原因应该是霄印的玄蛟神拳刚好被其克制。

对方似乎炼化了一道蛟龙之魂，因此在天龙的威压下，直接被摧枯拉朽般摧毁。

这家伙……简单来说就是倒霉透了。

正巧周元心领神会地自镇世天龙气中感悟到一道源术，将其克制得死死的。

不过周元觉得这恐怕并非巧合，或许正是因为这家伙蛟龙拳印的挑衅，才将镇世天龙气引动……

他摇了摇头，不再理会，目光投向那两名圣族的强者。

那两人见状，顿时一个激灵，转身就破开结界逃走了。

周元没有去追赶，只是抬起头望着虚空某处，隐隐感觉到一股窥探之意，当即他的脸庞上浮现一抹冷笑，然后伸出手，指了指地上死去的霄印。

与此同时，在圣衍结界深处的一座山巅上，迦图望着面前的光幕，面无表情地一掌拍出，不远处的一座巨山直接悄无声息地湮灭。

"周元……"

低低的声音响起，其中的杀意浓郁得几乎带着血腥的味道。

第一千一百六十九章
天骄须雷

山巅上，迦图面色冷漠地注视着面前的光幕，眼中的杀机宛如实质，引得天地间的温度都变得冰寒。

他没想到，周元竟然一掌就将霄印斩杀了。

"四十三亿的源气底蕴……

"品阶位列八品顶峰的源气……

"堪比圣源术的掌印……"

迦图的眼力极为毒辣，先前的窥视他已看清了周元的大致实力，不过霄印会被秒杀，终归还是过于托大，原本他是指派了两位同脉者与其联合对付周元。

若他们联手，周元未必能够赢得如此轻松。

可这蠢货偏偏要先展现一下本事，结果，就没了……

迦图面无表情，袍袖一挥，面前的光幕浮现出一幅极为复杂的光线脉络。

这些交织的光线便是这座圣衍化界大阵的结界脉络，交织处则是一个个结界节点所在。

如今，有些节点已经变得黯淡，这是被破坏的迹象。

"这个周元，当真是个祸害。早知如此，真应该提前将其灭杀。"迦图冷声道。

可惜，此前他们搜集的情报中根本连周元的名字都没有，一个区区天阳境中期，都入不了他们的眼。

可那时候谁又能知晓，这个周元会带来如此大的威胁。

"看来此次我们布置大阵，试图吞下九条主脉，果真有些冒险。"一道声音从迦图身后传来。那是一名白发男子，他背着一根赤金长棍，双目开阖间，隐隐有金色雷霆闪现。

此人名为须雷，乃圣祖天中仅次于迦图的圣天骄。

迦图神色淡淡地道："这座圣衍化界大阵虽说还有缺陷，但终归是我们圣族的圣者联合布置而成，其复杂深奥程度，就算是神魂踏入游神境的强者都不一定能够找出破绽所在。

"那个周元……应该是身怀某种异宝。"

如果不是因为周元，五大天域的人马就算全部将命搭上，恐怕也踏入不了大阵半步。

可惜……偏偏出了这般差错。

须雷凝视着光幕，突然道："此时结界尚未彻底运转起来，如果解除结界，集合力量，要灭这五大天域的人应该不难，这也是最为保险的方法。"

"不行！"

迦图毫不犹豫地拒绝道："结界一散，凭我们的力量便再也无法布成，那样我们就不可能将九条主脉全部吞下。"

须雷眉头微皱，却并未反驳，因为这样做他也会不甘心，其他圣天骄同样会反对，搞不好最后群情激愤，他们恐怕兜不住。

而且到时候回到圣祖天，他们也不好交代，说不定还会受罚，毕竟诸位圣者为了尽吞这些祖气主脉已筹备多年。

"虽说局面稍微有些出乎意料，不过没必要惊慌，凭这些贱种蝼蚁，不可能真的动摇这座结界。"

迦图看向须雷，又道："前面这些只是开胃小菜罢了，难不成你觉得他们真能闯过由我们镇守的最后节点？"

须雷闻言想了想，旋即轻笑着摇摇头。

"蚍蜉撼树而已。"

迦图的脸上浮现出淡淡的笑容，从容地道："所以，一切都在掌控之中，现在让他们感觉到一点希望，最后再将其掐灭，想必那时候他们的神情会分外精彩。"

"也罢，那就让他们先高兴一下吧。"须雷点头道。

于是两人便一坐一立于光幕之前，静静地注视着结界内的变化。

这一看，又是大半日过去。

前方光幕内，一个个代表着节点的光点不断地变得黯淡……说明越来越多的

节点已被破坏。

而结界内的动荡也渐渐加剧。

迦图神色冷漠，他并不在意五大天域那些普通队伍，他们在外围闹翻天也不可能真正摧毁结界，他的目光始终盯着最深处的一些节点所在。

那里是最重要的路线。

而这里，正是五大天域顶尖强者突破的方向。

经过整整一日的推进，他们已经开始慢慢接触到深层次的防线了。

"差不多了，没必要再放任下去，不然就真是玩火了。"一旁的须雷淡声道。

迦图轻轻点头，接下来算是结界中枢的最后一道防线。

"传令下去，让他们都准备动手吧。"

迦图看向某一处节点，那里应该是周元所在，他眼中的杀机流淌，缓缓地道："须雷，周元就交给你去对付吧。"

须雷是圣祖天中仅次于他的天阳境，以他的实力对付周元应该足够了，而且将须雷派出，可以看出此时的迦图对周元并不算小看了。

须雷伸了一个懒腰，漫不经心地道："若是我去，恐怕你就玩不了了。"

他言语间有着掩饰不住的傲气。

迦图笑道："那也是没办法的事情，我终归得坐镇此处，以防万一。"

须雷眉头一挑，道："这万一是指我败在那周元的手中？"

迦图道："可别挑我话里的毛病……我总得为我们的任务负责，虽说我觉得你出马不可能会有什么问题……

"对了，你若是解决了那周元，将他打断四肢带来，我会把他炼成血奴，然后带着他去将他的家人全部灭掉。"说到此处，他的嘴角有着残忍与血腥之色浮现出来。

对于屡屡破坏他谋划的周元，迦图显然恨意很深。

"如你所愿。"

须雷随意地摆了摆手，没再多说，一步踏出，面前的虚空破碎，他的身影便消失而去。

望着须雷离去的身影，迦图的神色再度变得漠然。他望着周元所处的结界光点，有些怜悯地道："可怜的贱种蝼蚁，辛苦一日，却是在做无用之功。

"接下来，你们就会体验到什么叫作绝望……"

他屈指一弹，无形的波动自大阵内荡漾而起，然后传播开来。

同一时间，圣衍结界内忽有一道道圣族顶尖强者爆发出的极为惊人的源气波动，他们身影一动，穿破结界，最终投向最后的防线。

之前的那些，除开周元遇见的那位圣天骄，其他都不算什么威胁。

而现在……

方才是正戏开场。

第一千一百七十章
强敌涌现

当白小鹿踏出节点时，四周的空间再度出现了变幻。

她的神色并无波澜，此前经过连番激战，她的衣衫略微有些破碎，隐约可见白皙的肌肤，不过因为圣琉璃之躯，此时的她看上去依旧干干净净，毫无尘埃。

先前闯过的那些节点，她也遇见过强敌，不过最终未能阻拦下她的步伐。

她静静地凝视着变幻的空间，待得稳定后，她才察觉到自己立于一座宽阔的广场，这里矗立着巨大的石像，斑驳而古老。

白小鹿迈步于广场之中，看似轻松，实则身躯紧绷，恐怖的力量时刻在体内凝聚，预备爆发。

她知晓，眼前的这道结界节点极为重要，算是最后的防线。

她走了百步左右，步伐便缓缓停下，乌黑的大眼睛带着一丝冷冽望着前方。

只见一座石像头顶，有着一道人影盘坐，他手中抓着一只血淋淋的兽腿，锋利的牙齿连兽骨都咬碎，血水四溅。

那人身躯魁梧，赤裸着上身，满身铭刻着栩栩如生的凶兽图纹，图纹微微蠕动，隐隐间有着暴戾到极致的兽吼声传出。

白小鹿盯着那人，小脸渐渐凝重起来，从对方身上她感觉到了巨大的危险气息。

他那布满着凶兽图纹的肉身，看上去极为可怕。

显然，此人也是专修肉身的强者！

"无垢圣琉璃之躯？"满身凶兽图纹的男子看了白小鹿一眼，咧嘴一笑，森森白牙上还沾染着血丝，显得格外可怖。

"没想到下五天中竟然有人能将肉身修持到这一步。"

他站起身来，一股凶煞气息顿时爆发开来，其身后犹如有万千凶兽在咆哮。

"我乃圣祖天圣天骄，地摩岳，记住这个名字……

"因为在将你打败后，你这具肉身会被我一口一口地吃掉。"

白小鹿小脸冰寒，下一刻，她的身躯变得修长，浑身肌肤散发着神圣的琉璃之光，仿佛不可侵犯。

"我倒对你那恶心的肉身没什么兴趣，到时候只能将你挫骨扬灰了……"

她声音冷淡，其中蕴含杀机。

"轰！"

当她声音落下的那一瞬，身影已化为一道道残影暴射而出，纤细玉手一握，金色巨锤闪现而出，宛如托着山岳般，狠狠地对着那地摩岳砸去。

"轰隆！"

恐怖的冲击波在这一刻爆发开来，直接将那一座座古老的石像尽数摧毁。

"嗡！"

关青龙手中青色大刀之上凝聚着凌厉无匹的刀芒，刀芒划过地面，坚硬的岩石如豆腐般被直接切割开来。

体内的源气此时被毫无保留地催动，他目光凝重地望着前方。

那里有一名身披重甲的高壮身影矗立，唯有一对充满杀伐气息的眼瞳透出面甲，他站在那里，仿佛有金戈铁马的战场厮杀之气扑面而来。

那股气息让关青龙浑身皮肤都感到刺痛。

这是一个极为危险的强敌！

对方的源气底蕴已经突破了四十亿的层次！

"记住，杀你之人，圣祖天圣天骄，元九。"

名为元九的圣天骄漠然的声音传出，下一瞬，其脚掌一跺，大地崩裂，他的身影带着滚滚杀伐之气咆哮而至。

与此同时，姜金鳞的面前也出现了一名双目宛如血红旋涡的圣天骄。

"玄龙族？

"正好将你抽筋剥骨，炼一炉上好的血源丹。"

楚青望着前方两道并不太陌生的身影。

那是弥山、弥石两兄弟。

只不过此前楚青还无法与他们交手，可在得到祖气石碑的机缘后，如今他的源气底蕴已暴涨至三十五亿。

而弥山、弥石失去了祖气石碑的机缘，虽然也有所提升，却无法与楚青相提并论，他们现在一个处于三十四亿，一个三十三亿。

但两人联手也足以对楚青造成巨大的威胁。

"唉……"

楚青叹息一声，光溜溜的脑袋上如尖刺般的黑色头发迅速生长出来，宛如黑色披风般自身后披散。

"周元师弟还等着我们为他开路呢，麻烦你们两兄弟……

"死远点吧！"

话到最后，楚青悫懒的眼神陡然变得森冷。

下一刻，三道人影同时暴射而出，裹挟着磅礴源气，轰然相撞。

"你就是那五行天的最强天阳境李符吧？"

在李符的前方，一名黑衣少年笑道，那灿烂的笑容让人生出亲近之感。

只是，说出的话却让那灿烂笑容显得有些诡异。

"我是圣祖天圣天骄，寂天罗……

"你死后，我会为你打造一副上好的棺材。"

森林之中，枯黄落叶满地。

武瑶立于枯叶之间，一对狭长而凌厉的凤目望着大树上，那里有一名白衣女子斜坐，居高临下地望着她。

"真是好漂亮的人儿！"那白衣女子笑嘻嘻地打量着武瑶那毫无瑕疵的容颜以及玲珑有致的身材，那优美的曲线，连身为女子的她都忍不住垂涎。

"小女子圣祖天圣天骄，孤烟。"她吃吃地笑着，"你的脸真好看，可以借我一用吗？"

她微微扬起脖子，竟隐约可见浅浅的血线，整个脸皮如同假面盖上去一般，给人一种不寒而栗的感觉。

面对眼前诡异的白衣女子，武瑶没有半句废话，她玉手紧握，直接一拳轰出。

"轰！"

雷鸣响彻，一道充满毁灭气息的黑雷咆哮而出，张牙舞爪地将白衣女子淹没。

苏幼微手持星辰般的长剑，身后阴阳天阳转动，吞吐着滔天源气。

她猛地转身，一剑斩出。

只见黑白剑光如阴阳之龙咆哮而出，斩向虚空某处。

"当！"

那里有一根猩红的铁链暴射而出，与黑白剑光碰撞，恐怖的源气冲击波爆发开来，横扫四方。

铁链缩回，只见虚空处一道人影若隐若现，那人影枯瘦，浑身缠绕着猩红锁链，而诡异的锁链仿佛拥有灵智，直接插入那人体内，蠕动间犹如在吞食其血液。

苏幼微俏脸凝重，虽然知晓眼前之人必然是圣祖天的圣天骄，实力强横，但她并不畏惧，再度展开攻势。

"殿下独自面对最大阻难，我又怎能拖他后腿？所以，不论你是谁，请去死吧。"

那清丽绝美的脸颊上有阴阳之光流转，令此时的她看上去分外神秘。

"小子，记住我的名字，我乃……"

"你的名字我没兴趣知道，等将你斩杀了，我倒想要试试你这圣祖天圣天骄的味道究竟如何！"

赵牧神的面庞带着诡异笑容，眼睛死死地盯着前方那道散发着极为雄浑源气的身影。对方的源气比他更强，但他不仅没有畏惧，反而浑身激动得发抖。

因为他感觉，这或许是一份不错的食物。

于是下一刻，他的身影主动暴射而出。

……

几乎同一时间，五大天域最顶尖的天阳境强者纷纷遇上了最为棘手的强敌。

最终结果究竟是几人生、几人死，谁都难以预料。

而周元此时同样面色微显凝重地望着出现在他前方的强敌。

那是一名满头白发、手持赤金棍的男子。

第一千一百七十一章
对战须雷

周元所在之处是一座辽阔宽广的古城废墟，残破的建筑耸立其中，一直蔓延到视线尽头，可见其规模。

不过周元没心情观赏，他的目光紧紧盯着前方一座破塔的塔顶处，那里有一名白发男子盘坐，男子手中轻轻抛着一些血红丹丸，时不时丢到微张的嘴中。

周元的目光掠过那些血丹，眼神逐渐变得幽冷，从那上面他能够感觉到浓郁的血腥味，显然这就是血源丹，圣族最常见的一种丹药，是将诸多生灵一身血肉与源气生生炼化而成。

同时，这是圣族之人最喜欢的一种……打嘴零食？

"要吃吗？"

须雷察觉到周元眼神的变化，笑了笑，道："你没必要用这种眼神看着我，正如同你们人族宰牛吃肉一般，在我圣族人眼中，你们这些天源界的下贱生灵又与牲畜何异？

"你们能吃得牛羊之肉，我圣族就吃不得你们这一身血肉？"

周元神色淡漠，没有理会他这般诡辩之语。眼前这个名为须雷的男子，实力极为强横，比起之前遇见的那位圣天骄不知道强上多少，是一个真正的劲敌。

"原本以为会在这里撞见迦图。"周元道。

须雷笑道："相信我，见到他的话，你会绝望的。

"而且，让你们这些下五天的贱种蝼蚁走到圣衍化界大阵的核心处，岂不是在说我等无能？"

"无不无能还没试过，但你们的胃口是真的不小。"周元淡淡地嘲讽道。

他所说的胃口，自然是圣族此次打算独吞九条祖气主脉。

须雷漫不经心地道："我圣族乃天源界最为尊贵的种族，自然应当享用这天地间最好的机缘。你们这些卑贱蝼蚁能够存活至今，应该对我圣族心怀感激才是，如今却还想与我们夺食，当真没有自知之明。"

"最高贵？可笑。"周元摇摇头。

"你这般蝼蚁当然不知晓我圣族之尊贵，你们诸天生灵不过是祖龙身化万物而诞生，圣族却并非如此，我们……有属于自己的……神！"须雷轻笑一声，然而说起最后一个字时，他的神色变得狂热而尊崇。

"神？"

周元眉头微皱。此等有关圣族的秘辛，凭他的实力的确还没资格知晓。

须雷显然没兴趣与他多说，他手中的赤金棍轻轻一跺，刹那间，天地间雷鸣响彻，只见金色的雷光以其为源头猛地肆虐开来，将附近建筑物瞬间化为虚无。

感受着须雷眼中的森然杀意，周元收敛心思，面色平静间，神府之内的三轮天阳陡然爆发。

"轰！"

四十三亿的源气底蕴横扫，白金光柱直冲云霄，带来无比强悍的威压。

"四十三亿……"

须雷双目微眯道："下五天能够出现你这般程度的天阳境，还真是不容易，不过可惜，在我看来你还是欠缺了一些火候。"

他一步踏出，身后三轮天阳浮现。

"轰！"

金色如雷光般的源气环绕其周身，引得虚空震荡，那般源气底蕴竟然达到了四十四亿之多，甚至隐隐接近四十五亿！

这就是圣祖天中排名第二圣天骄的强横底蕴！

周元眼瞳微缩，在须雷身后的三轮天阳上看见了一些熟悉的古老纹路。

那是龙纹！

龙爪天阳！还是六爪天阳！

周元神色肃然，没有太过惊讶，以圣族的资源以及他们独有的天赋，圣天骄能够凝练出龙爪天阳并不奇怪。

果真是强敌。

周元再不犹豫，源气催动间，身后同样有三轮天阳浮现，与天地共鸣，令天地源气的汇聚变得更为迅猛。

"哦？"

在他召唤出天阳时，须雷显然发现了上面的龙纹，当即便是一怔，脸庞上首次出现了一丝惊愕波动。

"七爪天阳？！"

他发现周元居然也是龙纹天阳，而且爪趾数量比他还多一个！

"有意思！看来你们下五天还真有些气运残留，竟能够养出一个七爪天阳！"须雷缓缓地道，只是眼中的杀机慢慢变得浓郁。

"若是在这里将你斩杀，或许你就是下五天最后一位七爪天阳了吧？"须雷轻轻一笑。

"轰！"

就在他声音刚刚落下的那一瞬，似有金雷乍现，其身影瞬间消失。

"好快的速度！"

周元瞳孔一缩，须雷的速度是他见过同辈之中最快的，金雷掠过，以他的眼力都难以捕捉轨迹。

"破障圣纹！"

周元的眼瞳深处圣纹流转。

旋即他的身影化为阴影向右侧掠去。

"砰！"

就在他身影刚动之时，一根赤金棍裹挟着金色雷光自虚空砸下，狠狠落在他先前所立之地。

"咔嚓！"

整个地面瞬间被撕裂，宛如地龙翻滚，一道道裂痕朝着四面八方蔓延而去，震碎了无数残破建筑。

"咦？"

虚空中一道惊讶的声音响起："不错，竟能避开我的攻击。"

在圣祖天的天阳境内，如果纯比较速度的话，连迦图都要稍稍逊色于他。

周元的身形化为残影，在诸多阴影之中闪烁。

"喂，你跑不掉的！"

就在此时，一道戏谑的笑声突然传进耳中，只见周元所处位置的四周大地有金色雷光暴射而出，交织成网，直接封锁了周元的所有退路。

"轰！"

赤金棍裹挟着磅礴浩瀚的金雷海洋，以泰山压顶之势，狠狠轰向了周元的天灵盖。

这一棍气势巍峨，犹如凝固了空间。

周元的眼神变得凝重，对方攻势太猛，此时已无法躲避。

既然躲不过，那就直接硬碰吧！

他手掌一抓，天元笔闪现而出，雪白笔尖瞬间化为深邃黝黑之色。

笔锋之上白金源气咆哮涌动，犹如天龙匍匐其上，将要吞天灭地。

"当！"

下一瞬间，赤金棍与斑驳黑笔轰然相撞。

这一击，两人皆将自身源气底蕴毫无保留地爆发，凶悍无匹。

"轰隆！"

撞击仿佛令虚空凝滞了瞬间，紧接着，无法形容的源气风暴犹如化为龙卷风，以两人为源点陡然肆虐开来，万千建筑瞬间蒸发。

"砰！"

在那源气龙卷风暴中，两道身影倒射而出。

他们的脚掌踏在虚空上，将空间都踏碎。

须雷手掌紧握赤金棍，眼神冷冽地注视着远处那道年轻的身影。

"有意思了……"

先前的对碰中，他的源气底蕴虽然胜过对方一筹，却没有取得想象中压倒性的优势，对方的源气品质之强远远出乎他的意料。

周元手中的天元笔斜指地面，他盯着须雷，眼神同样变得炽热起来。

"也罢，在解决掉迦图之前……

"就用你来热身吧！"

第一千一百七十二章
秘法之王

"轰！轰！"

巨大的废墟古城中，两道身影在半空中闪电般交锋，短短不过刹那，便碰撞了千百次。

每一次碰撞都爆发出极为恐怖的源气冲击，将下方无数残破建筑纷纷夷为平地。

那种级别的交锋，仅仅只是扩散的余波，都能把一些源气底蕴低于三十五亿的天阳境强者重创，由此可见两人的交手究竟是何等凶悍与激烈。

"砰！"

又是一次硬撼，源气爆发，须雷的身影出现在半空，他面无表情，眼神却显得格外冷厉。

他的源气底蕴比周元强了一亿之多，而且他修炼的源气是位列八品的金霄雷劫气，这般源气以破坏力强横著称，刚猛凶悍，可即便如此，在此前的交锋中他却没有取得太多优势。

"这家伙修炼的源气，品质恐怕比我的金霄雷劫气还要更胜一筹……"这个发现让须雷有些心惊，他的源气即便在八品中都算是上乘。

这种源气在下五天中必然是最顶尖级别，至于真正的九品源气，莫说是下五天，就算在圣族内都极为罕见。

所以，当他察觉到周元修炼的白金源气居然如此之强时，不免感到错愕。

虽然并非九品源气，但绝对算是八品之中的巅峰！

而且周元手中那支斑驳黑笔应该也是触及了圣物的门槛，不然不可能与他的赤金棍硬碰而不落下风，要知道赤金棍可是圣祖天的圣者亲自为他炼制的，假以时日，机缘到来，未必不能成为真正的圣物。

正因为对方所修源气的品阶以及那支斑驳黑笔，方才能阻拦下他先前的攻势。

"既然如此……"

须雷眼神冰寒，下一刻，他的双手陡然结印。

只见金色光华自他的天灵盖喷薄而出，金光在上空汇聚，化为一片金色雷云，其中有金雷蜿蜒流转，释放着恐怖之威，震动天地。

"金雷伐体术！"

伴随着须雷一声大喝，雷云中顿时有道道金雷落下，狠狠地劈在他的身上。

只是金雷并未对他造成丝毫伤害，其体内的源气在雷击之下，反而以一种极为惊人的速度节节攀升。

短短数息，须雷的源气底蕴便到了四十八亿的程度！

足足提升了将近四亿！

须雷立于虚空，周身金雷不断地吞吐闪烁，令他看上去宛如雷霆之神，威压惊人。

须雷俯视着下方的周元，神色隐有傲然："周元，我这般秘法，放眼圣族天阳境都是顶尖级别，你能将我逼得以秘法来胜你，也算是你的能耐。"

当实力达到他们这种几乎是天阳境巅峰的程度，一般的秘法已没有多大效果，可须雷此时依旧能够暴涨四个亿的源气底蕴，可见这道秘法的确相当厉害。

"能够提升四亿源气底蕴的秘法，当真是厉害！"

周元惊叹一声，旋即手中天元笔斑驳的笔身上一道古老晦涩的符文陡然变得明亮，天地间的源气疯狂地呼啸而来。

"晋升！"

这一瞬间，周元的源气底蕴也在疯狂暴涨！

从四十三亿直接踏入到四十八亿！

足足五亿源气底蕴的提升！

在周元未突破到天阳境后期之前，催动晋升能为他提升七亿乃至更多的源气底蕴，可正如须雷所说，随着踏入天阳境后期，渐渐抵达这个境界的巅峰，此时想要再有所提升，难度比以前大太多。

晋升的效果同样受到削弱，变成了五个亿。

即便如此，也让须雷脸庞上的傲然之色陡然一滞。

"五亿底蕴的提升？！怎么可能？"须雷难以置信，这是什么秘法，竟然能够做到这种地步的提升？

他的目光停在周元手中的天元笔上，从那上面他隐隐感觉到一丝若有若无的威压。

那种威压……有些像真正的圣物！但比起圣物，其威能又弱了太多。

"难道是一件曾经的圣物？"须雷眼界极广，很快就猜到答案，当即面色微微一沉。

就在须雷心中惊疑时，周元的嘴角却带着一丝戏谑地望着他："你以为这就结束了吗？"

他微微蹲身，手掌拍向地面，掌心间忽有一道圣纹浮现。

"地圣纹！"

"轰！"

大地震动，肉眼可见的涟漪蔓延开来。

下一刻，大地深处有无比厚重的源气蛮横地冲进周元的身体。

他的皮肤之下仿佛有一条条小蛇在窜动，试图破体而出，但最终被那坚韧的肉身牢牢地束缚在体内。

而周元的源气再度在须雷震惊的目光中，以一种稳定的速度增长起来。

五十亿！

又是两亿的增幅！

"你！"面对此时威压恐怖的周元，须雷都有些说不出话来，瞪圆的眼珠显露着内心的震动。

到了他们这种层次，寻常秘法的作用本就不大，可周元竟然身怀两种？而且还是互不冲突的两种？！

周元抬起头，望着震惊不已的须雷，嘴角的戏谑变得更为浓郁："不好意思，你可以叫我……秘法之王！"

"轰！"

他的声音刚落，不待须雷有所回应，身影已经猛然破空而出。

音爆响彻，仿佛有无形的涟漪爆发。

　　周元的速度原本不及须雷，可现在在五十亿源气的强行催动下，瞬间的爆发竟然反超了须雷！

　　当须雷反应过来时，周元已如同瞬移般出现在他的面前。

　　"轰隆！"

　　"万鲸！"

　　古老鲸吟声回荡天地，斑驳笔身宛如化为擎天巨柱，裹挟着无法形容的伟力，狠狠砸向须雷。

　　须雷并非常人，危急时刻他一声长啸，赤金棍上雷光大放，他同样运转全力，身后万千金雷绽放，威严霸道地迎了上去。

　　"当！"

　　金铁之声炸响，虚空被撕裂。

　　"砰！"

　　紧接着，一道身影狼狈地倒飞出去，身躯砸落在古城的废墟之中，撕裂出一道数千丈的深深裂痕，沿途更是不知将多少建筑震成了粉末。

　　待得那人自废墟中再度冲出时，方才露出面目，正是须雷！

　　此时的他面色阴沉，这一次对碰，他竟然被周元彻底压制。

　　"好……"他眼神森冷。

　　"轰！"

　　一句话还未说完，面前的虚空再度炸碎，周元的身影如蛮荒凶兽般踏空而出，恐怖的源气攻势暴雨般轰了过来。

　　面对咄咄逼人的周元，须雷怒吼一声，身上雷光缠绕，不甘示弱，全力相迎。

　　"轰隆隆！"

　　废墟古城上空，两道人影疯狂地互相进攻，化为无数道残影。

　　每一道余波扩散，都会撕裂虚空，扫平大片废墟。

　　但是，不管须雷如何不愿承认，在这般源气硬碰间，他真的落入了下风。

　　周元五十亿的源气底蕴，全方位让他陷入了劣势。

　　"当！"

　　在又一次的硬撼中，须雷再度狼狈地倒飞而出，不过这一次他没有再莽撞上前，他知道那没有意义，继续依靠源气底蕴对拼，只会让自己的伤势加重。

"呼！"

须雷深吸一口气，双掌在面前的虚空交叉划过，神妙的轨迹引得星空摇动。

"轰轰！"

在他身后，虚空震颤，金雷疯狂咆哮，无数雷光交织间犹如化为一幅古老的雷霆图纹，图纹之中似有一个巨人仰天嘶啸，仿若雷神。

一股极为可怕的危险气息笼罩天地。

周元的身影不禁停了下来，眼神微显凝重。

"这一招……"

就在周元浑身紧绷时，须雷冰冷中蕴含着浓浓杀机的声音已裹挟着雷鸣回荡于天地。

"圣源术·九宫雷鸣！"

周元的瞳孔猛然一缩。

果然是……圣源术！

看来这家伙，是真的被激怒了。

第一千一百七十三章
一剑斩雷

"九宫雷鸣！"

当须雷弥漫着杀机的喝声响起的瞬间，只见他后方巨大的雷电图纹中忽然有万千金雷咆哮，雷光凝聚而至，下一瞬，一只万丈金色雷掌猛然自其中轰出，宛如雷神之掌。

雷掌巨大如天幕，上面缠绕着无尽雷光，不断轰鸣，震碎虚空。

其上还有无数古老的光纹闪烁，散发出一股无法形容的破坏气息。

这般雷掌之下，就算是一座连绵山脉，都能立即灰飞烟灭，荡然无存。

面对如此攻势，周元的面色变得格外凝重。须雷不愧是圣祖天内仅次于迦图的强者，竟然也修成了圣源术。

雷神之掌落下，连他都感觉到了极为强烈的危机感。

若是没有同等层次的力量抵御，他极有可能会殒命于此。

不过周元的眼中并无畏惧之色，他凝望着天空，眼神深处熊熊战意升腾而起。

对方虽强，但想要凭此就解决掉他，那也太小看他周元了。

"呼！"

一团白气自鼻息间喷出，他双手陡然结印，下一瞬，位于神府内如实质如虚幻的七彩葫芦光影微微颤抖起来。

一道七彩光华此时自周元的天灵盖升腾而起。

"嗡！"

那一刹那，天地间有一股无法形容的锋锐之气升腾而起，那般锋锐犹如能够斩裂天与地。

高空之上的重重云层都在此时被无形剑意斩裂开来。

七彩光华翻涌，光华迅速扩张，短短数息便化为一道千丈左右的七彩剑光。

那道剑光之上七彩流溢，隐约可见无数晶尘环绕，若是看得仔细，就会发现剑光犹如星空之中的银河一般，璀璨而浩瀚。

这便是七彩斩天剑光。

此前周元施展的七彩剑光乃一道七彩毫芒，论声势远不如眼前这一道。

如果说此前周元修炼的那道斩天剑光只是入门的话，那么这一道就有一些圆满的韵味了。

这一切，都是那座玄迹石碑带来的好处！

"七彩斩天葫·斩天剑光！"

伴随着周元心中一道低语响起，如银河般的七彩剑光猛然冲天而起，那一瞬，虚空被割裂开来，形成一道深邃的黑色痕迹，经久不散。

剑光直接对着镇压下来的雷神之掌劈斩而去。

碰撞的那一瞬间，仿佛时间都凝滞了一息。

出人意料的是，没有任何巨声响彻，也没有惊天的源气冲击波爆发。

七彩剑光仅仅只是一闪，便出现在雷神之掌后方的虚空。

七彩光芒急速萎靡，千丈剑光也缩小了十倍左右。

但在其后方，镇压而下的雷神之掌此时却缓缓从中央一分为二……

雷掌坠落，化为漫天金色雷光。

周元仰头，金色雷光倒映在脸庞上，显得肃杀而凛冽。

残余的七彩剑光并未消散，反而沿着雷神之掌残留的源气波动，直接对着满脸惊骇的须雷斩去。

"当！"

赤金棍裹挟着金雷源气，与残余的七彩剑光碰撞。

剑光爆碎，须雷一声闷哼，一口鲜血喷出，身影狼狈地退后上千丈方才渐渐稳住。

他的脸庞上有着浓浓的震惊与难以置信。

"怎么会……"

他无法相信，自己施展的九宫雷鸣竟然会被周元直接斩裂，甚至残余的剑气还能够对自己造成一波伤害！

"看来你这圣源术的威力还差了一些。"周元注视着须雷淡笑道。

他对这般结果并不感到意外，不论源气底蕴还是源气品质，或者是圣源术的威能，他都稳占上风，须雷凭什么和他斗？

须雷眼神有些阴沉，他抹去嘴角的血迹，经过先前一番恶战，他不得不收起心中的傲慢，眼前的人虽然只是个卑贱蝼蚁，实力却不能不正视。

如果不正视的话，他可能会殒命在这个蝼蚁的手中。

这是须雷无法接受的事情。

须雷深吸一口气，压制着内心的不甘，然后漠然地盯着周元，忽然袍袖一挥。

只见他后方的虚空隐隐有些扭曲，竟有一座巨大的光芒门户浮现出来。

周元盯着那座空间门户，眼神一凝。

"这座空间门户，便是通往圣衍化界大阵核心所在。

"你想去吗？"

须雷脸上浮现出一抹冷笑："但是我不会让你这么容易如愿的。

"周元，你能够在下五天中修炼到这般地步，的确是出乎我的想象，只可惜，今日我不会让你通过的！"

当他话音落下时，只见其眉心处的竖纹竟缓缓张开。

一只神秘而冰冷的圣瞳显露而出。

圣瞳之内，有四颗星辰流转——四星圣瞳！

"轰轰！"

圣瞳内仿佛有无尽雷光喷薄，下一瞬，只见雷云从中涌出，短短数息便铺天盖地，萦绕于空间门户之外。

雷云深邃厚重，里面涌动着极为可怕的波动，充斥着毁灭气息。

须雷盘坐于雷云深处，目光直接锁定周元，淡淡地道："周元，此乃我的圣瞳衍变之术——圣雷劫云！

"此术因诸多限制，难以主动进攻，可若是用来防守，却无人敢入。

"周元，想要进这道空间门户，那就闯过这道劫云吧！"

显然，经过先前交手，须雷已不再执着于击败周元，而是采取了防守措施。

只要他将空间门户守住，胜利依旧属于他。

周元仰头望着弥漫天地的黑色雷云，眉头忍不住皱起。这雷云极为神妙，宛

如形成了雷劫，那种毁灭气息实在让人心惊。

圣族果真是得天地造化的种族，圣瞳之力奥妙无穷，让人忌惮万分。

不过……

周元的眼神凌厉，他盯着雷云深处的那座空间门户。

今日不管是谁，都无法阻拦他的脚步！

雷劫又如何？

撕碎便是！

第一千一百七十四章
圣雷劫云

"轰轰！"

厚重的雷云在天际翻滚，遮天蔽日，散发出来的毁灭波动引得天地剧烈动荡。

须雷盘坐于雷云深处，他的神色颇为从容，显然对这道手段极为自信。

因为一旦他以圣瞳衍变雷劫，就算迦图进入，都会对其造成极大的麻烦。

只是此术也有缺陷，无法用来主动进攻，一旦对方退走，雷劫就成了摆设。

但此时此刻，施展它却是极为完美。

他以雷劫围住空间门户，周元若想要通往圣衍化界大阵核心，就必须闯过雷劫，所以现在须雷感觉自己稳坐钓鱼台。

虽说被逼得采取这种防御措施有些不甘心，但只要能够将周元阻拦在这里，不让他破坏圣族独吞九脉的大计，一切都是值得的。

"轰隆隆！"

周元仰头望着那厚重雷云，能够感觉到其中蕴含的危险波动，不过他没有太多犹豫，面色平静地踏出步伐。

一步之下，直接闯进劫云之中。

"轰！"

就在他刚刚踏入的那一瞬，只见雷云翻滚，犹如形成了巨大的旋涡，旋涡中无边的雷霆在疯狂地汇聚、融合、压缩。

数息之后，一道千丈庞大的雷劫裹挟着毁灭气息轰然落下。

周元的天灵盖上有白金源气咆哮而出，宛如在头顶上空形成了一朵巨大的庆云，庆云垂落，将他护在其中。

雷劫落在源气庆云之上，庆云顿时剧烈震荡起来，面积急缩。

"轰轰！"

雷云中，雷劫不断被凝聚出来，一道道凶悍无匹地劈下，短短不过十数息，周元便见到源气庆云被击碎，一道雷劫宛如穿透空间，直接出现在他的头顶上方，然后狠狠地劈落。

"大炎魔！"

周元的肉身之上浮现出一道道如岩浆般的赤红纹路，高温散发，扭曲了空间，肉身之中有着极为强悍的力量在涌动。

"轰！"

雷劫狠狠地落在他的肉身上。

雷光四溢，周元被轰落百丈才稳住身形，此时他的皮肤有白雾升腾，变得焦黑，显然被轰得不轻。

"好厉害的雷劫！"

周元心头微惊。雷劫的威力的确极为凶悍，连他全力防御之下的肉身都被轰得隐隐刺痛。而且最麻烦的是雷劫中蕴含着一丝丝毁灭之意，这种特殊的力量侵入肉身，竟连血肉都有点被侵蚀。

"若不是因为在玄迹机缘中，大炎魔同样修至大成，恐怕此时我这肉身难以承受雷劫之威。"周元面色凝重，全力运转源气以及血肉之力，消磨着侵入体内的毁灭之意。

双管齐下，在体内肆虐的毁灭之意才渐渐被清除。

"咦？"

就在被清除的瞬间，周元的心头忽然一动，一道惊讶的情绪涌上来。

因为此时他凭借神魂的入微感知，隐隐察觉到肉身仿佛在这一瞬有所增强。

"这……是因为雷劫中毁灭之力的磨炼吗？"

周元的脑海中闪过灵光，肉身到了他这般层次，寻常的磨炼、锤锻已经难以有很大作用，可须雷的雷劫中蕴含着一丝毁灭之力，如果能够承受下来，刚好可以对他现在的肉身进行磨炼。

"竟然还有这等好处？"

转念间，周元又将眉头皱起："若是想要借助这家伙的雷劫来炼体，必然需要大量引动，可雷劫威力极大，其中又蕴含毁灭与暴戾之意，平白收入体内，积累之下可能会动摇心神，万一一个不慎，说不定还会阴沟翻船。

"如果能减弱雷劫的威力，再将其中蕴含的暴戾之意消除就好了！"

周元挠了挠头，感觉自己的要求似乎有点过分，然而就在他打算放弃这个想法时，眉头忽然一挑。

"其实……也不是不可能。"

周元目光闪烁，下一瞬他的身影直接出现在雷云深处，只见白金源气爆发而出，形成一道光罩将他护在其中，还有隔绝窥视的作用。

雷云中的须雷见到这一幕，冷笑道："装神弄鬼，管你是什么，今日在我雷劫下都将灰飞烟灭！"

他心念一动，只见雷云翻滚，十数道粗壮如龙的雷劫便咆哮而下，狠狠地轰向那道源气光罩。

光罩内，周元盘坐，他望着落下的一道道威能惊人的雷劫，轻声道："天诛法域。"

"嗡！"

一道丈许的玄妙法域以其为源点扩散开来。

只见那雷劫冲下，直接破开光罩，一头钻进丈许法域中。

雷劫刚进入法域，便被一股无法形容的力量生生削弱，而最为惊人的是，其中蕴含的暴戾之意竟然也在这一刻被法域之力生生抹除。

这就是法域的伟力！

即便周元的法域不过丈许，远远比不上真正的法域强者，可任何闯入法域中的事物，都会受到压制。

想要对抗法域的力量，唯有法域。

或者……以更强大的圣火直接将其烧毁。

须雷的雷劫虽然强悍，可终归只是天阳境的力量，只要进了丈许法域范围，就会任由揉捏。

"不愧是法域！"周元暗赞一声。

可惜的是他这法域跟须雷的劫云一样，都有范围限制，丈许太过狭窄，若是想要用其困住人，实在难以办到。

"轰！"

在他心思转动时，那经过法域削弱、剔除了暴戾之意的雷劫一道道落下，劈

在他的身躯上。

顿时，周元的身上雷光流转，皮肤上不断出现一团团焦黑，甚至隐隐有鲜血自毛孔中渗透出来。

周元眉头紧皱，即便雷劫被削弱了力量，可数量如此之多，依旧带来了无边的痛苦。

他咬牙承受着剧痛，然后运转力量，开始消磨体内那些毁灭之意。

片刻之后。

周元紧皱的眉头终于舒展开来，取而代之的是一股难以遏制的惊喜，随着将那些毁灭之意尽数消磨，他的肉身果然隐隐有所增强。

"这可真是意外之喜啊！"

周元的脸庞上荡漾开一抹笑意，他抬起头，目光透过光罩，炽热地望着上空翻滚的劫云。

或许，他能够借助须雷的劫云力量，让肉身再度提升一档。

到时候，说不定也能感受一下圣琉璃之躯的玄妙……

对于白小鹿的圣琉璃之躯，如果说他不眼馋，那简直就是假话！

"须雷……

"你可得给点力，我能否触及那一步，就得看你了。"

第一千一百七十五章
雷劫炼体

"轰隆！"

厚重狂暴的雷云中，电光雷鸣不断回荡，一道道如怒龙般的雷劫不断喷薄而出，以一种铺天盖地的毁灭之势，狠狠地轰向雷云之下的一道白金源气光罩中。

虚空在雷鸣的轰击下变得扭曲。

须雷盘坐于雷云深处，眼神冷厉地盯着那源气光罩，在他的感知中，周元的源气波动似乎在不断减弱，想必是被雷劫所伤。

"哼，任你何等天骄，入了我这劫云，就没了活命的机会！"须雷冷哼一声。

只是他的面色同样微微苍白，特别是眉心圣瞳内，隐隐有暗沉的血光涌动。他以圣瞳衍变劫云，一样需要付出极大的消耗，甚至会对圣瞳造成创伤，往后想要彻底恢复，还需一段时间好好蕴养。

不过，只要能将周元阻拦在这里，不让他干扰圣族大计，一切都是值得的。

"我倒要看你能坚持多久。"

须雷深吸一口气，眉心圣瞳内幽光流转，雷云顿时翻滚得更为激烈了，一道道雷劫不断地劈下。

按照他的估计，或许一炷香的时间应该就能将周元彻底抹灭，化为飞灰。

"珍惜你最后存世的时间吧。"须雷淡笑一声，双目渐渐闭拢。

这一闭眼，便是一炷香的时间。

一炷香后，须雷睁开眼睛，眉头忍不住皱了皱，他发现那源气光罩虽然摇摇欲坠，却始终没有破碎，而周元的源气波动看似虚弱，却仍然顽强地留存着。

隐隐间，须雷莫名地感觉到一丝不安。

这家伙坚持的时间未免太久了吧？

他有心窥视光罩内的景象，但不知为何，光罩中似乎有一股特殊的力量，令他的感知无法侵入。

须雷目光闪烁了几下，眼中忽地掠过一抹狠色，既然感觉到不对劲，就必须变招了，不管怎样，都不能让那小子有丝毫可乘之机！

"轰不死你是吧？那就给你加点威力！"

须雷双手结印，下一瞬，他的脸庞上忽然有一道道血丝出现，如虫子般在脸上攀爬，最后一条条尽数涌入眉心的圣瞳，只见圣瞳中顿时有血光绽放。

"轰！"

翻滚的雷云中出现了一缕缕血光，雷劫竟呈现出淡淡的暗红色，给人一种诡异恐怖的感觉。

四周的劫云甚至有些无法承受那道雷劫的力量，开始慢慢崩碎。

"去！"

须雷森然出声，只见那道暗红雷劫轰然落下，径直劈入源气光罩内。

"轰轰！"

随着这道雷劫落下，源气光罩顿时剧烈震动起来，隐约有狂暴的爆炸声自其中响起，而周元的源气波动也在此时剧烈地紊乱起来。

一声蕴含着怒意的闷哼声响起。

"还真是顽强呢。"须雷阴恻恻地道。他为自己的谨慎得意了一下，那小子虽然不知道躲在里面干什么，但必然不会是什么好事，还好他突然加大了威力，应该是打了对方一个措手不及。

"接下来，一鼓作气将其摧毁。"

须雷脸庞上的血丝越来越多，汇入圣瞳，雷云中则不断凝聚出一道道暗红色的雷劫，开始接二连三地轰进那源气光罩内。

在这种恐怖的攻势下，只见源气光罩四周的空间都呈现出崩裂的迹象。

须雷眉心的圣瞳，因为催动的雷劫太过强悍，血迹从里面流淌，令此时的他看上去极为可怖。

他体内的源气也快要消耗殆尽。

须雷却紧咬着牙，没有丝毫放松的打算，他知道周元是一个极为棘手的对手，必须一鼓作气集中力量将其打残，否则一旦让他缓过气，说不定又会生出变故。

须雷死死地盯着源气光罩，面对这种程度的攻击，光罩开始不支，而周元的源气波动也变得极为微弱，明显是被重创了。

"差不多了……"

须雷心有明悟，嘴角露出一抹笑意，下一刻，他将最后的力量催动起来。

于是，最后一道暗红雷劫轰然而出，如绝世凶龙般落向源气光罩。

"轰轰！"

这一次，源气光罩终于达到了极限，轰然间破碎，化为漫天光点。

须雷淡笑地望着那破碎的光罩，不过笑容仅仅持续了数息，便陡然凝固。

他的眼瞳中升起一丝惊骇。

他见到在破碎光罩的中央处，周元的身影静静地盘坐，此时他的上衣悉数破碎，露出了焦黑的身躯，隐隐间仿佛还散发着淡淡的烤肉味。

但周元的那双眼眸格外明亮，宛如星辰。

他抬起头望着惊骇的须雷，唇角泛起一抹笑意。

"你……你竟然还活着？！"须雷震惊地道。

挨了他那么多次的雷劫轰击，周元竟然还活着？这怎么可能？！这家伙是什么怪物？！

周元无视须雷那见鬼般的目光，颤巍巍地站起身来，望着自己焦黑的身躯，咧嘴一笑，露出森白的牙齿："你这雷劫威力很强啊，差点就真将我给劈死了。

"不过可惜……终归还是差了点。

"另外，真得感谢你临时加大了威力，不然今日我还真是白挨了……"

他貌似真诚地看着须雷。

"你什么意思？"须雷寒声道。

周元的身体微微一震，下一刻，只见他身躯表面的焦黑竟一块块地脱落，片刻后，焦黑褪去，取而代之的是一副坚韧中充满着无边力量的精壮肉身。

每一根线条都充满着力量感，但又不显得壮硕。

周元伸出手掌，轻轻一握，掌心间犹如炸雷响彻，一掌之下，虚空都有扭曲的迹象。

他随意地活动了一下，身体内部顿时传出一种奇异的雷鸣嘶吼，那是血液流淌与肌肉震动时发出的异响，一股难以形容的力量在四肢百骸涌动，一拳下去，

似乎连天都能轰出个窟窿。

　　远处的须雷望着此时周元的身躯，突然有一种汗毛倒竖的危险感。

　　下一瞬，他突然见到周元的身躯上微微流转的一丝光泽。

　　那光泽如琉璃般透彻、神圣。

　　天地间尘埃飞舞，可在接近周元时便尽数避开。

　　须雷呆呆地望着这一幕，旋即心头猛地一震，终于明白了前因后果，面庞顿时变得扭曲。

　　"圣琉璃之光？！"

　　"你……你在用我的雷劫炼体？！"

第一千一百七十六章
琉璃之光

当须雷见到周元身上微微流转的琉璃之光时，他的面色青白交替，眼中的愤怒几乎要喷薄而出，到了此时哪里还不明白，他被周元算计了！

他运转圣瞳形成的雷劫，不仅没有对周元造成伤害，反而帮他将肉身提升了一级！这家伙故意以源气光罩遮掩，看似被他的雷劫劈得狼狈不已，其实是在借助雷劫的力量淬炼肉身！

只是……

"你怎么敢用我的雷劫炼体？"须雷一万个想不通。他那雷劫的威力狂暴无比，蕴含着毁灭与暴戾，若在体内积累过多，会直接引爆，将其炸得尸骨无存。

根本没人敢如此疯狂地用肉身去承受！

他不明白周元究竟是怎么做到的，而且最终还没有被那雷劫蕴含的毁灭与暴戾之意炸毁。

面对他的愤怒与疑惑，周元没有兴趣解答，他感应着自己这具肉身，那澎湃浩瀚的力量，即便不动用源气，都如此让人心惊。

按照估计，现在的他只凭借肉身的力量，一拳下去，源气底蕴低于三十亿的人当场就得殒命。

"可惜，终归还不算真正的圣琉璃之躯。"

周元不禁有些惋惜。现在他的肉身只是诞生了一缕缕的圣琉璃之光，还算不上真正的圣琉璃之躯。不过也正常，若是真正达到那一步，即便只凭借肉身的力量，就足以硬撼源婴境强者！

白小鹿的那副琉璃之躯，同样没有达到那般程度。

想到此处，周元又是自嘲一笑，自己还是太贪心了。肉身诞生琉璃之光本就

是极为艰难的一道关卡，如果让他独自修炼，期间不知道需要多少苦功。

如今能够借助须雷的雷劫跨出这一步，已经是大赚特赚。

最难的一步总归是踏出了，接下来只要不断磨炼，定然能够成就真正的圣琉璃之躯。

所以，眼下有这琉璃之光他该心满意足了。

传闻这道琉璃玄光萦绕于皮肤之外，宛如一道细微的光环，能够形成一层强大的防御，有了这道玄光守护，不仅会增强力量，自身的抗打击能力也会大大增强，可谓护体神光。

心中这般想着，周元方才抬起头望着天上的层层雷云，如今雷劫的力量基本被消耗殆尽，雷云渐渐有散去的迹象。

不过须雷明显有些不甘心，还在拼命地维持着雷云。

"轰轰！"

雷云翻涌，低沉的雷鸣响起，似乎想要继续喷发。

"吼！"

周元猛地张嘴，突然爆发出一道长啸，啸声如龙，形成了实质音波。

音波滚滚，所过之处直接将那些试图凝聚的雷云生生震散。

雷云散去时，有阳光照射下来。

周元立于万千光斑之中，抬头望着面色阴沉的须雷，淡笑道："现在的你，还有什么招数吗？"

须雷面色苍白，眉心的圣瞳此时缓缓闭拢，里面不断有血迹流淌出来。此次他付出不小的代价召唤雷劫，最终却毫无成效。

现在，圣瞳暂时无法催动，他失去了最大的底牌。

须雷明白，以他目前的状态，已经不可能是周元的对手。

他是果断之人，虽然心有不甘，却并未鲁莽地继续攻击，这样的状态再跟周元交手，十有八九会被对方斩杀于此。

"呼！"

须雷深吸一口气，后退了一步。

他这一退，便彻底让出了那座矗立于虚空中的空间门户，他本人则踏入一处微微扭曲的空间。他只要再退一步，就能直接退出这座节点，连周元也无法阻拦。

"周元，这一次算你胜了一筹。"须雷面无表情地道。

"那就多谢了。"周元一脸的笑容，有些遗憾地道，"只是可惜你那雷劫不太持久，不然还能让我提升得更多些。"

须雷嘴角一抽，显然被周元的调侃气得不轻，这家伙真是讨了便宜还嘴欠！

"死囚临走前都得饱餐一顿，周元，被我阻拦在这里其实是为了你好，因为当你遇见迦图时，或许会被打击得体无完肤，再无精进之心，从此变成废人。"须雷针锋相对，言语恶毒。

"那我还真想见识见识。"周元一笑，眼眸之中并无丝毫畏惧，反而有一股跃跃欲试的战意。

他从不畏战，在他看来，任何强敌都是磨炼自身的磨刀石。

这些年来，他遇见的强敌实在太多，可最终他都在这些强敌的磨炼下变得越来越强。

须雷见到并未干扰到周元的心神，不由得冷哼一声，这家伙的心性倒是坚韧得很，难怪有这般实力。

"你不要得意，我眼下的确拦不住你，但你同样进不了这座空间门户。"须雷冷笑道。

周元神色平静地望着那座空间门户，只见它稳稳地矗立于虚空，看似若隐若现，实则牵动着整个圣衍化界大阵的力量，就算周元倾尽全力，也不可能撼动分毫。

想要从这座空间门户进入圣衍化界大阵深处，需要两个前提，一是击溃须雷这个拦路虎，二是需要其他重要节点大部分被破。

只有如此，才会动摇结界，引得此处出现破绽。

其他那些重要节点，无疑便是白小鹿、关青龙他们的路线。

"也不知道他们的战况如何……"

周元犹豫了一下，然后取出紫金玉简，上面光芒闪烁，形成了淡淡的光幕。

他的目光投向光幕，直接锁定了最内围的数道光点。

当视线投去的那一霎，他的瞳孔忍不住猛地一缩。

因为他见到，那些光点中已有两颗变得黯淡……

也就是说，有两人已经身殒于这座圣衍化界大阵内。

究竟，是谁？！

第一千一百七十七章
两人战死

满地狼藉的荒原中，一处处巨坑以及如深渊般的裂痕显露着此前经历的大战是何等激烈。

此时一处巨坑内，有一条暗黄色的巨龙趴伏，其庞大身躯上的龙鳞尽数破碎，龙血流淌出来，使得地面都闪烁着淡金色的光泽。

巨龙的身躯纹丝不动，一对龙目虽然睁得滚圆，但生机已消散殆尽。

"咚！"

巨龙前方，一道满身鲜血的人影笑眯眯地掏出一座鼎炉，然后加入材料将其点燃，熊熊大火升腾间，高温引得虚空微微扭曲。

那道人影袍袖一挥，掀开鼎盖，然后屈指一弹，一道血光掠过，直接将巨龙的龙爪尽数斩下，投入到鼎炉中。

"呵呵，玄龙族的血肉炼制出来的血源丹还真是让人嘴馋啊。"他笑吟吟地道。

他从巨龙身上切割着龙肉时，盯着那生机散去、仿佛依稀还残留着难以置信与惊恐的龙目，笑道："你这家伙其实本事不差，竟能够将我伤成这样，不过可惜，最后你还是死了。

"而你这一身龙肉，我会认认真真地吃掉的。"

那道人影双目血红，宛如旋涡一般，给人一种无比阴森之感，特别是当他笑起来时，更是让人不寒而栗。

此人正是圣祖天的圣天骄。

他眼前那具生机散去的龙尸便是他的对手，来自万兽天玄龙族的……姜金鳞。

"当！当！"

群山间，一道人影用锤子敲打着巨石，慢慢打造出一具棺盖。

那人一身黑衣，模样犹如少年一般，笑得一脸灿烂。

他打量了一下棺盖，满意地点点头。在他身后，还有一具雕纹极为精美的石棺，里面正躺着一具四肢近乎被扭断的躯体，浑身冰凉，俨然已是死尸。

那正是五行天的总指挥，李符。

黑衣少年扛起棺盖，转身望着石棺内的那具尸体，此时他的衣衫突然破碎开来，身躯上满是狰狞的伤痕，如雷劈、火烧、水切……

"你这家伙把我打得可痛了。"黑衣少年咧咧嘴，然后笑道，"不过我大人有大量，不跟你计较，现在还给你打造了一副这么漂亮的棺材。

"所以，你就安心地去死吧。"

黑衣少年挖出深坑，将石棺埋了进去，然后点燃三根香，面露悲意地深深一拜。

待他再度抬起头时，脸庞上的笑容开始变得诡异。

"我已经帮你入葬了……接下来，可以把你炼了吃吗？"

"姜金鳞……李符……"

周元望着面前的光幕，已经感知到那两颗暗下去的光点代表的是谁。

他沉默了好半晌，方才平复心绪，微微低头，对着战死的两人哀悼。

虽然姜金鳞与他关系说不上多好，但不管怎样，他们总归是同一条战线，算是并肩作战的战友。

兔死狐尚悲，更何况人？

"呵呵，看来你们死了两个人了……"此时，位于虚空中的须雷笑出声来，显然他也经过某种渠道知晓了这个结果。

他戏谑地盯着周元，道："你开始体验到什么叫作绝望了吗？通往最后核心的大门就在你面前，你也将自身所能够做的做到了极限，可惜……还是进不去。

"放弃吧，这就是你们这些卑贱蝼蚁与我圣族之间的差距，即便偶尔有你这般惊世妖孽，依旧改变不了什么，在大势面前，你不过如尘埃般渺小无力。"

周元抬起头，看向须雷的眼神不带丝毫情感，里面的漠然与杀机让须雷的心头微微一颤。

周元没有与须雷多说废话，他的手掌紧握着紫金玉简，微微沉默后，一缕传

音顺着玉简传递出去。

"我是周元,现在告诉你们两个消息。

"第一个消息是,我打败了阻拦我的圣天骄,如今就在通往最后核心之处的空间门户外。

"第二个消息是……姜金鳞与李符皆已战死。

"若是未能破坏其他大部分重要节点,我们此次的赌博将以失败告终……

"我们已经无路可退。

"所以,我希望……

"诸位,不论为了谁,死战吧!"

"咚!"

一座看不见尽头的广场上,无数石像轰然爆碎。

两道身影皆倒射而出,脚掌在地面上踏出深深痕迹。

白小鹿一头乌黑长发披散在身后,她的身躯已变得纤细修长,腰肢细如柳,看上去柔弱无比,可身上蕴藏的力量足以一拳轰碎一座山岳。

不过此时白小鹿的状态不是很好,她如琉璃般的肌肤上有一道道正在迅速愈合的血痕。

她的右臂呈现出扭曲之态,似乎是被巨力震断。

她握住纤细的手臂,面无表情地一扭,"咔嚓"一声便扭了回来,一对眼眸无比冰寒地望着前方。

只见那里有一头十数丈的壮硕身影如铁塔般矗立,其身躯上血肉蠕动,竟探出了一只只凶恶无比的凶兽,凶兽的半截身体被卡在那具身影的体内,另外半截则在挥舞、咆哮。

远远看去,宛如一头由诸多凶兽融合在一起的怪物。

这就是阻拦白小鹿的那位圣天骄,地摩岳。

先前两人已经过极为激烈的交战,战况可谓惨烈无比。

从整体上来看,地摩岳略占上风。

白小鹿眼眸冰寒,正准备继续进攻,身影忽然一顿,因为她听见了一道声音传进耳中。

是周元通过玉简传来的消息。

"姜金鳞和李符皆已战死了吗？"

白小鹿的脸色微微一变，她认真地听着周元说的每一个字，到得最后，才深深地吐了一口气。

"局面竟然已如此艰难了吗……"

她明白，如果他们无法打破大部分的节点，周元就不可能进入结界核心处并将其破坏。但正如周元所说，他们已经没有退路，就算现在选择放弃，最终也是死，而且是带着五大天域这一代的天阳境精锐全军覆没。

这无疑会给五大天域带来极大损失。

虽然他们这些天阳境或许算不得什么，却是一股新鲜血液，五大天域为了培养他们不知道付出了多少心血与资源。

"看来……唯有死战了。"白小鹿喃喃道。

她双手结印，下一刻，只见其光洁眉心处有一道琉璃般的符文浮现，一道道光线迅速蔓延，最终将她的身躯尽数覆盖。

一股恐怖的力量从她的体内酝酿而生。

远处的地摩岳见到这一幕，瞳孔微微一缩。

"竟然燃烧血肉……还真是个疯子啊！"

第一千一百七十八章
各自搏命

当白小鹿燃烧着血肉力量的同一时间。

关青龙所在的战场同样惨烈非常。

此时的他满身血迹，上身赤裸，身上有一道道拳印，犹如烙入了血肉之中，经久不散。

即便有这般伤势，关青龙依旧未倒下，他紧握青龙大刀，鲜血顺着手掌流淌，将刀身都染成了血红色。

在他前方，一名身披重甲的高壮身影站立，重甲上布满着一道道深深的刀痕，比起关青龙，他的伤势要好太多。

关青龙盯着那道气势恐怖的重甲人影，眼神忽地一动，神色有些变化。

"竟然连姜金鳞与李符都已战死……"

关青龙面色复杂，这是古源天之争到现在，首次传出各大天域领军者战死的消息。

显然，圣族在这里集合的力量非常强大。

甚至连他这里也落入下风，若是持续下去，或许他也会战死。

不过……那样死太没意义了。

关青龙的手掌缓缓地紧握刀柄，喃喃道："就算是死，也总该有点作用再死吧？

"周元队长，你比我更强，混元天的希望就靠你了。

"我这里，会用生命去为你开路。

"为了诸天！"

顺着关青龙手掌流淌下来的鲜血此时在刀身上形成了一道古老的符文，他原本高壮的身形渐渐枯萎，身后三轮天阳浮现，继而燃烧起来。

"此术，名为封天术！"

他眼中青光萦绕，下一瞬一刀斩下。

青光掠过，犹如将天地一分为二。

"真是艰难啊！"楚青轻叹一声。

他同样收到了周元的传音，旋即抬头望着前方的两道身影。弥山、弥石的源气底蕴稍逊于他，可两人联手依旧将他死死地拖住。

双方可谓不分伯仲。

这种拖延对楚青而言极为不利，毕竟对方才是防守的一方。

他们只要守住节点，便是胜利。

"我虽然很懒……但我不想拖后腿啊。"

楚青笑了笑，他手掌一握，一柄金梭凝现而出。

下一瞬，他的眼神陡然变得凌厉，身影化为道道残影。

弥山、弥石也咆哮出声，爆发出惊人的源气波动，毫不畏惧地迎了上去。

楚青手中的金梭划破虚空，上面隐隐有一道略微熟悉的七彩之光浮现。

武瑶身处一片粉红色的浓雾之中，那浓雾极为诡异，甚至能够屏蔽感知，并且时不时有一道刁钻到极致的寒光划破空间而至。

那是一枚枚细长的银针。

武瑶白玉无瑕般的脸颊上布满冰冷之意。

她一身鲜艳的红色衣裙已被割开一道道裂痕，白皙的肌肤露出来，更令此时的她多出一种寻常时候没有的魅惑之色。

"咯咯，放心吧，我不会伤到你那漂亮的脸蛋，我会心疼的。"浓雾中有娇笑声传出，却难以分辨其方位。

武瑶身心紧绷，时刻都在戒备。浓雾乃对方圣瞳所化，不仅屏蔽感知，还能不断让她体内的源气流逝，长久下去，对她会越来越不利。

不过她并非在坐以待毙。

此时她的神府内有异象在酝酿，那仿佛是一种介于实质与虚无之间的产物，它宛如一颗光球，表面隐约有圣龙之气，正在孕育中。

只是似乎缺少了点什么。

就在武瑶柳眉微蹙时，周元的传音响了起来。

"周元？"

武瑶如冰湖般的心境微微波荡了一下，脑海中不自觉地划过周元的脸庞。

"轰！"

就在这一瞬，神府之内似有一丝细微的异动。

武瑶凤目陡然明亮，红裙微扬，竟有金色的火焰自其娇躯上熊熊燃烧，那火焰宛如带着一道细微的凤凰清鸣。

"嗤！"

金色火焰形成火环爆发，所过之处，粉红色的浓雾竟被焚烧殆尽。

武瑶的凤目中寒光一闪，她的身影已如电光般射出，金色火焰缠绕于雪白玉手之上，宛如一柄金焱刀锋，快若奔雷般对着虚空中一闪而过的身影斩下。

"砰！"

狂暴的源气冲撞在爆发。

苏幼微的倩影倒射而退，在地面上划出一道长长的痕迹。

她的唇角带着一丝血迹。

在她前方，那个浑身缠绕着锁链的人影眼神冷酷地看过来："你有很大的潜力，只可惜，这里就是你的葬身之地。"

他踏出一步。

但旋即面色突然一变。

因为他见到地面上突然出现了一副阴阳光轮，此时自己正好踩在阳眼之上，而苏幼微脚下则踩着阴眼。

虽然感觉到不妙，他却不敢有什么异动，因为阴阳光轮中似乎蕴含着极为可怕的力量。

"这股力量没有敌我之分，你确定要引动？"锁链圣天骄森然道。

"真要引动，你死的概率恐怕比我更大。"

苏幼微淡淡地道："我不怕死，我只怕殿下不开心。

"他想要往前走，就算代价是我的性命，我也会在身后推他一把。"

当声音落下时，她印法一变。

"轰！"

恐怖的力量在锁链圣天骄惊讶的目光中轰然爆发，直接将两人的身影尽皆吞没。

"吃！"

"吃！"

"吃！"

名为元影的圣天骄面色极为阴沉，他不断轰出一道道威力惊人的源气攻势，将那道如鬼魅般暴射而来的身影轰飞。

那道人影便是赵牧神。

此时的赵牧神浑身血肉模糊，那对眼眸却泛着极端的冰寒与垂涎锁定元影。

两人的交锋，元影占据绝对上风。

但从眼下的战况来看，反而元影在束手束脚。

元影看了一眼自己的手掌，上面少了三根手指头，那是之前赵牧神顶着硬挨一记攻击的压力，一口将他手指咬断吞进腹中。

让元影心头泛寒的是，被这家伙咬断的地方，血肉犹如凭空消失一般，无论他如何催动源气，都难以复原。

"这个变态……"

元影有些憋屈。这家伙的进攻简直就是不要命，为了啃他一口，完全不管付出何种代价，可偏偏这家伙的生命力顽强到有些恐怖，被他硬轰半天都还没死。

在元影看来，赵牧神简直比他们圣族还要凶横。

他们虽然也吃各种生灵，但都是炼成血丹，这家伙却是直接生吞活咽，生冷不忌！

元影看着都有些蒙，究竟自己是圣族人，还是这家伙才是圣族人？

元影想着，眼中忽有凶光掠过。

他望着那道暴射而来的身影，五指猛然握拢。

"管你是什么东西，弄死你再说！"

虚空扭曲，仿佛有黑色的液体流淌出来，宛如活动的影子，在某一个瞬间牢牢捆缚在赵牧神的身躯上，将其半截身体死死缠住。

赵牧神眼神森冷地盯着元影，嘴中黑光流转，宛如一个小小的黑洞，能够吞噬万物一般。其实那些东西并非真的被他活吞了，只是它们一进入他的嘴中，就会化为纯粹的天地源气。

赵牧神狠狠地挣脱了一下，那些黑色液体却格外牢固，让他无法脱离。

就在此时，他的神色忽然一凝。

"姜金鳞和李符都死了？

"周元啊周元，现在的你也束手无策了吗？"

赵牧神目光闪烁，最后化为果决与狠辣。

"周元，我这可是为了万祖域的人马，跟你的死活没有半点关系！"

下一瞬，赵牧神胸部以下的身躯陡然爆碎开来，血肉四溅。

元影瞳孔一缩，显然被赵牧神的狠辣惊了一下，紧接着，他感觉到寒意涌来，只见一个头颅破空而至，嘴巴张开，里面黑光涌动，头颅上仿佛有一道古老的兽影若隐若现。

还不待他有所反应，黑光已经笼罩下来。

第一千一百七十九章
非生即死

须雷盘坐于虚空，眼神戏谑地望着下方的周元，虽然他被对方打败，可如今偏偏是周元陷入了进退两难的境地。

明明通往最后核心处的门户就在眼前，周元却根本不可能进入。

只要大部分重要节点未被破坏，周元的手段再如何通天，面对那座凝聚了圣族无数强者力量的空间门户，他都无能为力。

"周元，放弃吧。

"你的天赋不错，若是投向圣族，想必能够获得一些重视。待得往后圣族统一天源界，或许还能保全你的亲人、朋友。"

须雷声音淡淡的，言语间有着居高临下的施舍意味。

周元没有理会，一对眼眸只是盯着面前的光幕。

"哼！"

须雷见状，一声冷哼："冥顽不灵。

"既然如此，那就陪着五大天域这些天阳境一起去死吧。"

"轰！"

就在他声音刚落的那一瞬，这座节点突然剧烈地震荡了一下，虚空也出现了一阵阵紊乱波动。

须雷的面色猛地一变。

"大阵怎么在震荡？！"

周元同样察觉到这般变化，他的目光立即投向面前光幕最内围的数颗光点，他眼瞳微缩，那些光点皆以惊人的速度黯淡下来。

代表他们的生命力正在消散。

这是遭受到极为严重创伤的表现。

周元伸出手指，轻轻地碰触那些光点，脑海中有一些画面如电光般闪现而过。

白小鹿坐在阵旗边，此时她的身躯比之前任何时候都要娇小，看上去如同五六岁的女童，原本泛着琉璃光泽的肌肤上如今黯淡无光。

白小鹿看了一眼后方，那里有一个巨坑，坑内的鲜血汇聚成了血潭，一具破碎的尸体静静地漂浮在上面。

而她自身的情况也极差，几乎只剩一口气吊着。

这场战斗，算得上她有史以来最为惨烈的一次。

"一点力气都没啦，周元，如果你搞不定迦图，就只能一起死了……"

浑身干枯的关青龙迈着艰难的步伐，每迈出一步仿佛都耗尽了力量，而在他的后方，有一道重甲人影纹丝不动，身躯上有青光形成的特殊光纹将其重重覆盖。

那位圣族的圣天骄并没有死，只是被关青龙封印住了，可现在关青龙完全没有力量去斩杀对方，好在他还可以趁此完成任务。

关青龙来到某处方位，颤抖着取出一道阵旗，用尽力气插了下去。

他的身体顺着阵旗跪倒，浑浊的双目抬望着虚空，生机渐渐消散。

"周元队长，接下来……就靠你了。"

楚青将阵旗插下，然后盘坐下来。

此时的他满身鲜血，一条手臂竟不翼而飞，在他后方，两具无头尸体矗立着。

付出一臂的代价后，他拼死了弥山、弥石。

但相对其他人，他付出的代价反而是最小的。

武瑶身形有些踉跄，她的腹部有一根尺许长的银针径直捅穿，鲜血顺着银针不断滴落。

然而她那对狭长的凤目却满是冷冽。

她的面前，那名为孤烟的圣天骄张大着嘴，此时武瑶的玉手正缓缓从其胸膛处抽离，随着手掌抽离的……还有对方的生命。

"怎……怎么会……"她的瞳孔在扩散。

她无法相信，自己会栽在这里。

武瑶根本没有与她废话的心情，迈着摇摇晃晃的步伐走到某处，将阵旗插下。

"噗！"

一口鲜血自嘴中喷出，她的红唇更为鲜艳了。

巨大的深洞出现在大地上。

整个天地间都飘荡着灰烬，犹如一切都被毁灭一般。

"哒！"

突然有一只沾染着淤泥的纤细小手从深洞边缘伸出，一道倩影艰难地从中爬出。

苏幼微浑身皆是狰狞的伤痕，白玉般的肌肤上不断有鲜血渗透，内伤已极为严重。

但她没有理会体内伤势带来的剧痛，她虽然表面柔和，实则内心极为坚韧，能在这些年达到如此成就，除了紫霄域的全力培养，她自身的韧性同样不可忽视。

她盯着深洞深处，眸光淡漠，然后转身走到一处，取出阵旗插了下去。

做完这些后，她方才蹲坐下来，疲倦地抱着双膝，微微扬起布满着血污的清丽脸蛋。

"殿下，我没有拖你的后腿吧？"

地面上有半截身躯慢慢地往前爬着，所过之处留下一道令人毛骨悚然的血痕。

此时的赵牧神半个身体都爆碎了，但他没有在意，因为在将那圣天骄彻底吞噬后，他感觉到自身的血肉在蠕动。

"呵……圣天骄又如何，你能比我更狠吗？"他嘶哑地笑着。

然后他取出阵旗，一把插了下去。

感觉到节点开始震动，他抬起头来。

"哼，周元，希望你别让我失望才是。"

周元的手指离开那些光点，脑海中掠过的画面戛然而止。

他盯着黯淡的光点，沉默了好半晌。即便只是短暂的画面，他也能够想象出

元尊 ⑰

《生死一搏》

那些战斗是何等的悲壮惨烈。

这是他们用命换来的胜利。

周元抬起头，望着震动得越来越激烈的节点，整个圣衍化界大阵都在此时紊乱起来，再不如此前那般完美与浩瀚。

"咔嚓！"

就连那空间门户上也开始浮现出裂痕，并且迅速蔓延。

"不管最终的结果如何，你们的努力都无愧于任何人。"

周元无视须雷震怒惊恐的神情，他缓缓站起身来，身影一动，已出现在空间门户之前。

这一刻，圣衍化界大阵动荡得愈发激烈。

与此同时，不论圣族还是五大天域的人马，都不约而同地停下了战斗，他们抬起头来，只见那虚空深处，周元立于空间门户之前。

这是圣衍化界大阵紊乱，再也无法形成屏蔽的缘故。

"轰！"

就在无数道视线的注视下，周元一拳轰出。

一拳之下，白金源气如怒龙般咆哮而出，直接将其源气底蕴尽数爆发。

"轰隆！"

怒龙一般的拳风轰击在空间门户之上，只见上面的裂缝不断蔓延，最终轰然一声，化为无数流光爆炸开来……

门户之后，便是旋转的空间旋涡。

它通往的便是圣衍结界的核心之处，只要将其打碎，圣族的谋划就会落空。但所有人都明白那并不容易，因为那里还有圣族最强的圣天骄。

而他们最后的希望，便是那道立于空间旋涡之前的身影。

"周元队长，诸天必胜！"

在一处结界中，忽有五大天域的人马嘶声大喊。

那声音宛如有传染力一般，越来越多的声音跟着响起。

"诸天必胜！"

"诸天必胜！"

一道道声嘶力竭的声音响彻，最终浩浩荡荡地回响于整个圣衍化界大阵内。

白小鹿等人虚弱而平静地听着那浩荡之声，他们知晓，如果此战真能胜，周元之名将会响彻诸天。

当然，若是输了，万事皆休。

他们所有人，都得死在这里。

立于空间旋涡前的周元也听见了那些声音，他没有回头，只是一步踏出，毫不犹豫地进入了那空间旋涡。

面对那位圣族最强的天阳境强者，周元并没有太大把握，但无论如何，他不可能退缩。

此战……

非死即生。

别无他路。

第一千一百八十章
天骄迦图

当周元踏入空间旋涡的那一刻，眼前的景象瞬间出现了变化。

他的目光扫开，只见所处之地乃一片巨大无比的悬空陆地，陆地之上的山川河流蔓延到视线尽头，古老而巍峨。

源气灌注双目，还能看见极为遥远的虚空中有着一块块悬浮的陆地。

无尽高空上，日月同时现于天际，奇妙莫测。

周元没有过多在意环境的变化，他的目光直接锁定远处，那里有一座如擎天之柱的山岳矗立，山岳破开云层，雄伟得让人觉得自身特别渺小。

此时，在那山巅的一棵青松上，一道人影静静盘坐。

他没有理会周元的出现，而是抬头凝视着天空上的日月，一言不发，但整个天地间都有一股无法形容的压迫在涌动，让周元感觉到身躯都变得沉重起来。

"迦图……"

周元盯着那道人影，眼眸深处有杀机浮现。

似是察觉到他涌动的杀机，那道人影终于低头看向周元。他微微一笑，双耳处的龙凤耳坠轻轻摇摆："没想到你竟然真的能够来到我面前。

"你能以下五天的出身达到这般成就，算得上人杰了。

"所以我愿意给你最后一个机会，奉我为主，我可以请求圣族的圣者为你改造血脉，成为我圣族的裔族。"

周元眼眸微抬，淡淡地道："相比这个，我更想做的是……打死你。"

迦图摇摇头，有些惋惜地道："你们这些下五天的卑贱蝼蚁，总是这般不识抬举，痴心妄想。

"也罢，既然你这么想死，我就成全你。"

他的目光看向这方节点空间，道："如今圣衍化界大阵源气紊乱，整个结界内的所有人应该都能看见这里……你应该承载了下五天所有人的希望吧？"

他的唇角掀起一抹玩味之色："你说，当他们发现最后的希望其实没有任何作用时，会不会怨恨你的弱小与无用？

"有时候希望的破灭，是会让人绝望到疯狂的。"

"你的废话太多了。"周元面无表情，一步踏出。

"轰！"

三轮天阳在其身后若隐若现，最后彻底变得清晰。神府天阳外显，越是清晰就越能与天地间源气形成更为敏锐的联系，由此也能看出周元对迦图的忌惮。

四十三亿源气底蕴毫无保留地爆发出来。

但是并没有结束。

"晋升！"

"地圣纹！"

两大秘法同时催动，周元的源气底蕴节节攀升，白金源气咆哮天际，隐隐的古老龙吟声回荡于天地间。

五十亿源气底蕴！

面对这般强敌，周元不打算有任何的试探性举动。

五大天域无数人望着这一幕，皆感震撼，即便隔着层层空间节点的阻碍，却并不妨碍他们从周元身上感受到那股强大的源气压迫。

"七爪天阳？"

迦图凝视着周元那三道天阳上的古老龙纹，眉头微挑。

"能以下五天的资源和卑贱人族的身份达到这一步，你的确算得上真正的天骄，难怪连须雷都拦不住你。"

周元依旧没有回话，他单手结印，袍袖一抖。

"轰隆！"

巨大的雷鸣在袖中响彻，下一瞬，只见一道黑白雷光咆哮而出，宛如贯穿了天地，以一种难以想象的速度，裹挟着惊人的力量直接对着迦图奔袭而去。

阴阳雷纹鉴！

黑白雷光洞穿天地而来，迦图双目毫无波澜地望着这一幕，待得雷光距离面

前不过丈许时，他方才张大嘴巴，轻轻一喷，一缕暗白色的气流喷出。

气流一出现，整个天地的温度骤降，迦图周身的空间此时仿佛被冻结，空气中凭空出现了无数冰晶。

"噗！"

暗白气流与黑白雷光相撞，下一瞬，只见雷光直接被冰冻，撞击到其面前时，被一股无形而强大的力量生生撞成了无数光点……

圣衍化界大阵内，五大天域的人望着这一幕，心头都升起寒意，周元如此强大的攻势，竟然被迦图轻描淡写地破解了……

这人究竟有多强？！

周元同样面色凝重，迦图只是坐在那里，就给他带来一股极大的压迫以及危险气息。

他感觉，迦图恐怕是这些年来他所遇见的最危险的人。

迦图伸了一个懒腰，淡淡地道："其实之前须雷和你说的话是对的，你不应该来到我面前，因为你的所有自信都将被摧毁。"

当说着话时，他四周的虚空开始剧烈地震颤起来。

一股恐怖的源气波动自他的体内缓缓升腾而起，迦图的源气呈现出深沉的银色，其中仿佛有无数星沙闪烁，神秘中带着一股能够冻结一切的极寒之意。

在他身后，源气升腾间，三轮天阳缓缓浮现。

当周元见到那三轮天阳时，瞳孔顿时猛地一缩。

因为他在上面见到了熟悉的龙纹……

而且比他天阳上的龙纹还要多！

那是……八爪天阳！

周元抿了抿嘴巴，虽说心绪翻涌得有些厉害，但他并不感到惊讶，毕竟他能够达到七爪天阳，身为圣族中最强的天阳境，迦图得到的资源以及机缘不可能比他少。

迦图的天赋自然毋庸置疑，不然他坐不到这个位置。

所以，当拥有天赋以及足够的资源、机缘时，他能达到八爪天阳并非什么不可思议的事情。

周元脸庞上的凝重越来越浓郁，浑身紧绷起来，除了八爪天阳外，他还察觉到迦图自身的源气底蕴也达到了一个非常可怕的地步。

应该是……五十一亿源气底蕴！

要知道，周元现在这五十亿的底蕴可是经过两次秘法的增幅，可眼下迦图光是自身底蕴就达到了五十一亿，比他的原始底蕴高了八亿！

迦图嘴角带着玩味盯着周元，旋即单手结印。

"轰！"

天地震荡间，迦图的源气底蕴开始暴涨。

五大天域无数人心神颤抖地望着这一幕，他们知道，迦图催动了秘法……

明明在源气底蕴上已经占据了上风，可他依旧催动了秘法，显然是要赶尽杀绝。

他真的要让周元以及五大天域所有看着这里的人知道，什么叫作绝望。

在无数道惊颤的目光中，迦图的源气底蕴不断攀升，最终达到了五十六亿的程度。

恐怖的源气呼啸于这座空间节点内，迦图周身的空间仿佛都无法承受，不断地扭曲甚至破碎……

他脚下那座巍峨如擎天柱的山岳，此时微微颤抖着，山石滚落。

五十六亿……

面对这种状态的迦图，即便是周元，也第一次感到头皮发麻，这就是圣族最强的天阳境吗？竟然……能够变态到这种程度。

"颤抖了吗？"

迦图冲着周元露出微微笑容。

"不过可惜，我并不喜欢给人两次机会。"

当最后一个字落下时，迦图的身影直接消失在了原地。

周元面色一变，身形化为阴影暴退。

然而他刚动，面前的虚空便破碎开来，一道身影宛如瞬移般出现在他前方，然后一掌轻飘飘地落下。

那一掌看似轻描淡写，却汇聚了极为恐怖的源气，一掌之下，虚空直接破碎。

整个天地间仿佛都为此而震动。

面对着那犹如遮蔽了所有退路的一掌，周元根本没有任何躲避的机会，而且掌风来得太快，待他双臂刚刚交叉于面前形成防御时，掌印就落了下来。

"轰！"

万丈源气冲击光环自虚空上扩散开来。

那里的空间爆碎。

周元的身影更是被轰得倒飞而下，重重地撞进大地之中，整个地面被撕裂，形成了一个深不见底的深渊裂痕……

那种痕迹，宛如陨石撞击大地。

圣衍化界大阵内，五大天域无数人通体冰寒地望着这一幕，眼中有着惊骇与绝望在升腾。

谁能想到，他们五大天域最强的天阳境，面对圣族最强的天阳境时，几乎是被……

一掌秒杀？

第一千一百八十一章
古神之经

望着地面上如深渊般的裂痕，五大天域的人皆浑身冰冷，特别是那些熟悉周元的人，面色更是难看。

因为他们此前见证过周元面对对手时一次次的强势取胜，类似这种一个照面间近乎被秒杀的情况，几乎还从未见过⋯⋯

而这也说明，迦图的实力是何等恐怖。

在无数人的注视中，立于虚空的迦图面无波澜地望着下方大地上的裂痕，眼中有一抹微微的讶异之色浮现。

"竟然没被一掌击毙？"

先前在力量倾泻的瞬间，迦图能够感知到有一道奇异的力量从周元体内散发出来，将他的攻势化解了不少。

"砰！"

深渊中，一道巨声响彻，紧接着一道身影冲天而起。

那道身影自然便是周元，只不过此时的他看上去略微有些狼狈，身上衣衫破碎，双臂处血肉模糊，甚至连骨骼都出现了断裂。

他的神色阴沉，迦图暴起出手，速度之快，力量之强，实在出乎他的意料。

五十六亿的源气强度，威力超乎想象。

在碰撞时，若非周元及时催动了天诛法域削弱对方的力量，再加上自身肉体中有琉璃玄光保护，恐怕那一掌真有可能将他轰杀。

周元手臂轻轻一抖，被扭曲的骨骼迅速恢复原位，撕裂开的血肉也在强大的肉身恢复之力下快速愈合。

周元没有太过在意身上的伤势，他望着迦图周身涌动的暗银色源气，心中有

惊涛骇浪在涌动。

他并非惊骇于对方的源气之强，而是……

在先前双方接触的瞬间，他隐隐感觉到对方的源气竟然与他修炼的祖龙经有一点相似。

只是，在他的感知中，对方的源气虽然品质极为不凡，却没有他这般纯正。

周元目光闪烁，觉得这家伙修炼的源气恐怕与祖龙经有一点关系……

"你这源气倒是有些厉害。"周元缓缓地道。

他想从迦图那里得到一些信息。

迦图闻言忽地一笑，道："你倒是有点眼力见儿，我所修之源气源自古神经，乃我圣族之神所传，唯有每一代圣族天赋最高者，方能得赐修炼。"

显然，迦图修炼古神经乃其引以为傲之事，周元问出此话，刚好挠到了他的痒处。

"古神经？"

周元目光一闪，并非祖龙经？

但他冥冥之中觉得，两者之间说不定有些关系。

祖龙经是夭夭给他的，这般神秘功法举世罕见，对方这道似乎与祖龙经有些关系的古神经，究竟是个什么来路？

难道夭夭与圣族有什么特殊的关系吗？

如果真是如此，以诸族与圣族仇恨对立的现状，苍渊师尊怎么可能会将夭夭带在身旁，全心抚养？

周元眉头紧锁，夭夭的身份太过神秘，如果此次她能苏醒过来，定然要让苍渊师尊将事情说个明白。有些事情，现在的他也该有资格和立场了解了。

心中闪过这些情绪，周元迅速将其按下，眼下最重要的事情，还是得先将迦图解决。

只有解决了迦图，他才能够得到祖龙血肉，让夭夭苏醒过来。

迦图显然没有察觉到他们两人的源气有一些特殊的相似，这让周元有些惊讶，明明迦图的源气底蕴更强，他却没有察觉，反而是源气弱一些的周元感知到了。

"是因为祖龙经要更正统一些吗？"周元猜测着。

此番猜测没有多大意义，因为周元已经感觉到了迦图周身再度涌动起来的强悍源气。

面对如此强横的迦图，周元现在根本不是他的对手，即便有天诛法域护身以及琉璃玄光的保护，这种被动的防御不可能一直持续下去，毕竟维持天诛法域也需要不小的消耗。

继续这样下去，周元的处境只会越来越危险。

"呼！"

周元目光闪烁，再不犹豫，手掌伸出，一颗银色圆球闪现而出。

正是银影。

周元并未将银影化为人形，他指间结印，只见银色圆球顿时化为银色液体流淌下来，然后沿着他的皮肤蔓延。

这次银影没有像以往那般覆盖全身形成盔甲，而是变成一条条极为玄妙的银色纹路，这些纹路彼此交织成一道道奥妙的痕迹，最终沁入皮肤，远远看去仿佛一道神秘的银色文身。

当然最明显的还是自周元背后伸展而出的一对银色双翼。

银翼长丈许，在阳光之下熠熠生辉，有一丝神圣的味道。

当那银色纹路以及银色双翼形成时，天地间的源气犹如受到了某种引动，源源不断地对着周元所在的方向汇聚而去。

周元五指缓缓握拢，他低头看着手掌上的银色纹路，眼中有一抹惊叹之色掠过。

这就是银影的新形态，周元将其称为银神之纹。

银影能够衍变出这种形态，正是此前在玄迹石碑中得到的好处，现在的它，源气底蕴已经暴涨到三十五亿的层次，不过这种源气强度在面对迦图这般强敌时，效果算不上多大。

毕竟源气强度并非简单的叠加，周元四十三亿的底蕴加上银影的三十五亿，最终的效果也不可能变成七十八亿……

但若是以银神之纹的状态融合在周元身上，的确能让他的战斗力大大增强。

这也是他为迦图准备的底牌之一。

周元眼神冷冽，手掌一握，天元笔闪现而出，如枪尖般的笔毫遥遥指向迦图。

"哦？"

望着这一幕，迦图有点讶异地挑了挑眉，周元的源气底蕴并没有什么变化，

气势却变得强横许多。

不过他的神情依旧从容不迫，反而似是欣赏地点了点头。

那种感觉犹如在观看斗兽场内选中的猎物，突然间爆发出引起他兴趣的力量。

但是，猎物再怎么疯狂爆发，始终只是猎物，它的作用只是为了取乐。

一旦乐子享受完了，这猎物也该直接宰了。

"周元，接下来就让我看看，你究竟能给我带来几分乐子吧。"

当声音落下的那一瞬，迦图的身影再度消失于原地。

恐怖的攻势又降临了。

第一千一百八十二章
四道剑光

"轰！"

虚空上，两道身影如电光般划过，带起刺耳的音爆。

恐怖的源气风暴以两人为源头肆虐席卷，下方的山川河流在战斗的余波中不断被撕碎，那种破坏力让无数关注此战的围观者都心惊胆战。

"唰！"

迦图的身影宛如瞬移般出现在周元的右侧，他一拳轰出，一道源气洪流如怒龙般咆哮天际，裹挟毁灭之势对着周元笼罩而下。

就当源气洪流呼啸而至时，周元背后的银色双翼一振，其身形便出现在百丈之外，险险地避开了迦图的攻势。

此前他的速度完全不及迦图，但借助银影新的形态，银翼让他的速度得到了极大增幅，方才能避开。

但周元不敢有丝毫放松，即便凭借着银影的力量，他现在的速度也只是堪堪与迦图持平。

"砰！"

当周元的身影刚刚退出去时，迦图的冷笑声已在耳边响起。

暴雨般的源气掌印仿佛巨人之拳，不断轰下。

如此攻势，以周元现在的速度也无法尽数避开，他只能倾尽全力地迎上去。

"轰轰！"

源气震荡，庞大的滚滚气浪呈环形般爆发开来。

周元如今再面对迦图的恐怖攻势，已经有了一些抵御之力，但当两人正面交锋时，还是迦图占据着绝对上风。

五十六亿的源气底蕴，将周元牢牢地压制。

"大炎魔！"

周元咆哮，身躯上有赤红纹路浮现，高温升腾，引得虚空扭曲。

"万鲸！"

周元一笔砸出，肉身的力量与体内源气尽数融合，古鲸虚影盘旋而出，斑驳笔身挥砸而下，高空上的云层都在这般力量的肆虐下被震碎开来。

他这一笔之力，若是换作此前的须雷，恐怕能直接将其轰杀。

面对强势的迦图，周元显然已将诸多手段尽数施展，不敢有所保留。

"呵！"

恐怖的攻势席卷而来，迦图咧嘴一笑："总算有点像样的攻击了。"

这般说着，但他没有任何退避的迹象，反而一步踏出，双手结出一道玄妙拳印。

"大狮子印！"

拳印挥出，天地间仿佛有一道嘹亮狮吼声响起，拳印似是化为一头远古巨狮，带着无边的霸气与凶悍穿透时空而至，与砸来的天元笔硬撼。

"当！"

巨声炸响，虚空直接破碎。

天地间犹如有飓风疯狂肆虐，破坏着一切。

周元那汇聚了极强力量的一击，竟然被迦图一拳抵御下来！

甚至连天元笔的笔尖毫毛都被震碎无数，化为漫天的屑末飞舞。

周元眼见一击不成，眼中寒光闪烁，屈指一弹那斑驳笔身，只见笔身之上有一道源纹亮起光泽。

"吞魂，葬魂！"

"轰！轰！轰！"

下一瞬，天元笔笔尖竟有三道巨声响起，其中隐藏的一股恐怖神魂冲击，以磅礴之势狠狠地冲向迦图。

这是天元笔的吞魂之纹！

三段葬魂的力量，以此时周元的神魂，都感觉到眉心刺痛不已。

但他没有理会神魂的刺痛，眼中掠过狠色，再度将吞魂之纹中蕴含的仅剩力量尽数喷发。

"轰！"

第四段葬魂之力！

当第四段葬魂爆发之时，周元的鼻孔有一道血迹流淌下来，额头处青筋跳动，眉心神魂传来了撕裂般的剧痛。

天元笔的葬魂之力专门攻击神魂，迦图的源气太过雄浑，周元只能尝试攻击其神魂，试试是否有效果。

恐怖的神魂之力冲击而至，迦图的眼中掠过一抹惊异之色，显然，周元这隐藏的一手有些出乎他的意料。

"想攻击我的神魂吗？

"倒是有些想法。"

迦图没有丝毫的惊慌，反而一声轻笑，双耳处的龙凤耳坠轻轻一摇，掉落而下，然后化为两道龙凤光影在面前盘旋，犹如一面龙凤光盾。

"轰！"

葬魂形成的神魂攻势尽数撞击在龙凤光盾之上，却仅仅只让它荡起一圈圈涟漪，最后那龙凤张嘴，竟直接将散逸的神魂之力全部吞下。

周元见到这一幕，心头顿时一沉。迦图的手段层出不穷，实在是太过棘手了。

于是，他毫不犹豫地抽身而退。

"打完就想走？"

迦图一笑，眼眸淡漠地注视着暴退的周元，旋即一拳轰出。

拳头穿过面前的龙凤光盾，只见龙凤光影直接覆盖在其拳头上，宛如化为龙凤拳套，先前吞下的神魂之力也在此时喷薄而出。

"轰！"

一拳轰出，竟贯穿了空间，直接出现在周元前方。

拳劲之上，不仅有周元先前的葬魂之力，还汇聚着迦图恐怖的源气。

两者叠加，这般反击堪称可怕。

"砰！"

于是，周元再度被一拳轰飞。

他的身影划破天空，将一座巍峨山岳生生轰得崩塌，巨石滚落，将他埋在山底。

圣衍化界大阵内，诸多圣族强者发出哄笑之声，眼神戏谑。

五大天域的人则面色苍白。迦图真的太恐怖了，如同魔王一般屹立在那里，不论周元如何施展手段，始终奈何不得他。

不仅是他们，就连白小鹿、武瑶、苏幼微、赵牧神等人，都在此时沉默了。

这是他们第一次见到周元被对手全方面地压制。

迦图太强了，如果现在让他们与周元换个位置，恐怕真的会绝望，周元能与迦图纠缠到这般地步，已经极不容易了。

可是，如果想要取胜，这样还不够啊……

迦图立于虚空，望着塌陷的巍峨山岳，漫不经心地笑道："应该没被打死吧？"

"嗡！"

回应他的，是天地间突然响彻而起的嘹亮剑吟之声。

"轰！"

一道无比锋锐的剑气自山底爆发出来，无数巨石顷刻间化为粉末。

剑气的上方，连天空似乎都裂开了缝隙。

"这就是你那道圣源术剑气吗？果真锋锐凌厉啊！"迦图似是好奇地说着，显然对周元这般手段早就有所了解。

"咻！"

一道七彩剑光，缓缓地升腾而起。

"这道剑光的确很厉害，但如果只是一道的话，恐怕还不够哦。"迦图微笑道。

"嗡！"

似是回应他的话语，天地间又有一道嘹亮剑吟响彻，第二道七彩剑光升空而起。

"哟哟，有意思了！

"这应该就是你最强的攻击吧？"迦图拍了拍手，说道。

"我如果将它们摧毁，你们是不是就该彻底绝望了？"

他此话刚落，寂静的天地间突然又有剑吟响彻。

而且，还不是一道，而是两道！

在无数道震惊的目光中，山底之中居然又有两道七彩剑光缓缓升空。

四道七彩剑光并列，散发出来的剑意令这方空间都颤抖起来。

望着那四道七彩剑光，迦图脸庞上的神情终于首次出现了变化。

第一千一百八十三章
星河磨灭

四道七彩剑光冲天而起，整个空间仿佛都在此时被分裂。

无法形容的凌厉剑气，充斥于每一个角落。

任谁都能够感受到那四道七彩剑光的恐怖威能。

武瑶、苏幼微、赵牧神等人皆面色震惊，他们对周元这道七彩剑光并不陌生，知晓这是他压箱底的手段，可据他们此前所知，以周元的源气底蕴顶多只能施展出一道七彩剑光！

如今四道七彩剑光，究竟是怎么捣鼓出来的？！

以周元的源气底蕴，就算将源气榨干得一丝不剩，也不可能凝练出四道七彩剑光啊！

震惊之余，他们的心中不免又升起一丝希望。四道七彩剑光这种级别的攻势，就算对手是迦图，也必然会对他造成威胁吧。

说不定还能直接分出胜负！

"你可隐藏得真深。"

迦图立于虚空，望着远处天空上悬浮的四道七彩剑光，散发出来的剑意连他都感觉到皮肤微微刺痛，不得不说，周元这一手的确对他造成了威胁。

在那崩塌的山底下，塌陷的巨石早已被肆虐的剑气绞碎成粉末，周元的身影自其中缓缓升起。

周元凝视着那四道七彩剑光。在此前的祖气石碑中，他得到的提升极大，不仅让七彩斩天剑光更圆满，连神府葫影内孕育的剑光也从一道衍生成了两道。

之后他又将提升的七彩剑光烙入银影的空窍之中。

如此一来，他自身再加上银影，刚好可以召唤四道七彩斩天剑光。

这算是他压箱底的手段之一了。

"呼！"

一团白气自周元的鼻息间喷出，旋即他的眼神变得冷厉，手指结出剑印。

"去吧。"

他没有与迦图说半句废话，四道七彩剑光直接在这一瞬破空而去。

七彩流光划破长空，无法形容的凌厉剑意锁定了迦图，让他无法躲避。

四道斩天剑光齐出，声势几乎让整个天空都被分割开来，天地间的源气纷纷逃散，不敢出现在剑光之前。

剑光速度极快，犹如能够穿透空间，仅仅只是一个呼吸，已在迦图的眼瞳中急速放大。

面对这般攻势，迦图的双目微眯，没了此前的轻松惬意。

他双手合拢，印法迅速变幻，低喝响起："龙凤天衍轮！"

只见他周身有龙凤光影长吟，纠缠在一起，在前方形成了一道约莫千丈的光轮，其中龙凤盘旋，散发着无边威能。

他这龙凤耳坠乃圣族圣者为他炼制的一道准圣物，此番在古源天内若是大功告成，他这准圣物就能完成蜕变，成为真正的圣物。

此物以龙凤之魂炼制，防、御、攻、伐集于一体，几乎让迦图毫无破绽。

眼下这光轮形态，才算是其真正模样。

显然，面对周元的四道七彩斩天剑光，迦图不想托大，免得阴沟翻船。

"嗡嗡！"

当那龙凤光轮出现时，四道七彩剑光也破空而至，最后在无数道凝重的目光中，宛如开天辟地一般狠狠地斩落。

不过，这般惊天动地的碰撞，却没有产生想象中的惊天巨响。

天地间的风声，仿佛在此刻凝固。

唯有碰撞处的空间在不断崩裂，无数空间碎片四散飞舞，方圆万丈皆化为黝黑的黑洞……

黑光遮掩了一切。

不过那黑洞般的异象，仅仅只出现了瞬息便消散而去。

"噗！"

当黑洞散去的瞬间，所有人见到，有两道七彩剑光凭空碎裂。

此时的龙凤光轮上也被硬生生撕裂开一道巨大的裂痕。

显然，龙凤光轮只抵御下两道斩天剑光！

剩下的两道剑光直接从此处洞穿，斩向后方的迦图。

这一幕让五大天域的人眼中散发出激动的光芒，这是交战以来，周元首次穿透迦图的防御。

迦图的身影暴退，身形宛如流光划破天际。

然而不论他如何退避，都无法摆脱那两道斩天剑光，磅礴的剑意自前方涌来，几乎充斥了视野所能见的天地。

避无可避。

"轰！"

下一个刹那，两道七彩剑光呼啸而至，在无数道惊骇的目光中，劈斩在迦图的身躯之上。

空间被割裂，又是一个空间黑洞出现在轰击之处，恐怖的剑气风暴肆虐开来，将虚空切割得千疮百孔……

"哗！"

圣衍化界大阵内，无数震惊的哗然声响起。

五大天域的人激动得面色涨红，周元此次反击太过凌厉，如今迦图本体被击中，必然遭受重创！

这无疑带来一丝胜利的曙光。

然而，白小鹿、武瑶、苏幼微等人则不见放松，神色依旧凝重，因为那迦图实在太过厉害，谁也没有把握那两道剑光能够将其斩杀。

无数道视线望着那空间黑洞。

黑洞在迅速消散。

数息后，待得黑洞散去，无数道看向那里的瞳孔猛然紧缩。

只见在那虚空中，一道身影负手而立，正是迦图！

迦图的身上不见任何伤势，他的面色漠然，只是眉心间一直紧闭的竖纹已张开，神秘的圣瞳显露，里面有五颗星辰流转。

迦图身后的虚空中有漫天星辰出现，若是仔细看去，就会发现那竟然是一幅约莫万丈的星图卷轴。

星图之内，星河流转，无边之力散发而出。

此时，所有人都见到，在由无数星辰所化的星河中，困着两道七彩流光。

正是周元的两道剑光。

星河碾压而下，两道七彩剑光渐渐变得黯淡，最终爆发出哀鸣之声，轰然爆碎。

它们竟被那星河磨灭。

五大天域无数人马望着这一幕，顿时面色煞白，眼中有掩饰不住的恐惧升起。

就连白小鹿他们都是轻轻一叹。

果然，强如周元，都奈何不了迦图……

"这就是圣族最强的天阳境吗？果真强到让人绝望啊。"他们都是心性坚韧之辈，此时也难免生出了无力之感。

虚空上，迦图眼神不带丝毫情感地注视着周元，淡淡地道："能够凭借这般底蕴将我逼得施展出圣瞳的力量，周元，你已是真正的天骄了，若身在圣族，你的成就说不定比我更高。不过可惜……"

迦图摇摇头，继续道："那四道剑光应该是你最强的攻击了，凭你的底蕴，不可能再来一次。

"而我的最强之术……才刚刚展开。"

他指了指身后的万丈星图，道："此为我圣瞳所衍变，名为星河破灭图，威能无穷，源婴境之下无任何手段能破之。"

迦图居高临下地俯视着周元，淡声道："周元，你告诉我，你怎能赢得了我？"

他的声音回荡于圣衍化界大阵的每一个角落。

五大天域的人马皆眼神黯淡，浑身散发着绝望的气息。

周元立于虚空，望着气势骇人的迦图，其身后的万丈星图神秘诡异，的确让人心生恐惧。

他抹去嘴角的血迹，不得不承认迦图的强大，这一战，可谓这些年来他所经历过的最为惨烈与艰难的一场。

诸多手段与底牌尽出，依旧被对方轻松化解。

只是，不管何等艰难，想让他放弃，是断然不可能的。

迦图望着周元，见到对方眼中的战意未曾熄灭，不由得皱了皱眉头。周元的坚韧着实超出他的意料，若是换作常人，此时应该早已彻底绝望。

他摇了摇头，不再多说，只将袍袖轻轻一挥。

"轰！"

那一瞬，巨大无比的星图闪烁，天地犹如被转移。

周元察觉到空间异动，再度回神时便眼瞳紧缩地发现自己已立于星图之内，四周有看不见尽头的星河在流淌，一股恐怖的力量以碾压之势笼罩下来。

他身上的血肉顿时崩裂，鲜血滚滚流淌。

迦图漠然的声音此时响起。

"周元……结束了。

"这一次，你翻不了盘。"

声音落下，星河开始收缩，带来了毁灭。

第一千一百八十四章
第四圣纹

"轰!"

庞大无比的星河在周元的四周流转，缓缓收缩。

每一次收缩，都有一股无法形容的力量自四面八方涌来，周元周身涌动的源气几乎是节节败退，恐怖的压迫直接笼罩着他的身躯，导致肉身都开始崩裂，鲜血流淌。

星河磨灭之力，的确恐怖到了极致。

周元面色阴沉。迦图的圣瞳已至五星之境，衍变而出的手段比起此前须雷的雷劫还要更为可怕。

"呼。"

周元感受着四周不断压缩而来的恐怖力量，深吸一口气，一道丈许法域延展开来，将他护在其中。

天诛法域!

这道法域一出，立即大大削减了星河收缩带来的恐怖力量，但周元的神色不见丝毫轻松，反而愈发凝重，因为天诛法域有时间限制，不可能一直维持着。

若单纯比拼源气的雄浑程度，周元知晓，自己比不过迦图那五十六亿的源气底蕴。

如果双方陷入僵持，必然是他落败。

迦图同样知晓这些，所以他对周元祭出这丈许法域抵御星河磨灭之力，不仅没有半点惊怒，反而面露冷笑。

周元的所作所为，已经表明了他的黔驴技穷。

迦图双手缓缓合拢，星河继续不急不缓地收缩。

而周元周身的丈许法域，开始有些许涟漪出现。

这一幕，任谁都看得出来，周元已经开始陷入绝境。

圣衍化界大阵内，五大天域的人面色惨白地望着被困在星河之中的周元，眼中满是绝望之意。他们知道周元已经倾尽全力，可是迦图真的太过强横。

即便是周元那威力极为惊人的四道七彩剑光，都未能伤其分毫。

面对这般强敌，如果换作他们，恐怕真的一点战意都没了。

白小鹿等五大天域的顶尖人物，此时心在不断下沉，迦图圣瞳所衍变的星河，实在太过恐怖，除非周元能够再施展出先前的四道剑光，不然恐怕难以脱困。

无数视线汇聚于星河中的那道身影，圣族的人马皆在嬉笑，而五大天域的人则渐渐被绝望笼罩。

随着时间的推移，周元周身的法域震荡得越来越厉害，甚至开始淡化，那是即将散去的迹象。

迦图立于星河之外，负手而立，他眼神淡漠地望着周元的身影，道："你的样子真是狼狈啊！

"我倒想看看，失去了这圈小小的法域，你能在我的星河磨灭下坚持多久？"

"咔嚓！"

随着他声音落下，周元身躯外的天诛法域终于抵达了极限，变成虚无。

随着法域散去，那股无比恐怖的力量再度疯狂涌来。

"嗤啦！"

周元的身躯上瞬间被撕出裂痕，皮肤上有着琉璃玄光涌动，虽说能够加强防御，却依旧无法抵御星河的磨灭之力。

"大炎魔！"

周元眼神冰冷，身上浮现赤红纹路，高温升腾。

"太乙青木痕！"

血肉中有一道道古老的痕迹出现，爆发出磅礴生机，不断修复着体内的伤势。

此时的周元，可谓将诸多手段尽数施展了出来，想要抵御住星河的磨灭之力。

可是，这些显然还不够。

他的血肉在一点点崩裂，隐隐可见白骨渐渐碎开，身上的伤势让人毛骨悚然。

他的身躯仿佛在不断发出嘎吱的声响，犹如即将被重力彻底压垮，看上去狼

狈到了极点。

满脸鲜血的周元，此时缓缓闭上了血红的眼瞳，似是放弃了。

迦图见状仰天大笑，笑声响彻在圣衍化界大阵的每一个角落："哈哈哈，这就是下五天中最强的天阳境吗？说你们是卑贱蝼蚁还不信，这般力量也敢挑衅我圣族？！"

五大天域的人马纷纷紧握拳头，指尖都刺入了掌心，然而肉体上的刺痛却比不上心中的愤怒与绝望。

白小鹿望着这一幕，小脸上露出不符合她外形和年龄的苦笑："连周元都被逼成了这样吗……"

即便骄傲如她，都对周元的实力非常认可，可现在连周元都挡不住迦图，他们还能有什么希望？

"周元……"

武瑶望着星河之中血肉模糊的人影，微微沉默，喃喃道："你这般人物，怎能倒在这里？我可是说过，未来要由我来打败你！"

"殿下……"

苏幼微仰起满是血污的清丽脸蛋，素来坚强的她此时忍不住红了眼眶，身躯不断颤抖着。

"对不起，都是我太没用了。

"一点忙都帮不上你……"

她原本以为经过这些年的修炼，已能够和周元并肩面对一切，可到头来却发现，自己依旧不够……

赵牧神面色阴沉地望着虚空中，咬牙道："周元啊周元，你好歹也是打败了我的人，我不信你会在这里输掉！

"而且……我可真不想死在这里啊！

"圣族的那些混蛋，我还没吃够呢！"

虽然这般说着，但即便骄傲如他，也完全不知道面对如此变态的迦图，周元究竟还有什么手段来破局。

或许，他只是在相信着那个以往总能创造奇迹的周元吧。

"哈哈哈！"

迦图的笑声还在天地间回荡。

"周元，感觉到没有，你们下五天蝼蚁的绝望？

"他们似乎还在指望你能够翻盘呢！

"现在，有没有后悔不知天高地厚地带着这些蠢货来闯阵？你说这些人全部死在这里，你周元会不会在下五天臭名昭著？

"哈哈，他们的死可都是你造成的！"

迦图肆无忌惮地嘲笑着，字字诛心。

笑了半晌，他伸了一个懒腰，淡笑道："时间差不多了。"

此时星河的收缩已经达到了最强的程度。

周元身躯上的血肉在一块块脱落，然后直接被那股恐怖的力量化为粉末。

"咦？"

就在此时，迦图突然发现周元的肉身开始枯萎，整个身躯变得干枯，宛如鲜血被榨干，看上去好似干尸一般。

迦图眼中掠过一抹惊疑之色，这显然不是星河磨灭之力所致。

这家伙又在做什么？

迦图目光闪烁，旋即化为狠辣之色："装神弄鬼，死吧！"

他双掌合拢。

"轰！"

只见星河猛地一震，宛如巨大的光环陡然内缩，恐怖的力量层层叠叠涌来，碾碎了空间，然后对着周元笼罩而下。

那股力量一旦落下，周元必然尸骨无存！

无数道视线聚焦而来，大气都不敢出。

就在那毁灭力量滚滚而来时，周元依旧紧闭着双目，犹如对即将到来的毁灭毫无感知。

可是，若是有人能够看见他身躯内的动静，就会发现周元体内的所有力量都疯狂地朝着一个方向汇聚而去。

甚至，他还在燃烧着血肉的力量。

显然为此倾尽了一切。

因为，这是他最后的手段。

那道手段寻常难以开启，唯有在性命攸关的时候，自身的精气神才能凝练到极致，再辅以血肉的力量以及那股置之死地而后生的决然。

"出来吧！"

低沉的怒吼声在周元的心中响彻。

神府之内，那颗符文光球上，多年来始终沉寂的一道神秘光纹，终于在这一刻陡然间爆发出璀璨之光。

那是……

苍玄圣印的第四道圣纹！

第一千一百八十五章
圣火焚灭

苍玄圣纹有四道，皆自苍玄圣印上剥离。

周元第一次看见那最为神秘的第四纹时，应该是在苍玄宗玄老的背上，此后阴差阳错之下，四道圣纹带着一块最大的苍玄圣印碎片藏在了他的神府中。

四道圣纹的前三道周元都已极为熟悉，这些年来帮了他许多忙。

唯有这第四道圣纹，周元始终未曾见过其真面目，甚至连名字都不知晓。

在他的感知中，第四道圣纹应该是其中最强大的一道，以往难以窥其真容，实力不足是一部分原因，但周元觉得更多的应该是契机不到。

什么契机？

经过周元这些年的试探，他觉得所谓的契机其实就是……威胁度还不够高。

没错，虽说第四道圣纹总让周元难以真正接触，但毕竟在他的神府中待了数年，凭借着某些特殊的感知，他可以感觉到……这道圣纹的灵性要比前面三道更强，它始终不曾真正出现，就是因为周元遇见的危险还不够强！

可能它觉得自己不能随随便便出现，仿佛那样会降低它的身份一样。

一道圣纹也有这般灵性？

周元每次带着这种想法时，内心都有点蒙。

正因为隐隐探究到第四纹出现的契机，周元才会将自己陷入到迦图的星河磨灭之中……

迦图很强。这些年来，周元遇见过不少同等级的强者，却没有一个人能够将他逼到如今这般山穷水尽的地步。

但正是这种危机，才是周元将那傲娇的第四纹引出来的最好契机。

所以，当毁灭力量来临时，周元毫不犹豫地燃烧血肉，催动所有力量，尽数

灌注向神府内的第四道圣纹。

"大佬，在我体内待了那么多年，也该给点租金了吧？！"

伴随着周元的声音在体内回荡，神府之中的那个圣纹光球上，一道黯淡了很多年的古老光纹，终于在这一瞬猛然间明亮起来。

宛如一轮大日绽放光芒。

……

当星河内缩带来的毁灭力量碾碎空间，直接笼罩向周元时，五大天域无数人眼中最后残留的光彩一点点变得灰暗，这般绝望的时刻，没有人失态地骂出声，只有一道道人影无力地瘫坐下来。

远处的圣族则发出了刺耳而冷漠的大笑声。

迦图立于虚空，面带微微笑意地望着这一幕，仿佛在欣赏自己的杰作。

"将这家伙干掉后，下五天的人要怎么处理呢？

"这么多人，都炼成血源丹吧……呵呵，倒是可惜了五大天域这一代辛苦培养出来的精英。"

迦图望着星河磨灭的毁灭力量已将周元的身躯淹没，接下来那家伙应该会直接化为虚无，真是有点可惜啊，这家伙的血肉应该能炼制出味道极好的血源丹。

就在心中这般想着时，迦图浑身的汗毛突然间倒竖起来。

他的瞳孔一点点地紧缩，险些变成蛇一般的竖瞳。

他的面色也从先前的惬意变得有些震惊与阴冷。

因为他见到在星河磨灭力量的中央处，一道身影静静站立，任由那股毁灭之力冲击，他却宛如一块万载磐石，丝毫不为所动。

迦图的心神感知得更为清楚，他发现星河磨灭的力量并没有冲击到周元的身躯上，而是在距离他还有寸许时，突然间蒸发了。

就在这般时刻，圣衍结界内的无数道视线同样察觉到了这一情况。

五大天域人马晦暗到失去光彩的眼中，忽有点点光泽闪现。

圣族的人马中则爆发出惊疑的窃窃私语声，就连一些佼佼者都面露惊讶与不可思议，他们不明白，为何周元的身影竟然屹立于星河深处而不灭……

那种力量，天阳境内应该无人能够承受！

可那家伙……怎么没死？！

迦图的双眼死死地盯着那道身影，此时周元浑身血肉依旧处于干枯状态，看上去如同干尸，可在他的感知中，对方干枯的身躯中似乎有一种极为恐怖的力量在凝聚。

那种力量连他都感到了心悸。

"装神弄鬼！"

迦图眼中的杀机流淌，双手结印，星河深处一股更为强大的力量咆哮而出，如看不见尽头的巨龙，对着周元镇压而下。

周元缓缓抬起有些干枯的脸庞，注视着咆哮而下的星河。

然后，他张开了嘴巴。

嘴里发出干涩的声音，接着有淡淡的烟雾冒出来。

这时，周元用力地干咳起来。

此时星河已破空而至，与它相比，周元的身影渺小得如同尘埃一般……

"噗！"

就在此时，他那不断干咳的嘴中终于如同被打通了一般，下一刻，一缕小小的火苗窜了出来。

那火苗看上去极为平凡，没有丝毫大招的架势。

可是当其轻飘飘地窜出来与那星河相撞时……

"嗤！"

天地间没有任何声响以及恐怖的源气波动爆发，但那星河竟在无数人目瞪口呆的目光中，犹如被蒸发了一般，瞬间凭空散去，消失得干干净净，不留一丝一毫的痕迹。

天地间有微风拂过。

周元挠了挠喉咙，干枯的身躯有点痒。

虚空中，迦图的神情此时凝固下来，之前的戏谑和从容开始一点点退散，那双始终居高临下的眼眸中有着一缕缕惊骇涌出来。

到了这般时刻，他还如何不明白……

眼前这个一直被他握在掌中戏耍的周元，已经开始脱离了他的掌控。

那缕看上去极为平凡普通的火苗，虽然的确很普通，但迦图还是从上面察觉到了一丝熟悉的波动，而那种波动唯有圣者才能拥有，所以……

火苗虽然极为微小，但它应该就是传说中属于圣者才会有的——

圣火。

这一刻，迦图的内心有一种想要破口大骂的冲动。

一个天阳境竟给我整了圣火出来？！

这还是人吗？！

第一千一百八十六章
逆风翻盘

圣衍结界核心处。

身形干枯的周元与迦图遥遥相对。

此时双方的气势已经发生了翻天覆地的变化，迦图失去了此前的从容，阴晴不定的面色显露着此时他内心的惊惧。

他没办法不惊惧，周元喷出来的火苗看似微小得宛如一缕烛火，可身为圣祖天最强的天阳境，迦图的阅历自然非凡，所以他很清楚那缕火苗是何等恐怖。

那是唯有圣者方才能够凝练的圣火！

传闻中，它甚至可以焚灭法域！

虽说周元这缕圣火太过微弱，但再微弱也是圣火，这不是他们这些天阳境能够接触的力量。

"周元，你可真是狠啊！

"你燃烧了血肉、神魂、源气……就为了搞出这缕圣火，这种力量不是你能够染指的，你必将付出极为惨重的代价。"迦图的声音之中充满着惊怒。

他虽然不明白周元究竟是怎么搞出这缕圣火的，但他能够感觉到周元的血肉、神魂、源气皆处于一种焚灭的状态，也就是说，周元召出的圣火是以自己作为燃料。

这样下去……他会被活活烧干。

迦图深吸一口气，眼神变幻，缓缓地道："周元，不得不承认你是一个强敌，我现在愿意退让一步，允许你带着五大天域的人马退出结界，甚至我还可以留下三道祖气主脉。

"你未来有无穷的潜力，没必要与我在这里玉石俱焚。"

听得出来，迦图退缩了，他被逼得让步了。

在迦图看来，现在的周元就是在进行最后一搏的疯子，如果真要拼起来，即便是他，也没信心在圣火的威能下全身而退。

迦图的声音传入圣衍化界大阵所有人的耳中，面对他的让步，圣族的人马都保持着沉默，并未出言反对。

因为，他们同样察觉到此时的周元是何等恐怖。

五大天域的人马也都沉默地望着这一幕。

如今能够将迦图逼到这一步，都是依靠周元自身的力量，他为此付出了极大的代价，正如迦图所说，现在的周元几乎是在燃烧自己的生命。

所以，他们没资格做出任何选择。

无数目光都汇聚在那道干枯的身影上。

而在那些视线中，周元干枯得有些吓人的脸庞上却没有丝毫波澜，只是眼眸深处似有淡淡的火光在跳跃，在那缕火光下，仿佛连天地都在畏惧地颤抖、悲鸣。

"你们圣族傲慢凶残，这种话说出来徒惹人笑话。"

他轻轻摇了摇头，淡淡地道："在我看来，只有死了的圣族，才是好圣族。"

周元的答案已经一目了然。他眼下的状态的确需要付出极为惨重的代价，而且时间有限，他觉得迦图应该也能猜到，所以故意以此为诱，试图拖延时间。

一旦他这般状态退去，恐怕迦图立即就会出手将他彻底斩杀。

与其如此，还不如做得干干净净。

代价都已付出，岂有再退后的道理？

迦图面色阴沉，缓缓地道："你就真要舍了这条命？圣火之下连神魂都无法存留，你会彻彻底底地消失于这天地间。"

周元没有再理会他，他那干枯的身躯之中隐隐有淡淡的火光跳跃。

他张开嘴巴，里面有烟雾升腾，下一瞬，数道火星喷了出来。

火星一出，便汇聚在一起，形成了一缕火苗，火苗微微摇曳，又凭空消失。

迦图却在这一刻浑身汗毛倒竖，那股无法形容的死亡气息直接将他笼罩。

"圣瞳之术·星河神甲！"

迦图身影暴射而退，同时咆哮出声，眉心圣瞳此时裂开了一道道细微的缝隙，里面有鲜血流淌出来，显得极为恐怖。

显然，迦图彻底催动了所有的力量。

因为他知道，那看似普通的火苗，拥有彻底毁灭他的力量。

"轰轰！"

虚空破碎，只见一道道星河凭空而现，绚丽无比。星河环绕周身，然后覆盖在身躯上，竟形成了一副散发着星光的甲胄。

这是迦图最后的保命底牌！

就在那星河神甲出现时，在其四周，虚空悄无声息地破裂，一颗颗火星飞舞出来，直接落在星光神甲上。

接着，无数道视线便惊骇欲绝地见到，迦图的最强防御竟然在火星落下处开始熔化。

迦图瞳孔紧缩，身体不禁颤抖起来。

那些火星带来的死亡气息，让他一时有些窒息。

这一刻他明白，自己的任何手段在这圣火火星之下，都脆弱得犹如豆腐一般。

迦图不敢有丝毫动弹，他知道一旦动静稍微大一些，那些火星就会将他彻彻底底地毁灭。

可是，即便他不动，也只能延缓火苗蔓延的速度而已。

他已陷入了死亡倒计时。

现在的迦图只能死死地盯着周元干枯的身影，眼中有浓浓的后悔涌上来。

若早知道是这般结果，他定然会在进入古源天的第一时间，不惜一切代价先将周元斩杀。

"没想到，我迦图竟然会栽在你的手里。"迦图道。他明明已经极为谨慎，没想到还是翻了船。

"不过，你也会死！"迦图面目狰狞。

在他的感知中，周元的血肉、神魂、源气皆化为了燃料，所以对方与他一样，都陷入了死亡倒计时。

周元没有理会他，而是袍袖一抖，射出十数道阵旗，分别落在核心处，最后他身影一动，出现在此前迦图盘坐的那座巍峨山岳的山巅。

这里，正是圣衍结界的核心之处。

"周元！你敢坏我圣族大事，我圣族圣者定会将你挫骨扬灰，再将所有与你有关的人尽数抹杀！"迦图见状，眼瞳顿时变得猩红，厉声威胁。

他的身影忍不住动了一下，脸庞上立即浮现出痛苦之色，一缕火星直接穿透星河神甲，将他的一条手臂瞬间化为虚无。

此时圣衍结界内，那些圣族的人马终于惊慌起来，一个个面露恐惧之色。

无数的尖啸声响彻。

可那核心之处除了迦图谁都进不去，如今该处已经落入周元手中，他们更是只能眼睁睁地看着。

"啊！啊！"

无数道暴怒、绝望、恐惧的咆哮声响起来。

一旦周元逆转了结界，必然会迎来毁灭般的结果。

与圣族近乎发狂的状态不同，五大天域的人马则眼神复杂地望着这一幕，他们看着那道干枯身影的眼神中有着浓浓的尊崇之色。

"哗啦！"

下一刻，无数道身影冲着那个方向低头，手掌握拢并触着心脏的位置，行着一个传自远古的郑重大礼。

周元今日的所作所为，足以让他的名字在五大天域中流传。

就在这一瞬，周元手中的阵旗在圣族绝望而暴怒的目光中插在了山巅之上。

他对着迦图露出一个笑容。

"不好意思……

"我又翻盘了。"

第一千一百八十七章
结界反噬

"轰轰！"

当周元将阵旗插在圣衍结界核心枢纽处时，整个结界顿时剧烈地震动起来，原本结界有序的运转轨迹此时被周元从最中心的位置截断。

"咻！"

与此同时，此前被五大天域队伍所攻破的节点处，那些被插下的阵旗皆发出嗡鸣之声，开始呼应着来自最核心位置的呼唤。

这些节点的阵旗寻常时候没有太大作用，一旦圣衍结界核心处被破，这些看似不起眼的外围阵旗就会开始迅速蚕食整个结界的控制权。

无数道流光冲天而起，刺入结界之中。

恐怖的波动开始在结界中蔓延。

圣族的人马恐慌起来，一个个面露恐惧地望着天空上，这个此前还是他们最大倚仗的结界，此时却变成了催命的死神。

因为结界的源头是由他们所建，如今周元掌控了结界，那股力量立刻就会反扑过来。

这就是圣衍结界的反噬！

没有任何人能在结界中扛得住这种反噬！

"轰隆！"

他们的恐惧没有持续多久，下一刻，天地动荡，虚空被撕裂，一道道恐怖的力量直接从天而降，极为精准的打击落向无数圣族人马。

力量光柱落下，不论圣族人马如何抵御，都在顷刻间爆成一团血雾，尸骨无存。

"砰！砰！砰！"

顿时间，整个结界内有无数血雾升起，宛如一场盛大的血腥烟花秀。

五大天域的人马震撼而激动地望着这一幕，心中并没有丝毫不忍，他们都明白，如果今日未能破阵，自己的下场也是如此。

正因为亲眼看见了这血腥的一幕，他们对周元的尊崇与感激之心更甚。

"周元！"

迦图看见这一幕，顿时目眦欲裂，厉声咆哮。

他知道，这一次他们必然损失惨重，而造成这一切的，就是眼前如干尸般的周元！

"我圣族的圣者们，定然不会饶过你！"迦图的声音之中充满着杀机。

周元神色漠然，淡淡地道："没想到绝境下的你也会如此幼稚，这本就是一场你死我活的争斗，难道我放你们走了，圣族就会与我消除仇恨了？"

迦图眼神阴冷，面庞上的暴怒缓缓地收敛，恢复冷静的他明白，周元今日绝对不可能手下留情。

他看了一眼身上跳跃的火星，圣火在迅速烧过来，一旦侵入身躯，那他整个人都会消失得干干净净。

眼下除非法域境以上的强者出手，不然没人救得了他。

可在古源天的特殊规则下，此时就算是圣族的圣者也插不进手。

所以……他今日死定了。

想到此处，迦图反而平静下来，他望着圣衍结界内那些不断被反噬而爆炸开的血雾，一根断指突然自其手掌上脱落。

那脱落的断指顿时碎裂开来，竟有一点奇光飞出。

那奇光迎风暴涨，形成了一个黑色圆环。

黑色圆环破空而出，宛如瞬移一般出现在圣族人马的上空，只见庞大的吸力爆发而出，趁着结界反噬还未完全落下，尽可能地将圣族人马吸了进去。

黑色圆环内，仿佛可以通往另外的空间。

周元淡淡地望着这一幕。那黑色圆环散发出一丝令人心悸的气息，恐怕是圣族圣者的手笔，但他感知得到圆环没有什么攻击力，唯一能做的便是带走一些人而已。

"你真是谨慎，竟然还准备了退路。"周元说道，言语间有些佩服。看得出来，迦图这道后手早就准备好了，在明知道有巨大优势的情况下还能想到这一点，这迦图不得不说是个人物。

难怪他能够成为圣族这一代最强的天阳境。

迦图没有回答，他这一手只能算是勉强抢救一下，因为结界反噬下来，起码有一半的圣族人马会损失于此。

他们都是圣族天阳境中最为精锐的一代，即便圣族的底蕴超强，也不能轻易忽视。

因为抛了断指，迦图被那圣火侵蚀得更为厉害，下半截身躯直接在此时化成虚无。

迦图神色淡然，他注视着周元道："周元，这一次算你胜了一筹，不过你真的觉得舍弃自身做到这一步能够改变什么吗？

"整个古源天的争斗分为四个层次，这里只是最低等的而已，我们争夺的祖气也不过是整个古源天的五分之一。

"在古源天的更上层，还有着源婴境、法域境甚至圣者之间的争斗博弈……以往，每一次我们圣族都会掠夺超过一半的祖气，圣族的强大，不是你们这些卑劣蝼蚁能够相比的。

"而且，就算你们这一次抢得多一点又怎样？一次的胜利比得过我圣族千百次古源天之争的累积吗？"

迦图摇了摇头，带着一丝高高在上的怜悯道："所以，就算你此次赢了，依旧改变不了你们蝼蚁一般的地位。"

周元没有理会他的话语，眼神依旧平淡，他知道迦图想故意激怒他。

一个将死之人，没必要搭理。

迦图瞧得周元无动于衷，轻轻撇嘴道："周元，我会在这里看着你跟我一起死。"

周元依旧没有理会，他抬起头望着圣衍结界的上空，那里有巨大的黑洞出现，桎梏着九道如龙影般的存在，正是古源天的九条祖气主脉。

望着那九条主脉，周元的眼中有光芒涌现。

旋即他那干枯的嘴角微微一扯，略显嘶哑的声音响起："迦图，谁告诉你，我会跟你一起死在这里？"

迦图眼瞳微缩，冷笑道："你以血肉、神魂、源气合一，点燃了一缕圣火，

此时你的肉身已经濒临毁灭，还想坚持什么？"

"那可不一定，有一种东西，现在是能够救我的。"周元悠悠地道。

他的眼中带着一丝笑意，望着由圣衍结界所化的巨大黑洞中困住的九条祖气主脉，他从中感受到了一种无法言语的古老物质存在。

如果他没猜错，那应该就是他梦寐以求的——祖龙血肉！

他不需要太多，只要一点，就能够将他从这种毁灭状态中救下来，余下的还能带给夭夭。

只是，他隐隐感觉到，祖龙血肉恐怕并不是什么好消受的东西。

但现在的他，没有多少选择了。

"呼！"

周元深吸一口气，眼神变得冷冽，下一瞬，他那干枯的身影在无数道震撼的目光中猛然冲天而起，直接朝着巨大的黑洞冲了进去。

第一千一百八十八章
祖龙血肉

周元的身影冲天而起，在无数道震撼的目光中冲进了由圣衍结界形成的巨大黑洞中。

他的目标显然是黑洞中的九条祖气主脉！

白小鹿、苏幼微等人面露紧张地望着这一幕，他们感应得到周元此时的状态，知道他是想借助那九条祖气主脉来找寻生机。

不然的话，正如迦图所说，今日他们两人都会湮灭。

这种时候，他们无法给予什么帮助，只能默默地祈祷。

在那无数道目光的注视下，周元升空而起，踏入黑洞之中。这里汇聚着圣衍结界的庞大力量，不过眼下他才是结界的掌控者，所以那股庞大力量没有对他进行任何反击。

于是他的身形毫无阻碍地来到了黑洞深处。

在这里，他看见了九条庞大的古老龙影盘踞。

龙影色泽皆不同，但无一例外都散发着一种无法形容的古老、混沌气息，这种感觉比姜金鳞他们玄龙族的龙威还要更为强盛。

周元的眼瞳之中圣纹流转，他催动了破障圣纹，窥探之下，他的视线犹如穿透了九条古老的龙影，看见了里面存在的一些神秘物质。

那些物质犹如尘埃般细微，飘荡于九条祖气主脉之中。

"祖龙血肉！"周元望着那些神秘物质，干枯的面庞上忍不住涌上一抹潮红，内心剧烈翻腾。

从来到混元天的那一天起，他就在为此努力。

如今，他终于见到了传说之中的祖龙血肉！

有了此物，再加上祖龙灯，夭夭就能够苏醒过来！

周元心潮澎湃，好不容易才压制住波荡的内心。他能感受到那些神秘物质散发着一种难以形容的威压，在那种威压之下，世间万物都在其下匍匐颤抖。

他微微沉吟，直接催动起圣衍结界的力量。

"轰轰！"

黑洞开始震动起来，无形的力量汇聚而来，然后涌向九条祖气主脉，将其中的神秘物质渐渐挤压出来。

"圣族圣者布置出的结界的确非同凡响。"

望着这一幕，周元忍不住惊叹。九条祖气主脉汇聚着极为恐怖的力量，还是虚幻般的特殊存在，偏偏这座圣衍结界能够对它们造成影响甚至形成桎梏。

显然，圣族为此次做的谋划可谓付出了心血。

但可惜……最终便宜了他。

在圣衍结界的力量下，一些神秘的物质自祖气主脉中被挤压而出，最后汇聚在周元面前。

随着神秘物质的汇聚，那里似乎隐隐诞生了什么。

周元盯着眼前的虚空，那里明明存在着某种东西，他能够感觉到一股无法形容的混沌气息，可肉眼看去却什么都看不见，仿佛那种物质无法显露于人眼之前一般。

凡目不可见。

这应该就是祖龙血肉的神异之处。

但周元还是能够感应到，一个如发丝一般的物质悬浮在那里，散发着让他浑身颤抖的波动。

那是一缕祖龙血肉。

一股恐怖的压迫感从中散发出来，那一瞬，周元觉得自己的身躯与神魂皆要碎裂开来。

"轰轰！"

就在这时，他体内的镇世天龙气突然呼啸而动，隐隐间发出龙吟，震荡全身，竟将来自祖龙血肉的威压逐渐化解了。

这让周元内心松了一口气，他知道祖龙血肉常人根本不敢触碰，他敢上前就是仰仗着自身修炼的祖龙经，不管怎样，它们算是同出一脉的东西。

好在，他赌对了。

但他还不能完全放松，因为祖龙血肉是天地间最为古老之物，正常来说，莫说他一个天阳境，就算是源婴境大圆满的实力，都不敢将其炼化。

可这种时候，他没有其他选择了。

"哈哈哈，周元，原来是打算以祖龙血肉来救你！"此时，迦图发现了周元的意图，当即大笑出声，眼神中充满着讥讽与嘲弄。

"你到底有多无知啊！"

迦图摇头，一时间不知道说什么好。就算此时的周元已经穷途末路，但最起码还能苟活一下，若是炼化祖龙血肉，那才会真正瞬间湮灭。

身为圣族最强的天阳境，他知晓的秘辛远超周元，所以更清楚炼化祖龙血肉是何等愚蠢无知的事情。

对于他的嘲讽，周元充耳不闻，他如何不知晓其中的风险，但修炼之路本就艰难坎坷，某些关键时刻若是不以命相搏，如何能把握住那天大的机缘？

于是，他的眼中掠过果决，再不犹豫，猛地一步上前，竟直接张开了嘴巴，一口就对着面前不可见的祖龙血肉咬下，然后吞入腹中。

"轰！"

就在那如发丝一般的祖龙血肉入体的瞬间，周元便感觉到一股古老浩瀚的力量在体内爆发开来。

那股力量之恐怖，让他深感恐惧。

"糟了……"

他心中暗叹一声，那股力量仿佛是天地至高的存在，充满着不可控性，以他现在的实力，根本不可能操控它分毫。

即便他修炼了祖龙经，还是做不到！

归根到底，是他的实力太弱了！

祖龙血肉，还不是他这种等级能够承受的。

周元抬起手掌，只见干枯的手臂悄然化为无数粉尘飘散，他的肉身直接被体内祖龙血肉的力量给分解了……

五大天域无数人见到这一幕，无不色变。

白小鹿暗叹一声，眸光黯淡下来。

"殿下！"

苏幼微猛地站起，刚欲踏出脚步，身影便瘫软下来，顺着眼前的山坡滚了下去，待她稳住身子时，已重伤得动弹不得。

她俏脸惨白地望着虚空上那道渐渐分解的身影，沾染着污泥的纤细手掌伸出，颤抖着似乎想要将其抓住。

"殿下……"

她呢喃着，泪水顺着脸颊流淌下来。

巨大的哀伤疯狂地冲击着她的心灵，带来撕心裂肺的剧痛。

武瑶玉手紧握，绝美的容颜格外复杂，她盯着那道身影，柳眉竖起："周元，你这混蛋死在这里算怎么回事，我还没将圣龙气运夺回来呢！"

赵牧神神情变幻，最终摸了摸下巴，似是微叹了一声，道："周元，你安心去吧，我会顶替你成为诸天最强的天阳境。"

"哈哈哈哈！"

迦图的大笑声再也忍不住地响起，他笑得眼泪都快流出来，能够在被反噬前见到周元死在他的面前，实在是太痛快的事情了。

这个时候，就算是圣者降临，也救不了这个蠢货了！

第一千一百八十九章
信仰夭夭

周元的肉身在无数道目光的注视下不断分解。

先是手臂，然后是脚，最后渐渐往上蔓延。

周元低头望着这一幕，身躯的分解并没有带来任何痛苦，但被吞入体内的祖龙血肉却以一种蛮横的意志摧毁着一切生机。

那是一种彻彻底底的摧毁。

一种高层次对低层次的抹杀。

那不是任何非圣之下的生灵能够承受的力量。

面对死亡时，周元的神色还算平静，此前他不是没有做过准备，所以早已委托了苏幼微，如果他出现意外，请她帮忙将接下去的任务完成。

她会替他将祖龙血肉带回去。

"夭夭……看来我是没办法亲眼看着你苏醒了。"周元在心中轻语。

他能够隐隐感觉到，吞下的祖龙血肉中似乎蕴藏着一丝至高无上的残留意志，那意志经过无数年磨灭，即便已经微不可察，对于他这种天阳境而言依旧高不可攀。

那应该是祖龙的一丝残留意志。

有这道意志在，周元的任何挣扎都是徒劳。

所以，他没有过多反抗，只能渐渐闭拢双眼，等待着一切归于虚无。

分解迅速蔓延，很快就抵达周元心脏的位置。

然而，就在这一刻，意外出现了！

所有人都亲眼看见，这一瞬，紫金色的光芒从周元的心脏深处绽放，散发着神秘与古老的韵味。

而在那紫金光芒的照耀下，难以阻挡的分解居然渐渐停止！

周元同样察觉到了异变，他震惊地望着心脏深处，能够隐隐地感觉到光芒中似有一种紫金色的神秘物质。

周元瞳孔紧缩，最让他感到震撼的是，那紫金物质流淌，渐渐缠绕住了某物，即那如发丝般存在导致他身躯分解的罪魁祸首，那缕祖龙血肉！

紫金物质将祖龙血肉缠绕，犹如在进行着某种周元无法察觉到的交锋、碰撞。

"这是什么？"周元的内心翻江倒海，存在于他体内的紫金物质竟然能够与祖龙血肉中残留的祖龙意志抗衡，这究竟是什么存在？！

而且不知为何，从那紫金物质中，他隐隐感觉到有些熟悉的气息。

脑海中灵光猛然闪过。

当年夭夭为他封印体内怨龙毒……那时候就有一种神秘的紫金物质潜入他的身体，当初以为只是错觉，可如今来看，这紫金物质分明是来自夭夭！

周元心中骇然，一时无言。

圣衍结界中，无数道目光惊疑不定地望着这一幕，他们都不知道发生了什么，但周元现在那半截身体的样子，似乎还没被完全分解。

迦图的大笑声此时停了下来，面色阴晴不定。周元这混蛋真是让人不安心，他明明那么开心，还要被这家伙硬生生打断，就不能让人一次性爽个痛快吗？

"不管你在做什么，都将于事无补。传闻祖龙血肉中有祖龙意志残留，对于非圣之下的人来说是毁灭剧毒。"迦图心中冷笑道。

虽然这般想着，但他还是死死地盯着虚空。周元太诡异了，如果不能亲眼看见他消失得干干净净，迦图死都不安心。

在无数道目光的注视下，周元胸膛处的紫金光芒愈发浓郁。

而在周元的感知中，心脏处的交锋持续了半晌，最终随着一道细微的声音响起，隐隐感觉到似乎有两道对他而言极为高深的意志同时消失。

是祖龙血肉与紫金物质内残留的意志双双湮灭。

最后的结果，便是祖龙血肉与紫金物质交缠，最终汇聚在一起，轰然爆发。

"砰！"

周元剩下的半截身躯包括脑袋，顷刻间炸裂成尘埃粉末。

……

圣衍结界内，无数人目瞪口呆地望着这一幕。

连迦图都愣了下来，一时间不知道该笑还是该等等再笑。

不得不说，他的犹豫是正确的，因为数个呼吸之后，周元身躯爆裂处有一道神秘光晕浮现，紧接着四周有无数物质以惊人的速度汇聚而来。

短短数息便形成了一道人形轮廓，神秘物质填充其中。

片刻之后，周元的身躯再度恢复过来，只不过这一次，他的肉身出现了极大的变化。

只见他皮肤晶莹，宛如琉璃，一圈圈如实质般的琉璃光环环绕周身，看上去颇有几分神圣感。

周元有些茫然地看着自己的肉身，然后握了握拳，随意地一拳轰了出去。

"轰隆！"

面前的虚空直接爆碎开来，无数空间碎片顺着拳风呼啸而出，凶悍到了极致。

那股肉身力量之强大，简直比他先前倾尽全力的源气攻势都要强悍数倍！

如果现在再跟迦图打一场，他感觉自己一拳下去就能把对方活活打爆！

这股力量，堪比源婴境！

"这具肉身……"周元的眼中满是震撼，"已是真正的圣琉璃之躯？！"

此前，他虽将肉身练出了一点琉璃圣光，可毕竟算不上真正的圣琉璃之躯。因为肉身须彻底踏入那个层次，那是足以抗衡源婴境的力量！

然而现在，周元却在阴差阳错之下肉身分解，待得重铸，已毫无阻碍地成为圣琉璃之躯！

"圣琉璃之躯？！"

白小鹿直接跳了起来，乌黑的大眼睛瞪得圆圆的，她捂着胸口，一步步倒退，感到极为难受。

要知道她修炼肉身这么多年，不知道经历了多少机缘，可即便如此，距离真正的圣琉璃之躯仍然缺少积累，可如今周元却在短短时间内达成了她的梦想。

要知道，第一次见面时，周元的肉身分明还不及她！

虚空上，周元挠了挠脑袋，原本以为此次死定了，结果竟然因祸得福成就了真正的圣琉璃之躯……

他的视线投下，望着身躯仿佛凝固一般的迦图，咧嘴一笑，露出泛着琉璃光的牙齿："我，好像活下来了？"

"……为什么？为什么？"迦图颤抖着喃喃道。

周元微微偏头，嘴角泛起一抹戏谑的笑意。

"因为……

"信夭夭，得永生！"

第一千一百九十章
我得永生

迦图听不懂周元的胡言乱语，但他眼中仍然充满着愤怒与不甘。

他不明白，周元怎么可能无视祖龙血肉之中残留的祖龙意志。

那可是祖龙意志啊！

曾经开辟天地，身化万物的神一般至高无上的存在。

那意志即便只是微不足道的一丝，并且历经了岁月磨灭，对于天阳境而言，都是无法触及的层次。

所以他无法想象，周元究竟是怎样磨去祖龙血肉中的残留意志，然后将其真正炼化。

这些疑惑，他终究是无法得到答案了。

因为他的身躯熔化得越来越快，就跟先前周元的分解一模一样。

"啊——"

迦图爆发出不甘的咆哮声，最终彻底湮灭。

只是，他这里没有奇迹出现。

而是整个人彻彻底底地消失于天地间。

这位圣族最强的天阳境，就这样在无数道视线的注视下轰然陨落。

那个由他抛出去的黑色圆环，在吸走近半的圣族人马后直接破空而去，余下的圣族人马则全军覆没。

五大天域众人终于在此时爆发出惊天动地般的欢呼声。

无数道蕴含着感激、敬畏、尊崇的目光不断地投向虚空上的那道身影，周元在古源天的战绩，必然会令他的名字响彻诸天。

每一个人都清楚周元在其中起到了多大的作用，那是真正的挽天倾。

不论是窥破圣衍结界的破绽，率领五大天域的人马孤注一掷地闯阵，还是最终力战迦图，艰难取胜。

如果不是周元，最终的结果必然不会是眼下这般。

虚空上，周元听到那些欢呼声，终于露出一丝微笑，如释重负。

这个诸天总指挥的重担可将他压得不轻，但他明白自己无法逃避，因为在与圣族的对抗中，他们没有任何退路可走。今日他若退了，往后圣族大举来犯，兵临五天，那时候又能退到哪里去？

幸好，那么多人的希望，他总算没有辜负。

周元的目光投下，穿透结界，看见了一道道力战到最后以至于满身伤势甚至仅有一口气残存的人影。

他能够顺利来到这里与迦图决战，依靠的不是他一个人的力量，还有五大天域所有人的搏命奋战。

"诸位，此战非我一人之功，乃我诸天同心之胜。

"大战已落，当共襄盛举！"

周元清朗的声音响彻于五大天域每一个人的耳中。

旋即，周元心念一动， 只见天地剧烈地动荡起来，无数道雄浑的祖气洪流如烟柱般从天而降，极为精准地落向每一道人影。

望着这一幕的五大天域人马顿时激动起来，显然明白了周元的意图。

这是要让他们先痛快地享受一波祖气洗礼！

要知道，这可是来自九条祖气主脉的洗礼，那效果简直跟独自享受一条中级祖气支脉毫无区别！

"周元总指挥威武！"

于是，一道道兴奋狂喜的声音如海啸般响彻起来。

当祖气洪流降临时，他们赶紧盘坐下来，满脸期待地准备接收这份大战胜利之后的馈赠。

白小鹿、武瑶、苏幼微、赵牧神等人也都仰起头，落向他们的祖气洪流显得格外雄厚，那种磅礴之感让他们暗暗心惊。

想想如今坐拥九条祖气主脉，心中便已释然，他们这种消耗怕是连总量的千万分之一都没有。

周元立于虚空，目光忽然锁定了某个人，那是关青龙。

在他的感知中，此时的关青龙生机极为微弱，已接近陨落。

但在足够雄浑的祖气下，什么都不是问题。

只要他体内的生机没有彻底断绝，就能够将其拉回来！

只是可惜了姜金鳞与李符……

周元心中叹息，伸出手指凌空一点，只见一道祖气洪流从天而降，直接将关青龙那死寂残破的身躯笼罩进去，然后迅速补充着生机。

关青龙低垂的头颅微微一颤，然后缓缓抬了起来。

他有些茫然地望着那道将他笼罩的祖气洪流，再感受着体内被迅速修复的伤势以及不断增强的源气……

"这是……"

他的目光迅速锁定了虚空上那巨大黑洞中的熟悉身影，然后瞳孔一缩。

"周元队长？"

虚空上，周元对着他轻轻点头。

关青龙宛如明白了什么，虎目渐渐瞪大："我们这是……赢了？"

"关青龙队长，先吸收祖气吧。这一仗，我们打赢了。"周元的声音在他耳边响起。

关青龙深吸了一口气，以他的性格，此时都感到鼻子一阵微酸，喃喃道："竟然赢了，真是不容易啊……

"周元队长，我关青龙算是服了你。

"难怪连武瑶……"

关青龙的虎目中掠过复杂之色，旋即释然地一叹，双目闭拢，开始吸收祖气。

周元立于虚空，望着无数祖气洪流降临的壮观一幕，心中感慨不已。这场胜利是所有人合力赢来的，所以现在他们得到这些资源也是理所应当。

"诸位，把握住这次机缘，全力冲击源婴境吧。

"祖气，管够！"

他的声音落在众人耳中，引得所有人心中一笑，同时满怀期待。

对于天阳境后期的人来说，进入古源天的最终目标便是借助此处的祖气机缘

冲击源婴境，只是这需要消耗不菲的祖气，但眼下对于坐拥九条祖气主脉的他们来说，显然已经不成问题。

可以想象，接下来必然会有大批境界停在天阳境后期的人突破到源婴境。

周元伸了一个懒腰，然后在那黑洞深处盘坐下来，目光凝视着九条祖气主脉，双手合拢，眼睛渐渐闭上。

虽说提前取得了圣琉璃之躯的成就，但周元并不会满足于此。

他来到古源天，同样抱着冲击源婴境的期盼。

而且他想要的，并不是简单的源婴境。

他要先将自身的天阳真正进化为九爪天阳，然后突破……

一步踏入大源婴境！

周元盘坐于黑洞深处，双目紧闭间，只见磅礴浩瀚的祖气自九条主脉之中抽离而出，以一种浩浩荡荡之势对着他冲刷而来。

如此雄厚的祖气冲击，就算换作迦图在此，都不敢硬撼其锋芒。

然而周元却是无动于衷，他的周身甚至连源气都未曾运转，任由祖气洪流冲刷而来。

他的身躯上有一圈圈神圣的琉璃光环浮现。

圣琉璃之躯！

现在的周元，最强大的手段不是他的源气和神魂修为，而是这具圣琉璃的躯体，这是堪比源婴境的肉身力量，也就是说，现在的他已经超越了天阳境这个层次。

此前的争斗现在回头再看，无疑如同小儿戏耍。

"轰轰！"

洪流撞击在身上，周元身形不动，身躯却好似化为一个无底旋涡，来者不拒地将那些祖气尽数吞入体内，顺着经脉奔腾流转。

祖气如狂暴的蛮牛，肆意冲撞，如果周元未曾凝练出真正的圣琉璃之躯，此时经脉必然会被这种力量损坏，可现在……他经脉的坚韧性以及包容性都比此前强盛了十倍不止。

所以那桀骜不驯的祖气在如此坚韧的经脉内运转两圈后，便被磨去了狂暴，最后乖乖涌入神府之中。

神府内，三轮天阳静静地悬浮。

随着源源不断的祖气灌注进来，三轮天阳吞吐之间，龙纹渐渐蔓延开来。

速度不算快，但周元没有半分焦虑，如今大敌已退，他们有足够的时间与祖

气来享受这战后的收获。

身为此次大战功绩最高者，周元当仁不让吞下了最大的好处。

对此，稍有理智者都不会有半句异议。

……

时间在祖气源源不断的垂落间迅速流逝。

转眼已是一个月。

这一个月以来，五大天域的人马几乎天天都沉浸在欢喜无比的气氛中。

因为每一天都有人完成突破，踏入源婴境！

这些人大多数在天阳境后期浸淫多年，欠缺的只是一个水到渠成的契机，而眼下的祖气洪流无疑给了他们最为完美的机会。

如此大规模地晋升源婴，是极为难得看见的奇观，所以就算还有很多人未能完成突破，也大饱眼福了。

看着一位位源婴境强者诞生的同时，他们也好奇地数着那些刚刚突破的源婴。

源婴境乃天阳内阴阳交泰，融合之间诞生出以纯粹的本命源气凝聚而成的源气罂胎。

源婴一成，内外天地沟通，施展出来的源术威能会呈现爆发式的增强。

源婴境大致分为小源婴境、大源婴境、源婴境大圆满。

其中源婴五寸以下，为小源婴。

源婴五寸之上、八寸之下，为大源婴。

若是能够触及八寸，便是踏入了源婴境大圆满的境界，一些厉害的源婴境强者能够将源婴修炼到九寸，这种几乎都是源婴境内的顶尖人物。

但九寸并不是极限。

按照古籍记载，源婴境的极限乃九寸九。

曾有人贯通古今，发现那些在历史上留下赫赫威名的圣者，在源婴境时，最终成就皆超过了九寸五……所以有一个不成文的说法，若是能够在源婴境将源婴修持到九寸五以上，就说明此人有圣者潜力。

当然，圣者境太过虚无缥缈，这般结论信者有，不信的也大有人在。

从理智上来说，踏足圣者那般层次，需要的已经不是简单的积累，而是天地气运的集合。

那毕竟是整个世界最为巅峰的存在。

所谓的九寸源婴，对于现在的五大天域人马来说太过遥远，因为他们连着看了一个月，发现九成以上踏入源婴境的人凝练出的源婴甚至还不足一寸。

仅有极少数底蕴颇强的人破了一寸。

那看似细微的差距，代表的意义却是天差地别。

众人对此倒也不失望，他们知道，那些真正的大佬现在还没开始表演呢……

想到此处，他们的目光投向了白小鹿、关青龙、苏幼微等人所在的方向，最后又不约而同地看向虚空黑洞深处，那里浩瀚祖气涌动，隐隐有着龙吟回荡。

他们更好奇的是，那位创造了奇迹的总指挥如果踏入源婴境，究竟能够达到几寸？

他们的等待，没有持续多久。

十日之后，天地间的源气开始沸腾。

六道强大的源气波动几乎同时爆发而起，在天地间掀起了源气飓风。

无数道震动的视线投射而去，如此动静，远远超过此前任何一次突破。

"是白小鹿队长他们要突破了！"

满含期待的声音响起。

"轰轰！"

就在那声音落下时，六道约莫千丈的源气光柱冲天而起，各自显露着诸多异象，片刻后，源气光柱方才逐渐缩小……

大家的视线顺着光柱追逐而去，只见六道身影凌空而立，正是白小鹿、关青龙等人。

此时的他们双目紧闭，巨大的源气光束不断收缩，最后汇聚于他们的天灵盖。

一波波极为强悍的源气威压不断地横扫出来，让所有人都感觉到一股窒息的压迫感，就连此前那些突破到源婴境的人都面目凝重，开始凝神抵抗。

源气光束最终彻底收入白小鹿六人的体内。

下一刻，他们的天灵盖灵光闪现，六道模样与他们完全相同的源婴现身，盘坐于天灵盖上方。

那源婴晶莹剔透，充满着灵性的光泽，身躯似实似虚，静静盘坐时犹如与天地融合在一起，举手投足间能将天地间浩瀚无尽的源气拨动。

无数道好奇的视线望着那六道源婴。

之后，惊叹的声音此起彼伏地响起。

关青龙，二寸八。

楚青，二寸九。

白小鹿，三寸。

苏幼微，三寸五。

武瑶，三寸六。

赵牧神，四寸。

第一千一百九十二章
六大源婴

六道源婴悬浮于武瑶、苏幼微、赵牧神等六人的头顶上方。

虽说它们的体积看上去颇为精致小巧，即便有所区别，也只在寸许之间，但在场的人都是天阳境中的佼佼者，他们非常明白这种细微差距是何等让人惊叹的鸿沟。

六人之中，即便最小的源婴也达到了二寸八。

要知道，此前那些突破到源婴境的人，就算其中的佼佼者，也未曾突破二寸这个界限……

最让人震惊的还是赵牧神的源婴，居然达到了四寸！

他超过了其他所有人！

苏幼微和武瑶与他差距颇小，可见这三人到底有多妖孽！

论起辈分，他们明明是六人中最低，可如今的成就却开始反超其他三人。

这时有人发现，三人都来自混元天，不由得让其他几大天域的人咋舌，混元天这一代的年轻一辈怎么个个如此恐怖！

"混元天这一代的年轻人是吃药了吧，怎么出了这么多怪物……"

"是啊，太恐怖了！不提周元总指挥那种非人般的存在，怎么这三位也如此厉害？竟然连白小鹿队长都比不过他们！"

"这一次乾坤天可是彻底被混元天比下去了，在这一代中，恐怕是不敢去争夺什么诸天之首了。"

"……"

几大天域的人窃窃私语，言语间满是羡慕和嫉妒。

此时忽然有苍玄天的人插嘴道："混元天的确很强，不过我想说的是，混元

天这四人组里有三人可是来自苍玄天。"

"哦？！"

一些不知缘由的人顿时睁大了眼睛，有些吃惊。

"周元总指挥，还有那位紫霄域的苏幼微和武神域的武瑶，他们都是苍玄天的人，只可惜我苍玄天孱弱，留不住人。当然，他们若是留在苍玄天，或许也不会有如今的成就。"苍玄天的人有些惋惜又有些自得地解释道。

其他天域的人这才恍然，纷纷感到不可思议。若是这人不说，他们想破头皮都想不到，这三人竟然出自诸天之中最为孱弱的苍玄天。

当下方无数人在窃窃私语时，虚空中，苏幼微六人睁开了眼眸。

眼前的世界似乎出现了巨大的变化，他们甚至能够清晰地感觉到天地源气自身旁悄悄流淌而过。他们心念一动，没有施展任何源术，便见到天地源气自动在周身汇聚，最后慢慢形成了巨大的源气风暴。

心念再转，那源气风暴便凭空散去。

他们能够感觉到，随着踏入源婴境，自己对源气更为了解，控制起来几乎达到了出神入化的地步。

在这种入微的控制下，即便与天阳境相同的源气量，爆发出来的威能也远远超过他们。

源婴境与天阳境，差距竟是如此之大。

六人的目光在虚空交汇，神色各有不同。

最复杂的莫过于关青龙与白小鹿。

关青龙原本是混元天最强的天阳境，踏入源婴境后，却直接被赵牧神、武瑶、苏幼微三个小一辈后来居上……

白小鹿更是情绪难平，她乃乾坤天这一代寄予厚望的天骄，此前被周元那个妖孽超越就罢了，如今这三个年轻小辈居然也超过了她。

混元天这一代的年轻一辈，就如此得天独厚吗？

心中这般想着，却终归没有流露出来，关青龙与白小鹿很快整理好心态，他们能够走到这一步，本就是心性坚韧之辈，不会因为一时的落后就生出颓废之心。

虽说源婴境不管放在哪个天域都算得上是一线层次的力量，如果说天阳境只是中层的话，那么踏入源婴境后就算迈入了高层的门槛，但他们这些人野心终归要更大一些。

源婴境虽强，却并非尽头。

圣者境不敢想，法域境还是可以去尝试一下，若是成功踏入，那才是真正跻身于诸天巨擘。

他们将目光收回，然后投向这座圣衍结界，更能清楚地看出结界的雄伟与磅礴，当即忍不住心中庆幸，若非周元窥出结界破绽，并最终力斩迦图，今日别说踏入源婴境，说不定一个人都逃不出去。

此时的结界内，无数的恭贺声响起。

一道道人影对着六人弯身行礼，即便是那些刚踏入源婴境的人，也对着他们微微点头、躬身，眼神带着敬重。

因为踏入源婴境的他们，更加明白眼前六人的源婴远比他们的强悍太多。

武瑶、苏幼微等人回以一礼，目光便不约而同地投向了黑洞深处。

随着如今实力大涨，他们终于能够窥破黑洞。

只见视野之中，一道人影盘坐在黑洞深处，浩瀚的祖气源源不断地汇聚起来，然后被其身躯瞬间吞下。

这种吞食祖气的效率，让六人看得眼睛一跳。

祖气虽然是好东西，但同样蕴含着狂暴，如此大量吞服，极容易将肉身撑爆，此前他们都未敢如此。

但显然，周元并不惧怕。

不过他们很快明白过来，周元仗着圣琉璃之躯，所以才能这般肆无忌惮。

白小鹿的大眼睛中满是炽热与垂涎，她此次突破，肉身大为精进，琉璃光环更盛，距离真正的圣琉璃之躯仅半步距离，再给她一些时间锤炼，想必获得圣琉璃之躯是水到渠成的事情。

不过那终归是以后的事，现在只能看着周元的琉璃之身眼馋。

"你们说这家伙突破源婴境的话，会是几寸？"白小鹿好奇地问道。

楚青摸着下巴道："五寸恐怕跑不了。"

"那不是直接踏入了大源婴境？"白小鹿一惊。

五寸以上，为大源婴。

"连我都有四寸源婴，他达到五寸没什么好奇怪的。"赵牧神淡淡地道。

武瑶与苏幼微盯着黑洞中的身影，虽然未曾说话，但眼中的意思显然颇为认同。

白小鹿见状，只能嘀咕道："真是个变态！"

"轰！"

就在他们说话间，黑洞深处突然有异动浮现，只见那道盘坐的身影陡然睁开了眼睛，伴随着他一声长啸，只见滚滚祖气浩浩荡荡地席卷而来，最后被他一口吞下。

刹那间，一股恐怖的源气波动轰然爆发，直接引得天地变色，风云转换。

白小鹿、苏幼微、武瑶等人以及下方五大天域的人马，皆将好奇的目光汇聚而去。

他们知道，这是周元要突破的征兆。

只是不知，如此动静，最终孕育出的又是几寸源婴呢？

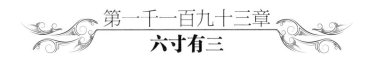

第一千一百九十三章
六寸有三

"呼呼！"

天地间的源气肆虐地咆哮着，那股惊天之势中蕴含的恐怖压迫感，让在场五大天域的人无不色变。

光是这种突破时带来的压力，此前白小鹿六人全都比不上。

无数道敬畏的视线望着黑洞中那道仿佛成为天地源气中心的人影。

伴随着他那一口如鲸吞般的呼吸，有人似乎感觉到九条祖气主脉都微微波动了一下。可不要小看这细微的波动，要知道主脉之中祖气的雄浑程度几乎无法想象，毕竟那是能够供给整个天源界使用的力量。

周元这一口能够让其微微波动，可见有多狠。

正如他们所料，当那一口浩瀚源气吞下后，周元的身躯膨胀起来，肉身之上的琉璃之光不断涌动，强大的肉身将那股祖气死死地束缚于体内。

这种操作看得无数人头皮发麻。

如果肉身不够强，这样玩只会有一个结果，那就是直接自爆。

但周元仰仗着自身的圣琉璃之躯，艺高人胆大。

他的肉身不断起伏，如此来回了不知道多少遍，膨胀感终于渐渐削弱，肉身慢慢恢复了正常。

"好变态的肉身！"

这一刻，所有人都在心中说道。

随着周元的肉身彻底平复，只见他的双目之中忽有两道光束暴射而出。

那两道光束直接将远处的一座山岳轰得爆碎开来。

不过没人注意这个，因为他们的目光皆看向周元身后，那里有三轮天阳浮现。

这一次显现的三轮天阳极为清晰，上面的龙爪之纹也看得更透彻。

"哗！"

这一下再度引起诸多惊哗声，特别是那些见识非凡的人，他们一眼就认出了龙爪天阳，然后数着上面的龙爪……

"一、二……五……七……九！"

当数到第九只时，很多人揉了揉眼睛，陷入沉默之中。

"九爪天阳？！"

沉默只持续了数秒，然后惊骇的声音便响彻起来。

龙爪天阳乃超越琉璃天阳的罕见之物，而九爪天阳又是龙爪天阳之中最顶尖的存在，达到这种程度的天阳，即便在古籍之中也不多见记载，眼下他们却亲眼看见了。

白小鹿、关青龙等人眼神复杂地看着那三轮天阳，这代表着底蕴与潜力。

周元在天阳境内已经走到了极致。

"轰！"

三轮九爪天阳缓缓震动，最后渐渐合拢，由三化一。

一股恐怖的源气波动自其中散发出来。

而周元的神府内同样发生着巨大的变化，三轮天阳融合，化为一轮璀璨无比的大日，大日之上有阳罡之炎熊熊燃烧，那是至阳之气。

当至阳之炎燃烧到某个极限时，变化出现了。

只见那轮大日天阳深处，有一道极阴之气随之而生。

当这道阴气孕育而出时，阴阳接触，整个天阳顿时出现剧烈震动，纯正炽热的至阳波动渐渐变化，形成一种阴阳交泰的气息。

两者完美地处于平衡点。

当阴阳交融时，那轮汇聚了周元所有底蕴的天阳开始慢慢压缩。

压缩时，大日天阳在剧烈地反弹，却被周元死死地镇压住。

这是凝练源婴的必经之路。

若是这般时候控制不住天阳的反弹，那么凝练就无法做到纯粹，孕育而出的源婴也会有瑕疵。

不过这种情况一般只有源气比较斑驳、底蕴松散的人才容易出现，周元显然不在此列。

反弹毫无波澜地被镇压下去，而那天阳最终形成了一颗约莫半丈的晶球。

晶球表面星光流溢，里面仿佛有心脏跳动的声音传出，神妙异常。

"咔嚓！"

晶球表面忽有裂纹浮现，最后迅速蔓延至球体的每一处。

接着，裂缝中无数道光线暴射而出。

"砰！"

最终晶球爆裂开来，无穷无尽的玄光喷涌而出，照耀在神府之上，让神府变得更为辽阔，同时神府之中有一道道光线交织，隐隐形成了某种古老的纹路。

此为源婴之界。

一旦诞生源婴，源婴便会改造神府，令神府能够容纳更多的源气，这也是一种极为强大的防御手段，如果有侵入体内的源气试图进入神府破坏，就会被源婴之界阻拦。

如果遇见了致命的危机，甚至可以催动源婴之界外显，形成最后的强大防御，源婴则可趁此逃脱。

对于源婴境的强者而言，最大的好处便是即便肉身毁灭，源婴只要存在，那么就能有更多的变数。

光是这一点，就比天阳境玄妙太多。

而当源婴之界形成时，光芒最深处，一道小小的身影缓缓地浮现。

……

周元睁开眼睛，在神府内的变化完成时，他的气势也出现了一种巨大的变化。

原本显露在外显得格外雄浑的源气波动竟然消失不见了，他静静地立于虚空，周身源气不显，看上去如同未曾修炼过源气一般。

这是源婴境带来的内敛。

一切力量，都被入微地掌控。

一念之下，天地碎裂；一念之下，又如凡人。

周元的嘴角浮现出一抹笑意，那是一种无比的满足。为了这一天，他不知付出了多少努力，如今总算得偿所愿。

踏入源婴境，不论走到哪里，他都会是真正的一流级别。

如果在苍玄宗，甚至足以成为一峰之主。

他低头望着下面无数道期盼的目光，没有遮掩，心念一动，只见天灵盖处有灵光绽放，一道小小的光影跃起，如趺坐佛莲。

一道道视线望着出现在周元头顶的源婴，第一时间便看出了高度。

天地间陷入了长久的沉默。

因为那道源婴，六寸有三。

第一千一百九十四章
瓜分主脉

源婴，六寸三。

望着周元头顶之上悬浮的小小人儿，五大天域的人马陷入长久的沉默，内心震撼不已。

一般说来，从踏入源婴境的那一刻起，所有源婴境强者都会竭力所能让自身的源婴有所增长，如同培养一个亲儿子，只不过这个亲儿子的成长可比养个真儿子还要艰难。

一寸之间，无数艰辛，可谓一言难尽。

源婴达五寸，则为大源婴。

从源婴成形到五寸，有些人可能要付出无数努力，甚至终生都难以抵达。

可眼下，周元刚刚踏入源婴境，源婴大小便达到了六寸三。

一步踏入大源婴境，而且又是这般尺寸，即便在大源婴境内应该都算一线。

那些趁着此次机缘突破到源婴境的五大天域强者们一个个神色复杂，当彼此的差距大到无法追赶时，就真的只能将其供起来仰望了。

没办法，六寸三太恐怖了。

即使他们未来付诸所有努力，都不见得能够抵达这个层次。

不仅是他们，白小鹿、关青龙几人都呆滞了半晌，那六寸三的尺寸，哪怕他们心性坚毅，心里也忍不住骂了一句"怪物"……

对于周元能够一步成就大源婴，虽说之前就隐隐有所猜测，但现在他可不是勉强突破到五寸，而是直接达到了六寸三。

若是再多一寸多，岂不是都要踏入源婴境大圆满了？！

若再往上，岂不是都要进入法域了？！

这种跨境提升，实在太不讲道理了。

不过他们都明白，周元能够达到这一步，几乎集合了诸多机缘，九爪天阳只是给了他跨境踏入大源婴境的契机，而来自九条祖气主脉近乎源源不断的磅礴祖气加持，再加上圣琉璃之躯的承受力，更是至关重要。

这一条条加起来方才成就了周元令人叹为观止的六寸三。

简单来说，这可以视为周元之前苦修多年的一次史无前例的大爆发。

在天地间无数道震撼的目光中，周元并未过多炫耀他这源婴，心念一动，源婴便落入神府，消失在众人的视野中。

他感受着此时的状态，首先便察觉到自身与天地间的联系更为紧密，仅仅只是站在这里不动，也未运转功法，天地间的源气便源源不断地涌入体内。

这些源气在进入体内后，同样不需要他操控，神府内的源婴会自动将这些源气炼化，最后吸收。

可以说源婴一成，即便自身不主动修炼，源气底蕴也会慢慢增长。

说到源气底蕴，周元微微闭目感应了一下，下一刻，眉头便忍不住一挑。

七百多亿的源气底蕴……

比起此前的天阳境后期，足足变强了十数倍！

现在的他若是跟迦图碰见，吹口气几乎就能把对方给吹死……

源婴境的蜕变，当真恐怖如斯。

现在他在源婴境内应该算是一流层次，若再凭借他那诸多手段，即便遇见源婴境大圆满的强者，应该都能够碰一碰。

如果遇见法域境……虽然打不过，但若要逃的话，还是有很大概率能抽身而走。

周元忍不住微微出神，当年那个离开苍玄天时还只刚刚突破到神府境的他，如今居然不知不觉走到了这一步……

以他现在的实力回归苍玄天，在苍玄宗内应该能够排得上号。

只是若要对付圣元老狗，还有些差距。

不过没关系，如今他已是大源婴境，距离法域境不算太远，有朝一日踏入法域境，应该就能回到苍玄天将旧账算个清楚。

压下诸多心绪，周元望着下方五大天域的无数人马，声音响彻在每一个人的耳中："诸位，祖气洗礼享受完了，该做正事了。"

所有人神情一凛，眼神中饱含肃然。

所谓的正事，自然便是收取九条祖气主脉。

若是能够将这九条主脉引入五天，五大天域都会因此受益，这是创造大势，会对五大天域造成深远的影响，未来不知道多少天骄会因此而崛起。

谁又能断定，其中会不会出一个圣者呢？

只要出了一个圣者，那么诸天的最顶尖力量就会得到增强，那才是对抗圣族最有用的力量。

在那种级别的对抗中，圣者之下，皆为炮灰。

在周元的注视下，白小鹿、楚青、关青龙等人踏空而来。

万兽天来的是艾清，因为姜金鳞已经殒命了，而五行天也来了一位新的领头者，是一位源婴境，显然刚刚突破不久。

那位五行天的源婴境身上没有任何傲气，对周元颇为客气，显露出足够的尊重。毕竟从某种意义上而言，周元算是救了他们所有人，至于李符的陨落，也怪不到周元的头上来。

艾清瞧着周元，一对狭长美眸显得格外复杂。刚见面的时候，她甚至都没有过多关注这个掩藏在关青龙光芒之下的青年，谁又能想到，这个不显山不露水的家伙，才是隐藏起来的真正巨鳄。

五大天域的领头人碰面，然后便激烈地商讨如何分配九条祖气主脉。

周元未参与进去，只是静待着商议结果。

将近一炷香后，白小鹿几人方才吐了一口气，结束了争议。

最后的结果是，由混元天独占最为雄厚的第一脉以及第六脉。

乾坤天得第二脉。

万兽天得第三脉。

五行天得第四脉。

苍玄天得第五脉。

而最后剩下的第七、第八、第九脉，则由乾坤天、万兽天、五行天、苍玄天四大天域共同吸收瓜分。

混元天显然是最大的赢家，其他天域无法对此有任何异议，毕竟周元代表着混元天，而他的战绩几乎是力挽狂澜……

但不管怎样，这个结果都比以往要好太多。

在他们所知的情报中，以往古源天之争前几条主脉几乎由圣族独占，余下的五脉才能分给他们，而这一次圣族的谋划更狠，竟然打算一条都不留，谁知最终反而将他们自己坑了。

楚青对这个结果感到很满意，毕竟他们最开始的目标放得很低，只要一条保底的第九脉！如今能够得到第五脉，还能共享三条主脉，这种成绩已经超出预想太多太多。

当然他明白，其他天域会允许苍玄天来做最后的瓜分，更多还是看在周元的面子上。

因为各大天域的联手到现在基本结束，而为了争夺主脉的份额，不是没有爆发过内战。

苍玄天是五天中实力最弱的，如果要剥削的话，他们是最好的目标，这种事情以前并非没有发生过。

这谈不上什么过分不过分，拳头大才是硬道理。

那些原本会爆发的冲突，因为周元的存在，反而变得和平。

周元知晓结果后，轻轻点头，表示认可。

他仰起头来，注视着黑洞深处的九条祖气主脉，深深地吐了一口气，紧绷的肩膀终于在此时一点点放松下来。

到了这一步，此次的古源天之争算是真正落幕了。

对于这个结果，他同样非常意外，但不管怎样，他成功了。

待得祖龙血肉到手，他就能让夭夭苏醒过来了！

第一千一百九十五章
等待结果

这是一处特殊的空间。

空间混沌，没有天地之分，但中央有一道巨大的光幕将空间一分为二。

在空间的两边，深邃的虚空中可见一道道气势强横的身影若隐若现。

身影之多，可谓难以看清数量。

而在虚空的最深处，还有一道道伟岸的气息偶尔浮现，直接引得整个空间微微颤抖。

那是……圣者的气息。

光幕的两边，显然都存在着这种气息。

这里正是邻近古源天的一处空间所在，所有自古源天出来的人都会先行来到此处。

而光幕的两边，则分别是诸族五大天域与圣族四大天域！

眼下这里已经成了整个天源界的视线聚焦处，因为这里的一切都形成了影像，投影到诸天之中。

这种投影更多的是圣族在推动，因为几乎每一次古源天之争最终都是圣族占得上风，所以他们要将这个结果让更多五大天域的人知晓，如此一来可加深其绝望，让他们知道圣族究竟是何等的难以抗衡。

在这座空间的最高处，一道道伟岸气息涌动，五大天域的圣者绝大部分都出现于此。

颛烛负手而立，他身侧还站着一头红色短发、身姿修长且英姿飒爽的郗菁。

只是此时的他们，面色都有些凝重。

"这次的情况还是有些不妙啊。"郗菁低声道。

如今古源天之争大部分结果都已出现，对五大天域来说依旧算不上多好。

古源天之争，分为四个层次。

天阳境、源婴境、法域境以及圣者。

圣者争夺的祖气占据整个古源天的四成，余下三个层次各争两成。

经过这段时间的诸多博弈，除了天阳境那一层尚未结束，其余三个层次都已出现了结果。

圣者间，最终圣族占了四成之中的二成二，而五大天域占了一成八。

法域境间，圣族占了一成一，五大天域占了零点九成。

最惨的是源婴境，圣族占了一成五，而五大天域只有零点五成！

双方之间的整体差距，从这些结果上就能看出一二。

除掉天阳境还没出现的结果，古源天八成的祖气，圣族占了四成八，而五大天域仅得三成二。

别小看这区区一成六，它代表的是一股浩瀚得无法形容的祖气，这些祖气如果加注到圣族，将会令圣族在之后的千年之中更为强势。

所以，暂时从结果来看，圣族依旧占据绝对上风。

这里的结果被投影到诸天之中，五大天域无数生灵望着出现于虚空上的消息，整个天域都弥漫着悲观的气息。

圣族每一次都占据优势，让他们越来越强，优势越来越大，而当这种优势积累到某一程度时，或许就是五大天域的末路之时。

可他们又能怎么办？

各个层次的精英已倾巢而出，可即便如此，依旧比不过。

虽然天阳境的结果还没出现，但很多人已经不抱太大希望。

混沌空间中。

圣族所在的那一边，虚空扭曲，仿佛层层隧道通往万界。

其中有一些宛如神灵般的万丈虚影浮空而现，散发出如深渊般深不可测的气息，引得空间不断塌陷。

"看来此次古源天之争还是我圣族更胜一筹。"一道古老而漠然的笑声响起，声音中犹如蕴含着某种规则，当其落下，混沌中星光绽放，化为无数流星坠落。

诸族五大天域这边，同样有一位圣者走出，赫然是万祖域的万祖大尊。

他面无表情地望着那道隔着光幕的万丈虚影，道："天阳境结果还未出现，星圣你也太急着下定论了。"

对方那位圣者，尊号为星圣，是圣族中一位极为古老的圣者。

"呵呵，就怕那里的结果出现后，你们会更加绝望。"星圣语气淡漠地道。

他言语间略有诡异之意，听得五大天域这边无数人心头忍不住一沉，莫非天阳境内还有什么特殊的变数不成？

"也罢，都到此时了，没必要再隐瞒什么。"

那星圣轻笑一声，淡淡的声音响彻于混沌空间："在那古源天的天阳境内，我圣族圣者布置了一座结界，可束缚九条祖气主脉，也就是说，那里的两成祖气我圣族将会尽收。"

"哗！"

此言一出，诸天震惊。

就连五大天域的一些圣者都忍不住有些震动，当即有恐怖的气势泄漏，天地变色。

"你们圣族竟敢使这般阴招？！"有圣者发怒，混沌虚空在不断崩碎。

"可笑，成王败寇，弱肉强食，若非吾族之神与祖龙意志相拼而陷入沉睡，你们下五天早就沦为我圣族的阶下囚，安敢放肆？"圣族那边同样有圣者冷笑回应。

"轰轰！"

双方的圣者含怒，那一刻有无法形容的压迫弥漫开来，让这座混沌空间里的双方人马皆感窒息。

不过最终他们还是忍耐下来，未爆发真正的圣者之斗，因为这并非最好的时机。

诸族五大天域这边的气氛更为压抑，如果真如圣族所说，此时天阳境那边的结果恐怕相当不好。

造成的影响将难以估量，两成祖气一旦被圣族尽数夺走，将会成为诸天有史以来最大的一场溃败。

圣族势必会更得势，未来的诸天将面临更大的危机与压力。

"这些圣族的混蛋！"郗菁咬着银牙，眸子中满是怒火，因为周元就在古源天的天阳境内！

颛烛也沉默下来，古源天规则特殊，就连圣者都无法插手其中。

"周元师弟颇有手段，就算争不过圣族，保命应该无碍。"他只能如此安慰道。

可他自己也明白这样的话语有多苍白，如果圣族真的祭出了那般能够擒获九条主脉的结界，就必然不是天阳境能够抗衡的力量……

此时的周元以及五大天域的天阳境们，或许凶多吉少。

混沌般的空间，再度变得寂静。

整个天源界的目光，都在盯着那遍布天空的投影。

他们明白，若是结果真如圣族圣者所说，那么此次诸天将输得一败涂地，届时五大天域内或许都是哀鸿遍野，绝望弥漫……

就在这一刻，混沌空间中忽有异动涌现。

只见虚空被撕裂开来，形成了一道空间门户。

所有人都将目光投射而去，他们知晓，天阳境的结果出来了……

第一千一百九十六章
尽入我手

当混沌的虚空被撕裂，形成空间门户时，这座空间内的无数目光都猛然间投射而来。

诸天之中，同样有着一道道视线朝着这里汇聚。

在无数视线的注视中，空间门户成形，下一刻，源气滚滚波动，只见诸多身影如同顺着洪水而动的鱼虾一般，被蛮横地冲了出来，一时间挤满了虚空。

"是诸族五大天域的天阳境？"

这些人影在被狼狈冲出来的第一时间，便有一道道强大的感知蔓延而出，直接辨认出了他们的身份。

五大天域的诸多强大存在，眼中掠过一抹惊喜，反观圣族那边则有些愕然。

情况似乎不太对！

五大天域的强者眼神交汇，有些搞不清楚状况。按照先前圣族所说，他们应该在天阳境那个层次中准备了一座能够束缚九条祖气主脉的强大结界，凭借那种结界的力量，很有可能会团灭五大天域的人马！

他们都已经做好了最坏的打算，可眼下……五大天域的人马怎么反而率先出现？

很快他们便发现，五大天域的人马全部出来后，直到空间门户渐渐消散，圣族的天阳境人马依旧没有出现的迹象……

混沌虚空中陷入一片沉默。

圣族显然没料到这种情况，一时间连那些圣者都有些发愣。

"咱们这边的人，不少人都突破到了源婴境……"在这般沉默间，五大天域的圣者感知掠过，立刻察觉出这些天阳境中多了一些源婴境。

"究竟发生了什么？"

"圣族的人马为何不见？"

……

面对这种情况，五大天域的圣者们都面面相觑。

"你们发生了何事？"最终，一位五大天域的圣者雄浑的声音响彻在刚刚被空间门户吐出来的诸多天阳境的耳中。

而这些被吐出来的诸族五大天域人马刚开始也有些发蒙，他们没想到离开古源天后，竟然会先来到这种地方。

不过他们很快就感知到了恐怖的气息，虽说被震撼得不轻，但还是眨了眨眼，然后目光不约而同地在人群中扫视，最终汇聚到一道年轻的身影上。

"嗯？"

顺着他们的目光，各方强者注意到了那道年轻身影，当即微微惊讶出声。

"大源婴境？"

而最让五大天域圣者吃惊的是，各大天域的天阳境精锐居然纷纷显露出以这个年轻人马首是瞻的姿态。

要知道，这些年轻人在各自的天域无不是桀骜之辈，能够让他们表露这般姿态，必然是真正的敬服。

而那道身影，自然便是周元。

只是此时的他神情有点僵硬，刚出现在这里时，他就感觉到有点不对劲，因为恐怖的气息实在太多了。

所以他很老实地躲在了人群中，打算当一个普通人。

之前在古源天能够嚣张，是因为没人能奈何得了他，可这里不同……除了他们这拨新人外，这里实力最差的都是源婴境，甚至还有法域境，以及圣者境的大佬！

低调是最明智的选择！

但他没想到的是，身边这些家伙竟然对他齐齐行注目礼。

"一群坑货，真是白救了。"周元心中无奈，只能硬着头皮，顶着一道道恐怖目光的注视，天知道此时的他承受着多大的心理压力……那些圣者，即便只是随意注视，就能让他感觉到被一股无形的力量笼罩，那一刻，仿佛神府中的源婴都在微微颤抖。

"小师弟？"

就在周元因为被无数强横目光注视而头皮发麻时，一道惊喜的声音响了起来。

虚空波荡，两道身影显露而出，正是颛烛与郗菁二人。

"大师兄，二师姐！"周元见状，连忙露出笑容。

颛烛目露奇光地扫视了他一眼，然后对着混沌虚空深处道："这一位是我师尊苍渊所收的亲传弟子。"

"苍渊那老家伙又收了亲传弟子吗？"

"怪不得……"

"……"一些强横的念头掠过虚空，彼此交流。

"周元，究竟发生了什么事情？"颛烛知晓其他圣者心中的疑惑，于是开口问道。

周元想了想，道："圣族的人马祭了一座名为圣衍化界大阵的结界，想要独吞九条主脉，不过那结界并不完整，最后被我寻了个破绽，率领五大天域的人马冲了进去。"

"经过一番争夺后，我们夺下了大阵核心，而圣族的人马被结界反噬，死伤了一半，另外一半逃走了。"

周元说得很简单，然而字字句句带起的动静，却是惊天动地。

诸多源婴境和法域境强者都目瞪口呆地看着他。

混沌虚空深处的那些伟岸气息也散发出了一丝异样的波动。

因为在场的人都明白圣族的手段，所以他们都能够感觉得到，周元那简单言语之下，究竟蕴含着怎样的艰难与惊心动魄。

圣族那边陷入了一片寂静，那些强大存在甚至微微呆滞了一下。

颛烛与郗菁同样震惊不已，他们对视一眼，简直有点无法消化周元话里蕴含的信息。

周元望着他们，缓缓地道："简单来说就是我们五大天域的天阳境人马干翻了他们。"

虚空寂静，乃至于诸天都有些安静。

无数道视线望着虚空上的投影，看着里面那道年轻的身影，平缓的话语中透着一股血腥的味道。

而且那话中还有着深层次的意义，圣族的确很强……却并非不能打败。

这一刻，诸天无数人原本悲观灰暗的眼中，渐渐升起了一丝丝亮光，或许周元所说的胜利有很多前提条件，但不管怎样，他们并不是完全无法取胜……

"最终的祖气如何？"一位圣者的声音传来，浩瀚缥缈。

周元平静地道："古源天天阳境之争，我诸族五大天域独占九条祖气主脉，两成祖气尽入我五天之手。"

当他的声音落下时，五大天域内陡然轰动。

第一千一百九十七章
圣族之怒

独占两成祖气？！

当周元的声音传出时，不论是这混沌空间还是那诸天之内，都掀起了滔天哗然。

无数人震惊而失神。

足足两成啊！

要知道，眼下五大天域这边，即便圣者境、法域境、源婴境三个层次的交锋结果加起来，最终都只获得了三成二的祖气，而周元他们这最不起眼的天阳境竟然夺得了两成？！

简直太让人感到难以置信了。

混沌虚空中一片寂静。

好半晌后，虚空深处方才有一位圣者有些复杂的声音缓缓响起："竟会如此之多……

周元道："圣族布下结界，捕获住了九条祖气主脉，后来我们攻入结界，夺取了控制权，所以最终那九条祖气主脉便宜了我们。

"说起来，并不是我们的实力比他们强，而是他们心太黑。如果不是想要独吞九条主脉，而是与我们正面硬碰，最终必然不是这般结果。"

周元此话不假，他一个人实力再强，也不可能改变双方整体的实力差距。

听到周元这话，无数人暗自点头。的确，这次的机会真是圣族送上门来的。

虚空深处，那些伟岸的存在沉默了数息，最终有一道带着欣赏的声音传出："不愧是苍渊那老家伙看重的弟子！你能够看出圣衍结界的破绽，再率领五大天域的人马破阵并取而代之，可见你的能力与胆魄皆是非同凡响。"

无数人心中对此表示认可，他们能够想象，当五大天域的天阳境们第一眼看

见圣族布下的结界时，内心是一种怎样的绝望。

可他们在绝望之下没有放弃，反而向死而行，生生闯出了一条路。

周元虽然没有说太多细节，可他们却能想象到在那结界内爆发了一场何等惨烈血腥的厮杀。

周元感觉到虚空深处那些投射而来的神秘视线中似乎对他有一些欣赏，显然，他此次的操作已让诸天大佬对他有了不错的印象。

其实想想也正常，毕竟他们这些天阳境取得的成绩，从某种程度而言甚至超过了这些圣者。

有了天阳境这两成祖气，整个局面便开始扭转。

原本圣族占据了四成八，五大天域仅有三成二。

可是现在，五大天域的祖气收成变成了五成二！

整体而言，比圣族多了零点四成！

虽然不算太多，但要知道如果没有天阳境这两成，五大天域将是一败涂地的局面，而如今大败变成了小胜……

这是万载以来，五大天域首次在与圣族的交锋中取得微弱的优势！

足以振奋人心！

虚空深处，缥缈浩瀚的声音传出："周元，你们这一代天阳境做出的贡献，值得五大天域所有生灵心怀感激。"

混沌虚空中，不论源婴境还是法域境的强者，纷纷对着这些天阳境微微低头，拳头轻触着心脏的位置。

古老的礼节，显露着他们此时内心的波荡。

而在诸天之中，同样有无数人不由自主地低头行礼。这些天阳境不愧是英雄，他们用性命争夺的两成祖气，将在未来为五大天域孕育出更多的天骄。

这会令五大天域的实力整体提升。

是造福整个五大天域无数生灵的大事。

这般战果，值得他们为之行礼。

虚空之中，五大天域诸多天阳境见到这些以往高高在上的源婴境、法域境大佬们竟然对着他们行礼，手足无措之余又有些自豪。

他们为之拼命付出的，终归有所回报。

或许很多人一开始来到古源天的目的并不单纯，但不管怎样，他们都为天阳境的胜利贡献了一分力量。

这场胜利，属于他们天阳境。

从某种意义上来说，他们甚至做到了圣者都未曾做到的事情。

一念及此，诸多天阳境的目光再度不由自主地投向那道面色肃穆的年轻身影，身为亲历者，他们更清楚周元在这场大战中贡献了怎样的力量，但他没有将此说得太过明白，反而将功劳推给了所有人。

周元的这份坦荡，让他们心中不由对他更为敬重。

"低调是王道，不能太出风头。"

然而他们却不知，此时周元的内心正不断嘀咕着。在古源天内，他的好处已经享受得足够多，至于这些所谓的虚名没必要太在意，更何况他在这边越是出众，虚空另外一边的圣族就会将他记得更深。

被一个如此恐怖的种族时刻惦记，显然不是什么好事情。

如果可以的话，现在周元恨不得改名叫作赵牧神。

"哼！"

真是怕什么来什么，就在此时，突然有一道仿佛来自远古的低哼声响彻而起。

那哼声犹如具备某种无法形容的力量，当其响起时，虚空层层塌陷，即便中间有光幕阻拦，依旧让不少实力稍低的天阳境吐血而退。

周元察觉到一股恐怖无比的力量从不知名处而来，宛如某种诡异的咒语，试图将他从这个世界上抹除。

周元的眼中涌起骇然之色，那是圣族的圣者在对他出手！

那种力量，他都不知道该如何抵抗！

好在这般时候，颛烛的身影突然出现在其前方，只见他的左肩处有一朵圣莲绽放，他伸出手指，指尖有熊熊火焰燃烧，直接捅进面前的虚空中，半只手掌消失不见。

"轰轰！"

那一刻，虚空崩灭。

所有人都知道，两位圣者在那不知名处开始了交锋。

最终，颛烛身躯一震，缓缓地从虚空中抽回手掌，指尖上有黑色液体滴落，以至于混沌虚空都溅起了涟漪，那涟漪散发着毁灭的韵味，若是落在正常天地间，

恐怕万里之内的生机都会湮灭。

颛烛眼神微冷地看向混沌虚空对面，缓缓道："堂堂圣者，竟对一个源婴境出手，圣族就这般不要颜面吗？"

"哼！这蠢货竟敢屠灭我圣族一代的天阳境，当真是罪大恶极！今日若是不将此人交出，本座倒要看看，你们五大天域有多少人能活着走出此处！"

圣族那边，圣者杀意滔天的声音响彻虚空。

这一刻，虚空变色，仿佛有尸山血海涌现。

第一千一百九十八章
猎杀名单

当圣族圣者蕴含着滔天杀意的声音响起时，整个混沌虚空都剧烈震荡起来，杀气宛如实质般涌现。

圣族那边无数道杀意浓烈的视线洞穿虚空而来，直接锁定周元。

周元的面色此时忍不住一变，果然，他此次搞出的事情太大，竟然惹得圣族的圣者都震怒了，不过他并不后悔，毕竟双方本就是敌对的立场，再给他一次机会，他还是会毫不犹豫地灭掉圣族的人马。

只是如此一来，他承受的压力可就太大了。

"哼，好大的口气！"

在那虚空深处，此时同样有着蕴含怒意的冷哼声响彻而起。

"圣族虽强，但我五大天域也并非泥捏，真想打一场，我们奉陪便是，至于交人，做梦！"

随着这道声音落下，只见混沌虚空深处一道道巨大的光影浮现出来，虽然看不清模样，但他们散发出来的浩瀚波动，在举手投足间就引得天地剧变。

那是诸族五大天域的圣者！

面对圣族的要求，五大天域这边显然没有丝毫同意的可能，周元的所作所为对圣族虽然造成了不小的伤害，对五大天域而言却是极大的功绩。

所以无论如何，五大天域的圣者都需要在此时保住周元。

若是他们当着五大天域无数生灵的面将周元交出，无疑会摧毁所有生灵的心气。

双方圣者显露圣威，一时间混沌虚空激烈震荡，身处其中的诸多非圣者，即便是法域境都大感压力，一个个面色凝重而戒备。

如果双方圣者真的直接在这里开战，他们必然会惨遭池鱼之殃。

随着圣者那股威压越来越盛时，五大天域这边的混沌虚空中突然有无尽光芒汇聚而来，最后形成了一张巨大无比的神秘面孔。

那面孔看不清楚模样，当其出现时，似乎连这方混沌虚空都在哀鸣，犹如无法承受。

五大天域诸圣见到那神秘面孔，顿时面露惊色，旋即单手竖于胸前，道："金罗古尊。"

周元望着这一幕，不禁深感震撼，忍不住低声问身前的颛烛："大师兄，这位是？"

这神秘面孔竟然能够让在场的诸圣颇为尊重，显然来头不小。

"他是金罗古尊，乃我五大天域最为古老的三尊之一，同时也是圣者三莲境。"

颛烛解释道："三位古尊多年来一直在归墟神殿沉睡，没想到金罗古尊此次竟然会露面。"

"金罗古尊……圣者三莲境……"

周元有些咋舌，三莲境是圣者的顶峰，是这天地间真正的至强者，难怪在场的诸圣都这么尊崇他。

"归墟神殿又是什么？"周元又问道。

"本来你这般层次是不可能听说这个地方的，不过大师兄可以给你开个后门。那是由三尊所创之地，唯有圣者方可位列其中，你可以当它是五大天域最高的守护力量。"颛烛笑道。

"它不属于哪一天域，也不会介入诸天任何势力的争端，唯有在抵御圣族时，方才会发出召集令。"

周元点头表示明白，只有圣者才有资格位列其中，这归墟神殿显然是为了对抗圣族而组建，为的便是联合诸天最强的力量。

"诸圣地位相当，即便是三位古尊，也没有高人一等的说法，只是他们最为古老，诸圣总会多给予一些尊重，而他们为守护诸天做出的功绩，也值得这份尊重。"颛烛说道。

周元轻轻点头，看来三位古尊就是诸天最强的存在。

"圣族那边这种层次的圣者多吗？"周元如同好奇宝宝般继续发问，毕竟这种信息常人难以知晓，唯有颛烛这种踏入圣者境的存在才有所了解，眼下有机会当然要多问一些。

颛烛闻言微微沉默了一下，轻声道："据说圣族的三莲境圣者有七位，号称七古圣。"

周元心头一震，面色变得复杂。这种天地间至强的力量，五大天域仅有三位，圣族却有足足七位，双方间的实力差距由此可见一斑。

"而且圣族最恐怖的并非这个，而是……"

颛烛周身的虚空微微动荡了一下，似乎封锁了一切感知，然后他才说道："那圣族，有神。"

"神？！"

周元瞳孔猛地紧缩，这已经是他第二次听说了。

"那究竟是什么存在？"

这一次颛烛没有再说话，只是摇摇头，他不觉得周元知晓了会是什么好事情。

"此次金罗古尊出现，这里的事情应该是平息了，你不会有什么事情。"颛烛转开了话题。

"类似他们这般存在，不会参与到古源天之争来，因为当他们下场时，多半就是开启灭族之战了。"

周元听得眼皮子直跳，三莲境简直恐怖啊！

在两人说话间，随着金罗古尊以巨大的面孔出现，圣族诸圣也微微动荡了一下，还不待他们说什么，只见那边的混沌虚空中也有一缕圣光仿佛穿透了重重空间阻碍降临。

圣光之中有人影若隐若现，散发着无穷威势。

从圣族诸圣的动静来看，来人显然就是颛烛刚才所说的七古圣之一。

"金罗古尊，你这老家伙还没陨落啊。"圣光中的人影发出笑声。

"南冥古圣，你们七人守着圣山这么多年未曾出现，是圣山出了什么问题吗？"巨大的面孔也笑道。

两道目光对视，混沌虚空不断塌陷。

最终两人还是收了威能，金罗古尊淡淡的声音响彻于天地间："今日之事，暂且收场吧，你圣族此次谋划不成，算是自讨苦吃。"

南冥古圣笑了笑："的确有点丢人，不过无碍，只是顺手谋划而已。我圣族

已经赢了那么多次，一次小小的失利算不得什么，难不成五大天域还指望着一次就能够翻盘扭转大势吗？

"待得来日我圣族一统天源界，自会将你这一代天阳境升上来的人都炼成血源丹。"

圣光中，似有一道目光转向了周元所在的位置。

"这个小子有些能耐，虽然今日放了他，不过为了聊表重视，本座打算让他登上我圣族的猎杀名单，呵呵，那上面最次的可都是法域境，倒是便宜他了。

"圣族之人，退吧。"

随着他的声音落下，圣光散去，再不见踪影。

圣族无数人马没有多费口舌，纷纷洞穿虚空退走，只是退走之前，他们皆以一种看待死人般的眼神看向周元。

周元的眉头紧皱，这一刻，他感觉到了一股极大的恶意涌来，让他颇为不安。

"猎杀名单吗……"

第一千一百九十九章
大战落幕

圣族的人马浩浩荡荡地退去，片刻之后，混沌虚空的另一边便变得空荡。

五大天域这边无数人暗自松了一口气，虽说诸位圣者硬气，但这不能弥补双方之间实力的差距。如果真的开战，五大天域必然会落入下风，死伤惨重。

当然，真被逼到那一步，他们的反扑将会无比疯狂，圣族也会付出不小代价。

圣族显然也清楚这一点，所以在没有做好万全准备之前，并不打算开启灭界之战。

随着圣族人马退走，无数道视线再度汇聚于虚空中那神秘的巨大面庞，此时金罗古尊发出沧桑的笑声："五大天域的诸位，此次古源天之争当算大喜，老朽在此对参战的所有人表示祝贺。"

混沌虚空中，无数人微微低头。

"不过诸位莫要过于自得，正如圣族所言，万载以来，每一次都是圣族在古源天内取得优势，这让他们的积累分外可怕，我们与他们之间尚有距离，所以不可自满，仍需谨慎以待。"金罗古尊语气缓慢，蕴含着告诫。

无数人肃然应下，金罗古尊与圣族交锋万千载，最是知晓他们的深不可测，所以他的话必然要听。

金罗古尊那巨大的面庞微微转动，沧桑深邃的视线投向周元所在的地方："这位周元小友，圣族的猎杀名单虽然唬人，但你在五大天域内都算安全，不必过于担心。"

周元连忙恭敬点头。

金罗古尊的目光在他身上转动了一下，最后轻笑一声道："苍渊眼光不错，小友天赋超绝，假以时日，未必进不得归墟神殿。"

"哗！"

此言一出，就连那些法域强者都目露惊色，没想到周元竟会得到金罗古尊如此评价，他们很清楚想要位列归墟神殿，门槛便是得踏入圣者境。

金罗古尊这是觉得周元有圣者之姿？！

虽说他们明白，金罗古尊的评价并非预言，但由此也能看出周元的不凡。

这让在场不少法域境强者对周元这个刚刚晋入的源婴境上了点心。

金罗古尊的声音落下后，没有继续多说，巨大的面庞微微波动，然后一点点地消失于虚空之中，再不见踪影。

随着金罗古尊离去，混沌虚空深处的那些伟岸气息开始如潮水般退去。

"轰轰！"

混沌虚空剧烈震荡，只见一道道空间门户不断凝现而出，直接通往诸天所在。

这是要回归诸天了。

古源天之争到得此时，已是彻底结束了。

周元四处看了看，此时诸天人马都被分隔开来，他没办法去找楚青他们道别，只能深吸一口气，任由眼前的空间门户迅速蔓延，然后将他笼罩进去。

天地旋转。

待得周元再度回过神时，眼前的天地已经模样大变，下方有山川河流，城池巍峨矗立。

"这里是天渊域？"周元惊讶道。

在他身旁，颛烛与郗菁的身影显现出来。

"其他人我已经直接送到天渊洞天了。"颛烛笑道。

郗菁也笑吟吟地瞧着周元："小师弟，你现在可是闻名于诸天啊，如果不是你，这一次咱们诸天恐怕难以收场呢。"

周元有些不好意思地道："功劳可算不得我一个人的。"

颛烛点点头道："此次古源天的每一个天阳境都值得让人敬佩，往后的时日，这应该会成为他们最显赫的一项资历，不论去哪儿，都会为他们赢得尊重。"

郗菁微微肃然道："因为你们所做的事，将会造福诸天千载岁月。"

如此磅礴浩瀚的祖气流入，整个诸天的生灵都会因此受益。

"带你来这里，就是想让你亲眼看看自己所赢得的这一切将会带来多大的变化。"颛烛抬起头望着无尽的虚空之上。

周元隐隐有所感应，忽地抬头。

只见此时的虚空上似是出现了某种裂痕，裂痕内有无边的古老气流浩浩荡荡地涌出，仿若源源不断，无穷无尽。

周元对那古老气流并不陌生，赫然便是祖气！

祖气开始流入混元天了！

此时整个天地间的源气陡然间变得沸腾活跃，仿佛随着祖气流入，源气都得到了一种巨大的增幅以及淬炼。

天地间的一切，都在发出欢呼雀跃声。

而混元天的人族无疑感受最为明显，此时此刻，他们吸收的天地源气变得更为雄浑、纯净，无数人的境界都在这一刻隐隐有所提升。

整个混元天此刻沸腾起来。

无数人面露狂喜之色，发出欢呼声。这是天赐的大机缘，正如郁菁所说，这造福了诸天生灵。

这些祖气会在接下来的千载中不断淬炼天地源气，身处这种大环境之中，所有生灵的修炼都会变得更为迅猛。

周元听见下方大地上响彻而起的无数欢呼声，感到有些震动，这才是真正的改天换地。祖气如此神妙，难怪诸天与圣族会倾尽全力争夺。

"咱们天渊域，应该是混元天流入祖气最多的地方。"

颛烛感应着天地间的变化，旋即冲着周元感叹道："而这，都是因为你。"

古源天内天阳境争夺到的两成祖气最终都分给了诸天，周元身为最大功绩者，从中分润到的自然最为雄浑。虽然这些祖气都分入了混元天，但因为他的引导，流向天渊域的祖气显然要比其他地域多一些。

未来千载，天渊域的天地源气将会更为雄浑、纯净，有利于天渊域诞生更多的天骄。

待得这种优势不断积累，未来的天渊域或许会成为混元天最强之域。

所以，对天渊域而言，周元此次可谓立下了天大的功劳。

周元只是谦逊地笑了笑，毕竟他进入古源天同样获得了巨大的好处，如今他不仅得到了祖龙血肉，还踏入了大源婴境，这般回报他已经极为满足。

"对了，你的这些事情，师尊应该也知晓了。"颛烛话音一转，突然道。

周元眼睛顿时一亮，旋即有些疑惑地道："不过这种大事，师尊似乎没露面参加啊。"

颛烛笑道："不是所有人都会参加古源天之争，师尊虽然没有直接参与，但并非袖手旁观。他之前闯入圣灵天，拖住了圣族的三位圣者，让他们无法进入古源天参战。"

周元闻言忍不住有些咋舌。苍渊师尊有点猛啊，竟敢独自闯入圣族，还凭借一己之力拖住了三位圣者，简直牛上天了！

"师尊可是诸天诸圣中最有可能晋入三莲境的圣者之一。"

颛烛继续道："若是他老人家成功的话，归墟神殿三大古尊就得变成四大古尊了。"

周元有些震惊，此前见过那位金罗古尊，他已经明白了三莲境的地位，如果师尊真的踏入这般境界，那就是立于圣者的顶峰了。

颛烛看着周元笑了笑，道："此前师尊与我联系过，知道你要的东西已经到手了。

"接下来你先在天渊洞天休整一些时日，等师尊那边准备好了，就会接引你过去，把你心心念念的事情完成。"

听到此话，周元的手掌忍不住紧握，心潮剧烈地澎湃起伏。

这一天，终于等到了吗……

自从数年前来到混元天，他便为此不断努力，期间不知道经历了多少艰难险阻，但他从未想过放弃。

他的眼眸之中涌现出欢喜与眷恋。

夭夭……

终于能再见到你了！

第一千二百章
炙手可热

接下来一段时间，包括天渊洞天在内的整个天渊域都处于一片沸腾欢喜之中。

不怪他们如此忘我狂喜，天地源气的雄厚与纯净对他们的修炼大有裨益，这种机缘可谓千载难遇，如今却在什么都未做的情况下直接从天而降，如同一个巨大的馅饼砸在头上，险些将他们砸晕过去。

在这种大环境下，他们的修炼效果将会大大提升。

那些困扰他们许久的瓶颈，也在此时被一一冲破，不知道省了多少年的苦修。

可以说，短短不到一个月，天渊域的整体实力就提升了足足两成，而且这还只是刚开始，随着时间的推移，祖气的流入给天渊域带来的变化将会更大。

随着天渊域无数人得到祖气的好处，古源天之争结束后的半个月，周元在天渊域的声望呈现出暴涨的趋势。

天渊域的每一处地方，无不充斥着对周元的感激与尊崇。

以前的周元虽然借着苍渊大尊亲传弟子的身份一跃成为天渊域的元老，可还是有很多人对此心怀嫉妒与不满，毕竟周元那时天阳境的实力以及自身的资历功绩实在不足以服众。

如果不是因为有颛烛这位新圣大师兄的支持，天渊域的高层一定会强烈反对周元位列元老之位。

可当古源天之争落幕后，所有负面评价都如潮水一般迅速退去。

特别是当磅礴浩瀚的祖气流入天渊域后，周元的声望逐渐达到了顶峰。

每一个享受到祖气带来好处的人，心中都抱着一丝感激，不管怎样，他们所享受到的这些，其中有着周元莫大的功劳。

如果不是周元力挽狂澜，天阳境内的两成祖气必然轮不到五大天域，而他们

享受到的机缘也必将大打折扣。

周元此次的功绩，征服了之前所有对他不满之人。

再加上他的实力晋入到大源婴境，在整个天渊域的源婴境内都算得上一流层次，虽说离成为元老的法域境还有一些距离，但已经不再让人觉得是个问题。

以周元的天赋以及展现出来的潜力，所有人都知晓，他踏入法域境只是时间问题。

凭着如此实力与潜力，周元的元老之位再无人敢有丝毫指责。

现在的他，算是彻彻底底地坐稳了这个位置。

再无质疑。

……

一朵源气云彩掠过天渊洞天的上空，上面有三道身影。

当先为一位老者，正是伊阁，他身后则是一身白裙、身姿窈窕、不施粉黛却极为精致的伊秋水，那对水盈盈的美眸透着丝丝温润柔和。

伊秋水身旁还跟着亭亭玉立的伊冬儿。

伊阁望着远处一座浮空岛屿，那里正是他们今日的目的地——周元的居所。

周元从古源天归来后便再未出现，应该是在闭关消化此前的提升，直到前两日方才结束修行。

"周元元老倒是个记挂旧情的人，很重情义啊。"伊阁突然说道。

如今周元在天渊域中可谓炙手可热，最年轻的大源婴境，同时位列元老高位，最重要的还是单身！

据伊阁所知，如今长老团内不知道有多少老家伙对周元记挂在心，想尽办法要将自家小孙女推荐出去。周元的潜力明眼人都能看出来，未来圣者不敢说，法域境应该不是太大问题，若是能够攀上去，对他们整个家族都会有极大的裨益。

不过周元不喜交际，此次古源天归来后只是闭关修炼，消化着古源天所得，所以那些老家伙一直苦于没有门路。

好不容易等到此次周元出关，他却只对以往的几个朋友发了邀请函，伊秋水与伊冬儿就在其中。

所以这两天伊阁遇见长老团那些老家伙时，没少被他们喷酸水。

这让他有些哭笑不得，不过不得不说，这也让他隐隐起了一些心思。

伊阁目光闪烁，悄悄看了一眼身旁貌美如花、气质温润的大孙女，还不待收回目光，伊秋水便美目一横地盯了过来，嗔道："爷爷，你那些心思最好还是收起来！"

她怎么不知道伊阁打着什么主意，这两天他已经旁敲侧击过了，聪慧如她，如何不知晓他的意思。

伊阁干咳一声，道："你难道不觉得周元是个好人选吗？他的性情、天赋、潜力都很让人满意，而且他来到混元天遇见的第一个人就是你。"

伊秋水贝齿轻咬红唇，道："周元的确很好，但是他心中已经有人了，何必再去自寻烦恼？当个纯粹的朋友不是很好吗？"

听到她这淡淡的言语，伊阁只能无奈一叹。他这大孙女太聪慧，又很有主见，若是她不愿意，他也不可强求。

倒是可惜了。

伊秋水没有再理会伊阁，她一双美目凝视着远处的浮空岛屿，微微有些恍惚，不禁想起了当年那个从天而降的年轻人……或许那时候的她从未想到，自己无意间救起来的这个年轻人，短短几年的时间竟然会在混元天掀起如此巨大的波澜，并取得如此巨大的成就。

可以说现在的周元，绝对是混元天中的风云人物。

要说这些年认识的同辈中，自然没人比得过周元，而且他的品性也值得托付。但因为两人这些年关系颇近，所以伊秋水知道周元心中有一位女子。

既然如此，自然是强求不得。

伊秋水的美眸中微不可察地掠过一丝黯淡，旋即被她迅速按下。

源气云朵掠过天际，最终在岛屿之中落下。岛屿内山清水秀，有一座庄园矗立，此时大门处有一道熟悉的身影负手而立，面带笑意地望着他们。

"呵呵，岂敢劳烦周元元老亲自迎接。"伊阁笑呵呵地落下来。

他看向眼前的周元，神色忍不住一凛。如今的周元，浑身源气内敛，虽然立于那里，却仿佛融入天地之中，让人难以锁定他的气息。

伊阁乃源婴境大圆满的实力，在整个天渊域的长老中都算得上名列前茅，可他发现在面对如今处于大源婴境的周元时，却感觉到了一丝丝危险气息。

"不愧是能够在古源天掀翻圣族的人。"伊阁心中感叹道，对周元的重视变

得更甚了。

周元笑着迎上来，对伊阎拱了拱手，一旁的伊冬儿已经扑了过来，抱住周元的手臂，小脸上满是亲昵。

周元摸了摸她的脑袋，然后冲着伊秋水露出笑容："这段时间真是辛苦你了。"

他始终都挂着总阁主的身份，只是从未管理过，全部都丢给了伊秋水，而后者兢兢业业，将四阁打理得风生水起。据说如今她在四阁中声望不低，还有人戏称她为"俏阁主"。

有了这般进身之阶，未来的伊秋水说不定也能位列天渊域长老之位。

"你这次回来，真的不一样了。"伊秋水微微笑道。此次周元归来，可谓脱胎换骨，不仅是指他的地位与声望，同样还指他的实力。

"再不一样，也是当初那个被你们姐妹捡回来的人。"周元随口道。

伊秋水闻言，心中顿时一暖，眼神愈发柔和。显然，周元没有因为今时今日的身份地位，就忘记曾经的过往。

"走吧，人都到齐了。这是我第一次宴请客人。"周元笑道，然后在前引路。

伊阎、伊秋水、伊冬儿三人跟上，走过长长的青石小道，最终在一座青木古楼前停下，只听里面有歌宴之声传出。

登上古楼，他们便看见了几张熟悉的面孔，是秦莲、叶冰凌、木幽兰等人。

人不多，基本都是周元在四阁中认识的人。

待得人到齐后，周元便开始了宴会，氛围不算热闹，只是赏着月色，随意说着话，感受那种融洽气氛。

酒过三巡，伊秋水端着酒杯找到周元，美目忽闪，轻声道："你要离开这里了吗？"

周元一怔，有些讶异地看着她。

伊秋水抿唇微笑道："女人的直觉可是很准的哦。"

周元沉默了一下，道："或许吧。"

现在的他在等待着苍渊师尊的召唤，然后便会前去帮夭夭苏醒过来。这期间不知道会发生什么事，也不知道什么时候会再回来，正因此，他才会邀请这些在天渊域认识的朋友前来一聚。

"是要去找你心里面的那个人吗？"伊秋水轻轻晃着酒杯。

周元眨了眨眼睛，道："你可真是我肚子里的蛔虫。"

伊秋水嫌弃地看了他一眼，然后轻咬着红唇，举起酒杯道："那就祝你成功吧，到时候带回来让我们瞧瞧。我倒要看看将周元元老迷得神魂颠倒的人儿究竟有多优秀。"

周元一笑，与她碰了碰酒杯，然后一饮而尽。

伊秋水仰着修长白皙的脖颈，将酒水饮尽，只是不知为何，那味道略显苦涩。

接下来两人无言，只是静静地看着那冰凉月色。

直到某一刻，周元的神情一动，颛烛的声音在他耳边响了起来。

"时候到了，准备吧。"

第一千二百零一章
再见师尊

天渊洞天，一座凌驾于云层之上的石台悬浮着。

周元来到此处时，第一眼便见到了负手而立的颛烛，不过让他稍微有些意外的是，其身旁不仅跟着郗菁，还有木霓元老、玄鲲宗主以及三道实力处于源婴境的人影。

那三道人影中有一人很熟悉，正是昨夜和他一起喝过酒的伊阎，另外两位则稍微有点陌生。

人似乎有点多。

"这是赵乐府与薛青珑两位长老，再加上伊阎长老，他们是天渊域最强的源婴境。"颛烛似是看出周元的疑惑，笑着道。

赵乐府是一名长发男子，看上去风度翩翩，模样俊朗，他冲着周元露出善意的笑容。

而薛青珑则是一名风姿绰约的青衣女子，她的目光上上下下地打量着周元，说道："颛烛大尊，您不是说此次任务极为危险，最起码需要源婴境大圆满的实力吗？"

薛青珑显然是个不好惹的女人，言语间并无顾忌，也不在乎周元的身份以及最近炙手可热的风头。

颛烛闻言暗笑一声。别看薛青珑是个女子，可那股好强之心在天渊域的源婴境中数一数二。以前的周元只是天阳境，自然入不得她的眼。如今随着周元踏入大源婴境，进入到源婴境的层次，薛青珑才开始将他收入眼中。

"周元在天阳境中期的时候就敢跟圣族的天阳境后期硬碰，如今虽只是大源婴境，但他的真正实力不会弱于源婴境大圆满。"郗菁笑眯眯地道。

薛青陇双臂抱胸，有峰峦堆叠，只听她淡淡地道："源婴境的境界差距可比天阳境大多了。"

"既然颛烛大尊都没有意见，我自然无所谓。"

她倒不是对周元有意见，只是在阐述事实。颛烛既然将任务说得那么危险，又带着一个刚刚突破到大源婴境的周元，好像有点不合情理。

周元瞥了高傲的薛青陇一眼，没有与她计较，只将目光转向颛烛："他们都会跟着去吗？"

颛烛轻轻点头道："此次的事情恐怕没有那么容易，不仅我会亲自前去，而且以防万一，还得多备一些人手，所以木霓元老和玄鲲宗主都会跟去，天渊域这边暂时就交给边昌元老了。"

周元闻言，眼神顿时一凝，听颛烛言语中的意思，此次让夭夭苏醒似乎没有想象中那么简单容易。

是会有人来横插一脚吗？

"为了避免被人察觉到我们的踪迹，人不宜过多，只能带最精锐的强者去。"颛烛说道。

周元犹豫了一下，低声道："是万祖域？"

颛烛微微沉默了一下，轻声道："恐怕不止他们。"

他看了周元一眼，斟酌着言辞道："你心仪的那一位，其身份之复杂远超你想象，她的牵扯极大，具体信息我不好说，等跟师尊碰头后，你可以详细问问他，现在的你该有资格知晓了。

"所以此次她的苏醒，其实不只是你的事。"

周元默默点头，没有再多说什么。

夭夭的身份连颛烛这般圣者都格外谨慎缄默，可见来头极为恐怖，但不管她究竟是何来路，在他的心中，她就是那个陪伴着他从大周王朝走出来的夭夭。

他们一起经历了那么多，如果没有夭夭，他断然走不到今天这一步。

当夭夭在身边时，周元还没有太明显的感觉，可这些年她陷入沉睡，自己孤身一人打拼时才能切身感受到，身边那道倩影给他带来的依靠与支撑是多么重要。

他们之间的情感，不是任何东西能够斩断的。

为了维护这份感情，他会倾尽一切力量。

周元仰头望着那璀璨星空，眼神充满坚毅。

"准备吧。"

颛烛再度做了一些提醒，然后袍袖一挥，只见前方的空间层层扭曲起来，最后形成一座空间门户，不知通往何处。

颛烛屈指一弹，一股无形而浩瀚的力量蔓延开来，将在场的众人覆盖其中。

那一刻，周元等人便感觉到自身仿佛失去了天地连接。

明明在晋入源婴境后，他与天地的融合更为紧密，可在颛烛随意一指下，那种源婴境的玄妙便被剥离得干干净净。

圣者之威，可见一斑。

还不待他多加感应，空间门户陡然扩张，直接将他们一口吞了进去。

空间的变幻不知道持续了多久。

当周元的眼前再度恢复光明时，发现自己已身处陌生的天地。

这里是茫茫云海，只有一座座如巨人般的山岳耸立于天地间，穿透云海，露出山尖。

最中央的区域有一座山岳格外雄伟，而在那里，周元见到一道熟悉的人影正面带笑意地望着他们。

一身黑袍，渊渟岳峙，正是苍渊！

苍渊瞧着他们，屈指一弹，空间变幻时，周元等人便发现已经立于尊者面前。

"拜见苍渊大尊！"

玄鲲宗主、赵乐府、薛青陇等人连忙行礼，面色激动。

时隔多年，他们总算再度见到了苍渊。

"师尊！我想死你了！"

郗菁欢喜地跑过去，抱着苍渊的手臂，那般神情跟平日里的干练截然不同。

周元望着苍渊，他的面目还是一如既往的苍老，双目深邃得宛如星空，带着睿智的神采，他上前两步恭声道："师尊。"

苍渊拍了拍郗菁的小手，然后冲着周元露出一抹笑容，有些欣慰，也有些感叹："周元，你做得很好，所做的一切连为师都为你惊叹、骄傲。

"辛苦你了。"

周元平静地摇摇头，道："还要多谢师尊照料夭夭这些年。"

他抬起头望着后山，只见那里有一片绚丽花海，花海的中央隐约可见一具水晶棺。

周元的心头微微一颤，脚步忍不住迈出，一步步走过花海，来到了水晶棺前。

他低头望着水晶棺中那张熟悉到足以刻入灵魂的绝美的脸颊，棺中人儿修长的双手握拢放在平坦小腹处，一身白裙如谪仙，只是那双原本蕴藏着山海般美丽的眼眸，此时却紧紧地闭拢着。

怔怔地望着那副熟悉的容颜，此时此刻，周元感觉到了一股莫大的心酸冲击着心灵深处，他的眼眶一点点红了起来，双目湿润。

他伸出手掌，轻轻地抚摸着水晶棺盖，有些沙哑地轻声自语。

"对不起，让你等太久了。"

第一千二百零二章
夭夭来历

郗菁望着立于花海中的周元，对方此时流露出来的情绪是她这些年从未在他脸上见到过的，很显然，水晶棺中的人对他而言，重要到刻骨铭心。

倒是赵乐府、薛青陇、伊阁三人眼中有些疑惑，此处的气氛颇为诡异，不仅有两位圣者，而且还有神秘的水晶棺，棺内的人儿又与周元有着何种关系？

苍渊眼神复杂地望着这一幕。

颛烛走了过来，轻声道："师尊，小师弟用情很深啊。"

苍渊缓缓地道："我也没想到会这样。当初我被圣族追得急，只能暂时将夭夭交给周元以作躲避，可正常来说，她应该不是能够动情的人啊。

"可最后……她为了救周元，甚至揭开了封印，逼得自身沉睡。"

颛烛叹了一声，道："情之一字，最是捉摸不透，就算跨入圣者境，能够掌控天地，却也不能掌控人之情感。

"师尊，关于她的事情，您差不多也该跟小师弟说清楚了，让他有一些心理准备。"

苍渊默默点头。

"此次让夭夭苏醒，应该躲不了麻烦。"苍渊看了一眼虚空道。

颛烛眉头微皱道："我来时已经很谨慎了，抹去了诸多痕迹，难道还会被察觉？"

苍渊道："不要小看万祖那个老家伙，以你的能力是甩不掉他的。更何况不止他一位圣者，恐怕在你还没动身之前，就有圣者在天渊域布下了亿万感应念头，层层叠叠布满每一个角落，你很难彻底避开那些老狐狸。"

颛烛笑了笑，道："看来此次还是得做过一场了。"

他没有多少惧怕之意，虽说他只是初晋圣者，跟万祖那些踏入圣者境上千载的老牌圣者有差距，但到了圣者这个层次，岁月带来的差距并没有那么难以跨越。

一步入圣，便是同道。

苍渊点点头道："你放心，我也做了一些准备，此次博弈究竟谁能占得上风，不到最后都说不清楚。"

他与颛烛说着话，眼角余光突然瞧见一道美妇倩影漫步而来，苍老面庞上神情一僵，低声道："你怎么将她也带来了？"

颛烛也感应到木霓的靠近，眼中掠过一抹坏笑，旋即正色道："这次不是需要靠得住的人手吗，还有谁能比霓姨更可靠？"

苍渊怒瞪了他一眼，知晓是这小子故意使坏，当即不敢停留，急忙迈步跨入花海，朝着周元而去。

木霓不急不缓地来到颛烛身旁，她瞧着苍渊那灰溜溜的身影，倒也不恼，没有追上去，只是风轻云淡地一笑："我倒要看这老家伙能躲到哪里去。"

她仪态优雅雍容，唯有眼眸深处掠过一丝嗔恼，就算是法域强者，也终归有着女人的性子。

苍渊迈入花海，凝望着立于水晶棺旁的青年身影，微微沉默地来到周元身旁。

一老一少静静地看着棺中那绝美的人儿。

周元能够感觉到有无形的力量自苍渊的体内蔓延，将这片虚空封锁笼罩，让任何窥探都无法穿透进来。

"周元，这些年你应该也知道夭夭不一般吧？"苍渊缓缓地道。

周元轻轻点头。夭夭的不一般，不仅仅是她那美丽到近乎非人般的绝美容颜，她的气质同样缥缈难寻，而且最让他惊叹的是，夭夭似乎从不用修炼，但实力始终都能稳稳地压住他一头。

她的身上显然带着太多的神秘。

"此次夭夭的苏醒并不会太容易，到时候必然会有圣者横空阻拦，因为不是所有人都乐意见到她苏醒过来。"

周元皱眉道："为什么会有圣者不愿意夭夭苏醒？她究竟是什么身份？"

苍渊的声音变得悠远沧桑："这恐怕就要牵扯到很久远之前的事了，圣族你已经接触过，觉得他们如何？"

"实力非常可怕。"周元面色凝重地道。

即便诸天诸族都已经联合在一起，那种力量依旧比不过圣族，毫不客气地说，圣族的确有灭绝诸天的力量。

"但你所看见的，只是圣族的冰山一角而已。"

苍渊淡淡地道："不过这些都不是最可怕的，最让人绝望的是，圣族拥有一位——神祇，祂被圣族尊称为圣神，那才是圣族最强的力量。"

"神祇？！"

周元瞳孔骤缩，这个词带来了莫大的恐怖，他有些艰难地问道："世界上真的存在着神？"

"天源界初开时，孕育出了第一位神，就是祖龙，祖龙身化万物，诞生了诸族生灵。

"但圣族并非由此而生，而是由他们那位圣神所创造。

"祂的实力超越了圣者。

"只要祂存在，圣族就不可能被灭。"

周元听得头皮发麻，如此秘辛他以前从未听闻，这根本不是普通人能够接触到的信息。

"世界诞生之初，就有规则随之而生，祖龙是第一个诞生的先天神灵，故而可称第一序列，祂是世界之主，掌控至高力量。而圣神于祖龙之后而生，可称第二序列，力量依旧无穷，却弱于祖龙，无法成为世界之主，问鼎至高。

"圣神不甘，祂觊觎祖龙的力量，可祖龙身化万物，所以祂就要灭绝诸族，将所有生灵逆转成祖龙之力，成就自身，令其晋入第一序列的位阶。

"这就是圣族与诸族的恩怨源头。"苍渊缓缓地道。

周元深吸一口凉气，总算明白为何圣族对诸族如此仇恨，而且毫无讲和的可能，因为他们诞生的目的就是灭绝诸族。

"圣族有那一位存在，怎么还没直接灭掉诸族？"他忍不住问道。

"那是因为祂在等待祖龙意志变得薄弱。"苍渊说道。

"在万载之前，祂等到了时机，于是开启了灭界之战。

"那一战，诸族死伤无数，积累万千载的底蕴被消耗一空；那一战，圣者喋血，整个天源界都是血红的。"苍渊的眼中有着浓浓的哀意，"诸族几乎溃不成军，即便是圣者，在圣神面前，唯有溃败陨落。"

周元张了张嘴，眼神震撼，他无法想象那种级别的战争场面，连如此强大的圣者在那个时候都显得无力。

"那……"

如果圣神如此恐怖，最终诸族又是如何幸存的？

"因为祖龙。"苍渊似是知道周元心中所想，缓缓地道。

"在最为危机的时刻，祖龙的意志于世界最深处涌现，圣神被打成重伤，圣族方才退去，免去了诸族之劫难。

"经历过那场战争之后，我们才清楚地知道那位神祇究竟有多强大，而且最关键的是，我们无法斩杀祂……祂是先天生灵，位于世界序列之中，唯有同样位于序列之中的存在，才能够将其灭杀。"

苍渊面露苦涩笑容，可序列之神只有祖龙与圣神，而祖龙已身化万物，世间就只剩下了圣神这唯一一尊序列之神。

可以想象，那时候的诸族生灵是怎样的绝望。

不仅他绝望，就连此时听着这些的周元都感觉到一种绝望的气息。圣神如此强大，若祂再次复苏，诸族又该如何阻挡？那守护世界的祖龙意志，从苍渊的言语间能够听出来，不可能长存。

祖龙意志能够救诸族一次，不可能救永久。

"在那之后，诸族圣者皆在找寻救世之力。

"最终，在付出了数位圣者祭燃自身的代价之下，我们抵达了世界最深处，那里是祖龙意志最后存在的地方，我们在那里发现了一颗兽卵和一枚奇石。

"重要的是那颗奇石，我们在其中感觉到了特殊的生机以及一种……属于神的韵味。"

苍渊的眼中此时爆发出炽热的光芒，那叫作希望。

他盯着周元一字一顿地道："那奇石内有着祖龙意志孕育之灵，祂同样是神，我们将祂称为第三序列之神。

"那是我们诸族抗衡圣族的最后希望。

"没错，你应该猜到了……

"那颗兽卵就是吞吞，而那奇石之内由祖龙意志孕育而出的第三序列之神……

"就是夭夭！"

第一千二百零三章
神性人性

风儿吹过花海，卷起花瓣远去。

周元的神情此时有些凝滞，他呆呆地望着苍渊肃然的面庞，心中情绪如浪潮般翻涌，一波波狠狠地冲击着心灵。苍渊吐露的信息于他而言实在太过震撼。

他以往不是没猜测过夭夭的身份，在他看来或许夭夭便是圣者，只是因为某些缘故封印了自身。

可如今来看，自己终归还是眼界低了些。

夭夭不是圣者，她是这个世界从诞生到现在，出现的唯三之中的序列之神！

她是神祇。

与祖龙、圣神同为这世界上最至高的存在。

她超越了圣者！

周元微微转头，望着水晶棺中沉睡的绝美人儿，神祇——多么神秘尊贵的词汇，在这之下，连圣者都略显黯淡。

他从未想过，这个陪着他从大周王朝走出、一路经历无数的女孩，竟然会拥有这等身份。

这实在是太让人感到遥远与缥缈了。

"准确来说，夭夭是由祖龙意志孕育而出，算是祖龙之女，位列第三序列之神。

"这或许是祖龙为这个世界遗留下的最宝贵的遗产，也是我们诸族最后的希望。"苍渊缓缓地道。

周元神色复杂，轻声道："既然她是诸族的希望，为何会有诸天的圣者不愿意让她苏醒？"

苍渊面色凝重地道："因为分歧……

"自从当年我们找寻到诞生夭夭的奇石时，归墟神殿内的圣者们之间就出现了巨大的分歧，一部分圣者认为不应该将希望寄托于尚未真正诞生的夭夭身上，因为谁也不知道，当祂成长起来后，究竟是否会守护诸天生灵。

"所以他们建议直接将祂炼化，那样一来，必然能够让诸天圣者的实力大增，甚至有可能突破圣者三莲境的界限，同样能踏入神的境界。"

周元面色一变："炼化？！"

苍渊轻轻点头道："但这种手段我并不赞成，因为这是祖龙遗留之物，祂秉承着祖龙的意志。而且，如果这么容易就能够被炼化，那简直太小瞧祖龙了，也太小瞧了神祇之威。

"我怕他们这样做最终会弄巧成拙，反而将我们最后的希望逼到对立面去，一旦到了那一步，这个世界上的第二序列之神与第三序列之神都将成为我们的敌人，那时候的诸族才真的毫无生路。

"所以，我趁机偷走了奇石与兽卵，带在身旁……

"夭夭与吞吞，从此而生。"

周元微微有些恍惚，想起当年他踏入那处奇妙空间，遇见了当时的苍渊、夭夭、吞吞……一切，都是从那个时候开始。

他终于明白，为何这些年苍渊总是带着夭夭东躲西藏，原来他不仅要防备圣族的觊觎，还要防备诸天圣者。

"这么说来，师尊你岂不是站到了诸天圣族的对立面？归墟神殿的三位古尊没有表态吗？"周元忍不住问道。

从他知晓的情况来看，归墟神殿的三位古尊应该是诸天中最强的人，如果他们出手，苍渊真的能够躲避这么多年吗？

"我之前就说过，不是所有人都赞成炼化神祇奇石，三位古尊之间同样存在着分歧，最终我先手夺走了神祇奇石，三位古尊互相制衡，无法出手，其他圣者就只能各看手段。

"而我也并非独自一人，同样有一些圣者支持我。"

周元默默点头，看来这件事情极为复杂，导致那代表着诸天最强的存在即归墟神殿，都因此而分裂出不同的派系。

真要说起来，似乎没有谁是不对的，因为他们都是为了诸天的未来在谋划。

"夭夭沉睡对于他们而言，反而是好事，所以他们不会轻易让她苏醒，此次必然会有一场争端。"苍渊说道。

他声音顿了顿，盯着周元道："这是关于夭夭身份的事，还有一点就是你。

"我当初将夭夭托付给你照看的时候，从未想过你们两人竟会动情……不，准确来说，应该是没想到夭夭竟然会动情，她为了你解开封印而陷入沉睡，甚至……还给了你神之物质。"

周元沉默不语。所谓的神之物质，恐怕就是他此前炼化祖龙血肉时出现的神秘物质。

当时他还感到不可思议，如今再想，却是理所应当。

夭夭乃祖龙意志孕育而生，自然能够化解祖龙血肉中残留的意志。

苍渊轻叹了一声，旋即面色变得郑重："周元，作为你的师尊，我比较担心你。虽说如今夭夭与常人无异，但她的身份终归是第三序列之神，拥有神性。

"她的神性现在只是在沉睡，但随着时间推移，神性会逐渐觉醒，到那时人性被压制，以往的一切会渐渐被神性抹除，也就是说……她终归会忘记以前。"

周元如遭雷击，一股寒意自脚底直冲天灵盖。

这是他听见的最令他恐惧的消息。

"她……她会忘记我？"周元声音颤抖地问道。

苍渊露出一丝苦涩之意："神性浩大，难以抑制。而且，从诸天生灵的角度来说，我们都不希望她的神性被压制，因为只有当夭夭成为真正的第三序列之神，她才能够抗衡那第二序列的圣神。"

苍渊望着周元，眼神有些悲哀，若是早知道如此，当年他或许不会将夭夭托付给周元，就不会有如今这一场凄美故事。

周元沉默了许久，他低头望着水晶棺中沉睡的人儿，整个人犹如失了魂魄。

苍渊没有再说什么，叹息一声，转身而去。

周元静静地立于水晶棺旁，天空上日月变幻，他的身影似是化为雕塑般，一动也不动。

记忆在脑海深处翻涌。

在那古树绿荫下，青衣少女靠着树干，空灵清澈的眼眸静静地望着他。

那是当年在那处奇妙空间，他第一次见到夭夭……

后来在她的指导下，他一点点地学习源纹。

他们一起走出大周王朝，最后来到了苍玄宗……

记忆尤深的是那洞府之中，一棵桃树下，花瓣飘落，映衬着树下青衣女孩精致的容颜以及唇角偶尔掠过的惊鸿弧度。

那一颦一笑，宛如刻入了灵魂。

周元紧闭的双目此时微微一颤，他睁开眼睛，盯着水晶棺中的夭夭，眼中散去的神光突然又凝聚起来，渐渐变得锐利。

他摸着棺盖。

夭夭，不管你是什么身份，我只知晓，你是那个陪我走出大周王朝的人。

只要你不愿意，没有人能够抹除我们共同的过往与记忆。

若是未来的你压制不住那神性，要抹除我们的一切……那就让我来帮你！

若是人不行……

那我，就成为神！

第一千二百零四章
大敌来临

"呼！"

周元深深地吐出一口气，眼神坚毅。他知晓自己所想是何等的狂妄或者说无知，所谓的成神之路，是连诸多圣者都难以跨越的关卡，若是常人知晓他这般野心，恐怕都会以为他疯了。

只是，不管那条路究竟有多难，总归是要去尝试。

周元不是一个会轻易放弃的人，这些年来经历过的种种又谈何容易，可最终还不是走过来了吗？虽说成神比那些经历艰难万千倍，可为了夭夭，他愿意去尝试、去承受。

"夭夭，等你苏醒过来，到时候我们一起去找吞吞！"周元低声道。

旋即他转身迈出花海，走向苍渊。

苍渊与颛烛望着走来的周元，对方的眼神依旧明亮而锐利，这让他们心中微震，在知晓了那般令人绝望的事实后，周元依旧没有被击垮。

两人对视一眼，眼神有些复杂。以他们的目光来看，周元的天赋、韧性以及努力远超常人，几乎是成圣的料子，可是……就算可以成圣，也未必能够改变什么啊！

他们心中有着对周元的同情与叹息，但面庞上都没有表露出来，既然周元选择了不放弃，那他应该就有承受一切的准备。

"师尊，何时开始？"周元来到苍渊身旁，问道。

苍渊抬头看了一眼虚空，道："时候差不多了。"

周元同样看着虚空，即便他如今踏入了大源婴境，依旧看不见什么，只能无奈地收回目光，道："此次会有诸天的圣者前来阻拦吗？"

286

苍渊点点头："这是必然的，这一天他们同样等待了许久。

"不过这座空间被我布下了结界，就算是圣者降临，一时间都难以进入。我与颛烛到时会出手阻拦来袭的圣者，不过除了圣者外，定然还有法域境和源婴境的高手来袭。

"他们那种层次我们暂时管不了，只能你们去阻拦。

"我们一定要将时间拖到夭夭苏醒，等到她醒过来，这些争端谋划就该有一个结果了。"

周元轻轻点头。万祖大尊那些圣者同样是在为诸天的未来谋划，但道不同不相为谋，他的立场现在与夭夭一致，绝对不可能坐视诸圣炼化夭夭，既然如此，便只能对抗。

一旁的郗菁、木霓、玄鲲宗主等人都面色凝重地应下来。

至于赵乐府、薛青陇、伊阎三位源婴境大圆满则忍不住抹了把冷汗，他们此时才明白自己参与了一场何种级别的战役，不过连天渊域的两位大尊都上场了，他们身为下属自然跑不掉。

在叮嘱了一些注意事项后，苍渊大尊带着周元再度来到水晶棺前。

他手掌一抬，只见一盏古老的油灯自掌心间缓缓升起。

那油灯朴实无华，看上去仿佛人世间最普通的油灯，唯有实力达到一定层次的人，方才能够感应到油灯之中凝聚着何等恐怖的力量。

这是祖龙灯。

诸天圣宝录位居第二。

此宝是诸天最强的手段之一，没有任何势力能够独占，而是由混元天每一届九域大会的胜者势力执掌。

而这是周元费尽千辛万苦击败赵牧神赢来的。

"祖龙灯我天渊域自创立以来就没执掌过，没想到如今却是因为你，让我能够掌控一次。"苍渊望着古老油灯，忍不住一笑，说道。

周元笑道："若不是师尊创立的天渊域，我连参与争夺它的资格都没有。"

此话倒是不假，九域大会唯有九域才有资格参加，这是入场券，若是没有这个，周元能力再强也不可能去争夺。

苍渊笑眯眯地看着周元，眼中都是满意。他与万祖争斗多年，从没占到多少

便宜，可自从周元来到天渊域，万祖域屡屡吃瘪，想必万祖那老家伙应该极为郁闷。

"将祖龙血肉拿出来吧。"

周元闻言，双手缓缓合拢，然后逐渐拉开。

无形的波动自掌心间凝聚，下一刻，一股无法形容的古老韵味弥漫出来。周元的双掌间看似无形无物，可落在苍渊眼中，却能够见到那块约莫婴儿拳头大小的神秘之物。

它宛如一块坚硬无比的紫金石，看不出丝毫血肉的样子，若是仔细观测，可以看见上面有着无数纹路，似乎是天地初开的那一瞬间形成，古老到让人能够嗅到洪荒莽莽之气。

这就是周元自古源天中凝聚而来的祖龙血肉。

此物被他存放于神府之中，以源气时刻重重包裹。

苍渊手掌一招，祖龙血肉便落在他的手中。此物原本凡物不可沾，就连乾坤囊都无法存放它，所以周元只能将其放于神府之中，如今苍渊却可以直接用手握住。

"入圣之后便是圣体，自然可直接接触这般神物。"苍渊解释道。

周元点点头，有些艳羡。他如今肉身也算有所成就，源婴境圆满的强者都只有极少数在肉身上浸淫许久的才能修炼出圣琉璃之躯，可即便如此，他依旧无法直接用肉体接触祖龙血肉。

苍渊屈指一弹，水晶棺盖瞬间被分解成无数光点。

他将祖龙灯祭于夭夭眉心之上三寸的位置。

然后数滴圣血自其指尖涌出，落入到祖龙灯内，顿时灯芯处有火苗浮现，渐渐化为一簇灯火。

周元看着感叹不已，祖龙灯太过玄妙，想要点燃，竟然需要圣者之血。若是落在他的手中，就算将他祭了，恐怕都燃不出一点火苗。

点燃了祖龙灯，苍渊这才以圣源气将祖龙血肉包裹，缓缓置于祖龙灯灯火之上。

"吱吱！"

两者接触的瞬间，周元感觉到整个天地仿佛都在渐渐扭曲，这片空间内的山河开始变幻，一座座山岳凭空拔地而起，大河显现，奔涌远去。

那种感觉就像这个原本没有生机的世界，此时开始诞生出生命的起源。

这一切，是祖龙血肉被点燃的缘故。

随着祖龙血肉被祖龙灯炙烧，隐隐有油脂般的金色液体渗透出来，周元能够感觉到其中蕴含着强大的力量。

金色液体顺着滴落，最后落在夭夭光洁的眉心处。

一接触，便瞬间融入进去。

神秘的纹路以夭夭眉心为源头渐渐蔓延开来。

苍渊望着这一幕，轻吐了一口气，露出一抹笑容："只要等到这块祖龙血肉被祭燃殆尽，夭夭应该就能苏醒过来。"

周元如释重负，紧绷的身体终于松缓下来。

然而就在这一瞬，整个空间猛然震动起来。

周元霍然抬头，然后眼瞳骤缩地见到，在那虚空之外，无边伟力汇聚而来，形成了一张巨大的面孔，冷冷地注视着空间内发生的一切。

那张面孔并不陌生。

赫然是万祖大尊！

第一千二百零五章
四圣对峙

　　巨大的面孔浮现于这座空间之外，一股恐怖的压迫宛如天威一般渗透进来，引得整个空间剧烈震荡，仿佛将要崩塌。

　　"果然来了。"

　　周元眼神微凝地望着那张巨大的面庞，那熟悉的模样正是万祖大尊。

　　苍渊负手而立，抬头笑道："万祖，你还真是阴魂不散，这么多年了还没放弃。"

　　空间外巨大的面庞波动，漠然而浩大的声音落下："苍渊，你私自偷走神祇奇石，灭我诸天希望，可谓罪大恶极。"

　　苍渊摇摇头："少给老夫扣这帽子，我这么做才是为了诸天好。你们太极端了，那样只会毁了诸天，我不可能坐视不管。"

　　万祖大尊的视线穿透空间，最后投注在水晶棺中，缓缓地道："苍渊，现在祂尚未苏醒，还有转圜余地，将祂交出，之前的事情我们都可既往不咎。"

　　苍渊淡笑道："万祖，你觉得我真的可能放弃吗？"

　　万祖大尊沉默，最终道："看来你我之间终归只能做过一场了。"

　　苍渊双手垂下，神情变得冷淡，那一瞬间，周元感受到一股无法形容的伟力从那枯瘦的体内散发出来，导致整个空间都在哀鸣。

　　天地变色。

　　在苍渊的双肩处，两朵神圣的光莲一点点涌现，然后徐徐绽放。

　　双莲境！

　　他知道自己与万祖之间根本没有任何和谈的可能，因为双方立场不同，即便他们都是诸天的圣者，也不算是同道。

　　空间之外，巨大的面庞波动，化为无数道光线汇聚而来，逐渐形成了一道人影，正是万祖大尊的真身。

此时的他，双肩处同样涌现出两朵莲花。

"苍渊，都说你最有可能成为归墟神殿的第四位古尊，本座却是不信。"万祖大尊淡淡地道。

若要论修炼岁月，其实万祖大尊比苍渊还要更久远一些，而他处于双莲境无数年，对三莲境颇多期盼，只可惜多年下来，始终难以跨出那一步。

所以他认为若是将那神祇奇石炼化，诸天的三莲境圣者必然会超过圣族，甚至有可能因此踏破圣者境，闯入那前无古人的境界！

那个时候，未必不能与圣族的圣神对抗。

可惜的是，这般谋划却被苍渊直接破坏了。

"信不信，斗过就知道了！"苍渊语气平淡，不起波澜，可言语间自有一股难掩的霸气升腾。

郗菁等人眼露尊崇之色，虽说苍渊很多年都未再显露圣威，可谁都不会忘记，苍渊大尊曾有一名讳，称黑帝。

如此霸气的名讳，正是他以傲人战绩而得！

当年灭界之战，圣族之中也不乏圣者被其斩落。

双圣对峙，引得日月星辰都在震颤。

在这一刻，周元已有所明悟，眼前只是他们肉眼所见的争端，而在他们不可见、不可感知之处，恐怕还有其他的圣者在博弈、对抗。

因为今日的事情，关乎两个派系。

两个诸天中层次最高的派系。

在周元心中这般想着时，这座空间之外的某处忽有黑洞成形，一颗珠子被喷吐了出来。

珠子随风膨胀，竟化为一个面庞有些妖异的男子，黑色的长发自其身后披散，无风而动，每一根发丝都透着一股诡异。

他仅仅只是立于那里，其身后的虚空却仿佛倒映着亿万道鬼魅的影子。

妖异男子把玩着手腕上的一串暗红珠串，淡笑道："这里可真热闹，想要潜进来当真不容易。"

周元望着那妖异男子，面色忍不住一变，因为他已认出对方，此人正是混元

天妖傀域的妖傀大尊，据说他的每一根发丝都可化为一具傀儡，亿万发丝齐动时，便是一支数量庞大到恐怖的傀儡洪流。

"妖傀，你也要介入吗？"苍渊注视着黑衣男子，缓缓道。

妖异男子露出一抹比女子还要惊艳的笑容："苍渊，如今这里诸天圣者都在看着，既然你选择了另外的路子，自然就是走到了对立面。"

"为了完成我们的谋划，你就别怪我了。"

"妖傀大尊，你们这是担心我与师尊联手，万祖大尊抵挡不住，才费尽心思将你送进来吧。"一道笑声响起，只见颢烛来到苍渊身旁，笑眯眯地注视着妖异男子。

妖傀大尊盯着颢烛咂了咂嘴，道："你这小子倒是有些门道，竟然入了圣。"

他没有否认颢烛的猜测。虽说颢烛只是一莲境，可毕竟是圣者，万祖对抗一个苍渊已是胜负难料，如果再加一个颢烛，几乎没有多少胜算，而他此时前来，说是为了对付苍渊，其实还是针对颢烛。

伊阎等人望着这一幕，皆感头皮发麻，这下子就是四圣对峙了，简直可怕！

苍渊回头看了一眼水晶棺中燃烧的祖龙灯，对着周元道："保护好夭夭。"

周元面色肃然地点头道："想要伤害夭夭，只能从我的尸体上踏过去。"

苍渊笑了笑。他犹自记得，当年初见周元时，将夭夭托付给他，当时周元便说过这句话。

"走吧，咱们师徒今日就联手做一场。"苍渊没有再多说，只与颢烛招呼了一声，两人一步跨出，便出现在空间之外。

圣者之威太过恐怖，若是在空间内动手，恐怕整个空间都会崩塌。

空间之外，四圣对阵。

虚空层层扭曲，渐渐将四道身影遮掩，可那时而散发出来的恐怖威压，依旧让人感到惊悚。

"嗡嗡！"

随着苍渊与颢烛离去，这座空间之外突然有无边之力落将下来，这股力量在接触空间界壁时，那里便出现了一座巨大无比的结界，将力量阻拦。

在不断的对碰中，结界还是出现了一些裂缝。

然后，郗菁和周元便面色凝重地见到一道道流光自裂缝处钻了进来。

流光之中有法域境与源婴境的气息。

郗菁酒红色的短发轻轻飘扬，一对眼眸却变得格外凌厉。

"诸位，接下来就该我们动手了。"

听到郗菁的话，周元深吐了一口气，他转头看了一眼水晶棺中的夭夭，然后双掌渐渐握拢，神府之内那盘坐的源婴睁开了眼眸，浩瀚源气涌动起来。

"为了今日，我努力多年……

"谁若是想破坏……"

周元眼中有杀意掠过。

"那就灭了吧！"

（未完待续）

本书由天蚕土豆委托湖北知音动漫有限公司正式授权长江出版社，在中国大陆地区独家出版中文简体版本。未经书面同意，本书的任何部分不得以图表、电子、影印、缩拍、录音和其他任何手段进行复制和转载。违者必究。

元尊 17·生死一搏

作者
天蚕土豆

选题策划
知音动漫图书·时代坊

封面插图
Dr. 大吉

封面 & 内文设计
方茜

策划编辑
陈婧

执行编辑
程英

责任发行
周冬梅

出版社
长江出版社

总出品
湖北知音动漫有限公司

制作出品
知音动漫图书·时代坊

平台支持

图书在版编目（CIP）数据

元尊 . 17，生死一搏 / 天蚕土豆著 .

—武汉：长江出版社，2020.6

ISBN 978-7-5492-6945-7

Ⅰ . ①元… Ⅱ . ①天… Ⅲ . ①长篇小说 – 中国 – 当代 Ⅳ . ① I247.5

中国版本图书馆 CIP 数据核字（2020）第 083398 号

本书由天蚕土豆委托湖北知音动漫有限公司正式授权长江出版社，在中国大陆地区独家出版中文简体版本。未经书面同意，不得以任何形式转载和使用。

元尊 17·生死一搏 / 天蚕土豆著

出 版	长江出版社	
	（武汉市解放大道 1863 号 邮编：430010）	
发 行	湖北知音动漫有限公司	
作品企划	知音动漫图书·时代坊	
责任编辑	钟一丹	
特约编辑	陈 婧 程 英	
装帧设计	方 茜	
印 刷	中印南方印刷有限公司	
版 次	2020 年 6 月第 1 版	
印 次	2020 年 6 月第 2 次印刷	
开 本	700mm×1000mm 1 / 16	
印 张	18.5	
字 数	320 千字	
书 号	ISBN 978-7-5492-6945-7	
定 价	32.80 元	

版权所有，盗版必究（举报电话：027-68890818）

（如发现印装质量问题，请寄本公司调换，电话：027-68890818）